AF176781

Natalie Hennig

ist aufgewachsen und lebt in der Hansestadt Hamburg. Mit der Dilogie „BROKEN" veröffentlicht sie erstmals ein Werk, welches nicht nur als E-Book sondern über einen Verlag verkauft werden soll.

NATALIE HENNIG

BROKEN

Roman

© 2020 Natalie Hennig

Herstellung und Verlag:
BoD – Books on Demand, Norderstedt

ISBN: 9783751948739

Lektorat & Korrektorat:
KorrA _ Korrektorat & Adresslabels
Inh.: Kerstin Thieme

Covergestaltung: Kuki Design – Monique Kurkowski

Facebook: Natalie Hennig
Instagram: nataliehennig
Email: natalie.hennig@outlook.de

Für alle, die immer an mich geglaubt haben.

KAPITEL 1

Kat

»Gib mir mal die Chips.«

Meine rechte Hand verschwand mit einem lauten Knuspern in der halb vollen Chipstüte.

»Du siehst aus wie das Krümelmonster.«

Verdutzt sah ich an mir hinab und schnippte die kleinen orangefarbenen Krümel von meinem blauen Pyjama-Shirt, von dem mich Snoopy anlächelte.

Grinsend schaute ich meine Mitbewohnerin Emma an.

»Guck dich doch mal an.« Schmunzelnd zeigte ich auf ihr Oberteil, von dem mich die Powerpuff Girls anfeixten.

»Wenn McDreamy uns so sehen würde«, scherzte ich und sah wieder auf den Fernseher, wo besagter sexy TV-Neurologe gerade ein Hirn aufbohrte.

»Er würde uns sofort vernaschen wollen«, sagte Emma mit Bestimmtheit.

»Wenn du meinst«, kam es mit einem Kichern von mir.

Ich schmiegte mich ein wenig mehr in die Kissen des großen Bettes.

»Na klar, direkt auf dem OP-Tisch.«

Wieder musste ich lachen. Ich, Katharina Mason, hatte verdammt viel Glück, dass Emma Pierce mir als meine Mitbewohnerin zugeteilt wurde. Seit dem ersten Tag auf dem College waren wir nun schon beste Freundinnen und darüber war ich unglaublich glücklich. Als wäre es gestern gewesen, dachte ich daran zurück, wie ich vor fast genau einem Jahr die Tür unseres Wohnheimzimmers aufgestoßen und dort eine mit Popcorn im Haar und übers ganze Gesicht grinsende Emma vorgefunden hatte. Sie hatte fast in genau derselben Position gesessen wie jetzt, nur dass statt *Greys Anatomy*, *Arrow* auf dem Fernseher seinen Bogen spannte.

Kaum war ich über die Schwelle getreten, war Emma aufgesprungen, hatte Platz auf dem Bett gemacht und mich mit den Worten »Arrow ist so heiß, kennst du die Serie?« eingeladen mitzugucken. Gleichzeitig war dies der Anfang ihrer Freundschaft gewesen. Und nur der erste Abend, an dem sie mit Popcorn, gemütlich auf dem Bett liegend, Serien durchsuchtet hatten.

»Hey, wo bist du denn schon wieder mit den Gedanken? McDreamy hat Meredith grade einen megamäßig heißen Blick über das Hirn des Mannes da auf dem Tisch zugeworfen. Diese Neurologen sind so heiß.«

»In Wirklichkeit sind sie nicht heiß, sie sind bestimmt alt und grau. McDreamy ist ein Schauspieler, Em.«

»Spielverderberin«, stieß meine beste Freundin aus und sah mich ärgerlich an. »Mal ehrlich, was denkst du schon wieder da oben?«, fragte Emma und ich seufzte.

Während meine Hand wieder in der Chipstüte verschwand, entschuldigte ich mich bei ihr.

»Hast du immer noch Bammel vor dem neuen Prof in Geschichte?«

Ich zuckte mit den Schultern.

»Na ja, er soll ziemlich heftig sein.«

»Du bist heftiger, Katty.« Meine Mitbewohnerin knuffte mich in die Seite. »Alles wird gut.«

Bei dem vollkommen ernsten Blick, den Emma mir zuwarf, musste ich lachen und ihr einfach glauben.

»Ja, mit Sicherheit.« Emma nickte zufrieden.

Emma und ich waren nun im zweiten Jahr am College. Emma studierte Medizin und war voller Elan, in Dr. McDreamys Fußstapfen zu treten. Erste heiße Neurologin in New York.

Ich dagegen studierte Geschichte. Die Faszination für die Historik war mir quasi in die Wiege gelegt worden. Als ich noch klein war, da war meine Lieblingsbeschäftigung, mit meinem Großvater dicke, alte Bücher auf dem Dachboden meiner Eltern zu durchforsten. Wir hörten nicht auf, bevor wir nicht von oben bis unten mit Staub bedeckt waren und von unten der Geruch der Schokobrownies meiner Mutter in unsere Nasen stieg.

Mein Großvater, der zusammen mit meiner Mutter bei einem unglaublich dummen Autounfall ums Leben gekommen war, hatte mich dazu gebracht, Geschichte zu studieren. Dies war die einzige Möglichkeit, ihm und meiner Mutter wieder etwas nahe zu sein. Ich schluckte und schob die schrecklichen Bilder meiner Vergangenheit wieder tief in meinen Kopf zurück.

Ich sah auf den Fernseher. Meredith und Derek küssten sich so unglaublich intensiv, dass ich unwillkürlich eine Gänsehaut bekam.

Auch das hatte ich zurückgelassen, als ich mich dazu entschieden hatte, von Wisconsin nach New York zu ziehen, um hier auf die Uni zu gehen. Um hier mein Traum zu verwirklichen. Was ich gut geschafft hatte. Ich hatte mein Studium, Emma und ich waren glücklich. Zurück hatte ich nur meinen Vater und meine erste große Liebe gelassen.

Immer noch schlich ich mich nachts aus dem Zimmer, ging die ruhigen, dunklen Flure unseres Wohnheimes entlang und verkroch mich in der Bibliothek. Dort beschwor ich die Erinnerung herauf, die ich zu verdrängen suchte. Dort sah ich mir die Fotos von glücklicheren Zeiten an und las die Worte, die ich meinem Ex-Freund zum Abschied geschrieben hatte.

Ich bekam immer noch jeden Tag eine Nachricht von ihm auf mein Handy. Ich habe nie geantwortet. Denn ich wusste tief in mir drin, dass ich niemals wieder zu ihm zurückkehren würde.

Ich bin anders. Ich bin zum Teil ein glücklicherer Mensch geworden, seit ich mich hier in New York befinde. Doch in mir ist ein Loch. Früher lebten darin meine Mutter und mein Großvater und seit sie weggingen, ist es da. Tief und schwarz. Dieses Loch lässt keine Liebe mehr zu.

Als der Abspann des Staffelfinales über den Bildschirm flackerte, gähnte ich.

»Ich geh schlafen«, sagte ich zu Emma und begann von ihrem Bett aufzustehen, um zu meinem auf die andere Seite zu gehen.

»Gute Nacht, beste Freundin. Treffen wir uns morgen auf unseren Feierabend-Kaffee bei Joe's?«

»Na klar.« Ich zog meine dicken Schlafsocken hoch und krabbelte unter die kalte Daunendecke. Kälte fuhr in meine Glieder und ich kuschelte mich tief in meine Kissen.

»Gute Nacht, Katty, alles wird gut.« Ich nickte ihr zu und lächelte, dann löschten wir das Licht.

Morgen war der erste Tag unseres zweiten Semesters und ich wusste, es würden etliche Hindernisse auf mich warten. Es sollte sich herausstellen, dass ich gar keine Ahnung hatte.

KAPITEL 2

Kat

»Ein Cappuccino mit extra viel Milchschaum«, rief ich dem schlaksigen Jungen am Kaffeewagen zu.

Ich glaube, er hieß Gustav. Letztes Semester war er in meinem Literatur-Kurs.

»Hi«, sagte er zu mir. Ich lächelte gequält und sah unruhig auf meine Armbanduhr. Er hatte letztes Semester noch nicht hier gearbeitet. Ich war spät dran und wollte nicht an meinem ersten Tag mit neuem Professor schon zu spät kommen.

»Hi«, gab ich zurück und tippte ungeduldig mit dem Schuh auf und ab. Gustav sah mich an und strähnige blonde Haare fielen ihm in die Augen.

Da ist mal wieder ein anständiger Friseurbesuch nötig, mein Freund, dachte ich.

»Waren wir nicht letztes Jahr zusammen in Literatur?«

Ich nickte eifrig und schaffte sogar ein Lächeln. Ungeduldig schob ich mir eine blonde Strähne hinters Ohr.

»Ja, das kann sein.« Es war eine knappe Antwort, denn wenn er nicht langsam einen Zahn zulegte, konnte ich mir meinen geliebten Cappuccino in die Haare schmieren. Dabei brauchte ich ihn doch so sehr.

Gustav lächelte. »Katharina, oder? Diese grünen Augen vergisst man nicht so schnell.«

Ärgerlich spürte ich die Röte, die in meine Wangen stieg.

»Nur Kat«, korrigierte ich ihn. Katharina nannte man

mich das letzte Mal in einem anderen Leben.

»Freut mich, dich wiederzusehen, Kat, erinnerst du dich an mich? Ich bin Gustav.«

Ich kam nicht dazu zu antworten. Das Erste, was mir auffiel, war der Klang dieser dunklen Stimme, die von weit hinter mir ertönte. Sie hörte sich kalt an und man spürte die Stumpfheit darin.

»Kaffee, schwarz. Hört endlich auf zu flirten, zur Hölle noch eins.«

Diese Stimme ließ mich innehalten und einige Herzschläge lang einfach nur dastehen. Gemurmel ging durch die Warteschlange, die sich hinter mir gebildet hatte. Es war so eine Art Getuschel, wie es nur Menschen bekamen, die entweder der heißeste Typ überhaupt waren oder eben ein totaler Versager.

Ich spürte, dass sich jemand neben mich stellte und es wirkte wie eine Mauer, die vor mir emporragte. Ich hatte das Gefühl, dass dieser Mann, der die unhöfliche Bestellung ausgestoßen hatte, mich um etliche Zentimeter überragte, obwohl ich noch nicht hingesehen hatte.

»Sorry, aber die junge Dame ist vor dir dran.«

Ich sah Gustav an und erkannte in seinen Augen, dass er mich damit beeindrucken wollte. Doch das brauchte er nicht. Ich konnte mich seit meinem vierzehnten Lebensjahr selbst verteidigen. Gegen die Welt und den ganzen Rest.

»Dann mal zu.« Wieder ertönte diese genervte, dunkle Stimme neben mir und endlich schaffte ich es mich umzudrehen, um zu sehen, zu wem sie gehörte.

Als Erstes schaute ich in die wohl unglaublichsten Augen, die ich jemals gesehen hatte.

Sie waren stechend blau, aber umhüllt von einem grauen Schleier, der sie stählern aussehen ließ. Doch sie wirkten stumpf und Kälte strömte aus jedem Winkel dieser Farbe.

Ich schaffte es, mich von seinen Augen loszureißen, bereute dies jedoch sofort. Das Gesicht passte genau zu den kalten Augen. Er besaß hohe, schneidende Wangenknochen, die ihm noch mehr Härte verliehen. Seine dunklen, vollen Lippen waren wütend zusammengepresst. Die pechschwarzen Haare standen etwas vom Kopf ab, als würde er sie lang wachsen lassen wollen.

Gerade als ich vom Gesicht Richtung Körper wandern wollte, riss er mich aus meiner Musterung.

»Kleine, hör auf mich anzuschmachten, nimm dein scheiß Milchzeug und verschwinde hier.« Es war wie eine kalte Dusche, die mich hart und klar in die Realität beförderte.

Ich streckte meinen Rücken durch und funkelte ihn an.

»Was hältst du davon, wenn du ganz schnell von hier verschwindest und uns nicht mehr mit deiner Montagslaune auf die Nerven gehst, Kleiner.« Das letzte Wort spuckte ich ihm voller Verachtung entgegen.

Seine Augen blitzten auf und er beugte sich leicht zu mir herunter. Mein Herz hüpfte in der Brust und ich hasste es dafür. Was zur Hölle machte ich hier eigentlich? Ich sah wieder auf meine Uhr, die mir sagte, dass ich genau noch zehn Minuten Zeit hatte, einmal über den ganzen Campus zu laufen, um pünktlich zu meinem Seminar zu kommen. Ich machte ein gleichgültiges Geräusch, womit ich ihm die Antwort nahm. Dann drückte ich Gustav drei Dollar in die Hand.

»Das ist für den schwarzen Kaffee von Mister miesgelauntes Arschloch hinter mir, er braucht ihn dringender als ich.«

Und dann machte ich kehrt, nicht jedoch, ohne Mister Grauauge noch einen selbstbewussten Blick zuzuwerfen.

Der konnte mich mal.

»Nett dich kennenzulernen, Engelchen«, hörte ich Sturmauge mir nachrufen, doch ich ignorierte den Drang, umzudrehen und ihm sein Engelchen sonst wohin zu schieben. Stattdessen streckte ich mich und verschwand in der Menge des Campus.

Ich erreichte den Hörsaal, als der neue Professor gerade die Tür schließen wollte. Ich schob mich schnell hindurch, sah ihn nur kurz an und suchte mir schnell eine Sitzgelegenheit. Zum Glück stellte ich fest, dass mein alter Platz aus dem ersten Jahr noch frei war.

»Da wir nun wohl alle da sind«, hörte ich den Professor sagen und sah ihn mir genauer an, als ich am Tisch saß und mein Geschichtsbuch aus meinen roten Rucksack holte. Er erwiderte meinen Blick mit hochgezogenen Augenbrauen. Wieder, das zweite Mal an diesem

Morgen, stieg mir die Röte ins Gesicht.

Ich wollte mich entschuldigen, doch er überging mich damit, dass er begann sich vorzustellen.

»Ich heiße Professor Dr. Manuel Heath.«

Er schrieb seinen Namen an die dunkelgrüne Tafel hinter sich, wie damals in der Schule.

Ich fragte mich, ob wir nun alle aufstehen sollten, um »Guten Morgen, Professor Heath« zu rufen.

Heimlich grinste ich in mich hinein und schlug die erste Seite meines Buches auf, während Professor Heath uns darüber informierte, was und wie viel er dieses Semester in unsere Hirne projizieren wollte. Na ja, er nannte es genügend Wissen anhäufen. Wie auch immer. Nach wie vor saß die Angst, all dies nicht zu schaffen, tief in mir drin. Trotz der guten Noten, der Fortgeschrittenen-Kurse, die ich dieses Semester belegen durfte, trotz des vielen Lernens hatte ich noch immer Angst, mein Traum könnte an meinem Versagen zerplatzen.

Das Seminar lief relativ gut, wir würden mit dem Römischen Reich beginnen und ich war erleichtert, da ich etliche Bücher darüber verschlungen hatte. Es war kurz vor Ende der Stunde, wir waren gerade dabei, das Kapitel über die Gründung Roms zwischen 814 und 728 v. Christus zu beginnen, als es an der Hörsaaltür klopfte und der rothaarige Schopf der Uni-Leitung in der Tür erschien.

»Mister Heath«, begann diese, wurde jedoch vom Professor harsch unterbrochen.

»Professor«, korrigierte er sie, vermutlich sauer über

die Unterbrechung.

Mrs. Brown lächelte diesen Kommentar einfach weg und sah den Professor strahlend an. Sie trug eine rote Bluse, die sich scharf mit ihrem Haar biss, und einen schwarzen Bleistiftrock. Die Schuhe, die sie anhatte, würde ich wohl nur in bestimmten Situationen tragen. Ein Nümmerchen mit dem Professor oder eben Strippen in einer von diesen Kneipen. Wieder musste ich grinsen.

Es ging das Gerücht, dass Frau Unidirektorin schon einige der knackigen Studenten vernascht haben soll. Ich musste zugeben, sie sah für ihr Alter auch noch ganz fesch aus. Also vielleicht war da ja sogar was dran an den Gerüchten. Durch meine Grübelei bekam ich den Grund für ihren Besuch leider nicht mit, was mich innerlich fluchen ließ. Doch das Raunen, das nun durch den Hörsaal ging, ließ mich überrascht innehalten. Das Getuschel wurde lauter. Köpfe wurden zusammengesteckt und ein Kichern kam von einer großen blonden Frau im hinteren Bereich des Hörsaals. Es war Susi Cornelly, das hauseigene Flittchen der NYU. Sie schmiss sich an alles ran, was groß und muskulös war. Gerade als ich meinen Sitznachbarn fragen wollte, was hier los war, begann der Professor zu fluchen, was mich doch ziemlich wunderte, und Mrs. Brown zur Seite zu treten.

»Ich hasse Unpünktlichkeit und Studenten, die in meinen Kurs hineingesteckt werden, obwohl sie keinerlei Interesse an der Geschichte haben.« Weit entfernt hörte ich den Professor vor sich hin fluchen, denn in dem Moment, als Mrs. Brown zur Seite getreten war, sah ich ihn. Sturmauge. Er erschien im Türrahmen und sah nicht begeistert aus. Wieder war es seine Größe, die mich aufgeregt auf meinem Stuhl hin und her rutschen ließ. Er trug ein schwarzes Shirt mit dem Aufdruck irgendeiner Rockband, die ich nicht kannte. Ich war eher der Typ für Taylor Swift und Selena Gomez.

Dazu schwarze Jeans und schwarze Rockerstiefel, wenn ich das so ausdrücken darf. Auf jeden Fall Boots, die nicht jedem Jungen stehen würden. Ihm, das musste ich wohl oder übel zugeben, standen sie unglaublich gut.

Langsam glitt sein grauer Blick durch den Hörsaal und in dem Moment, als er an mir hängen blieb, fühlte ich eine Wärme in meinem Bauch, die ich ewig nicht mehr gespürt hatte. Erstaunen und Belustigung las ich in seinem Blick und ich riss mich von ihm los. Mit erhitzten Wangen starrte ich auf die Buchstaben in meinem Lehrbuch. Ich hasste meinen Körper für die Reaktion auf ihn. Was war denn bloß los mit mir? Seit dem Tag, als ich meinen Ex-Freund hinter mir gelassen hatte, hatte ich nie wieder eine solche Reaktion auf das männliche Geschlecht verspürt. Und das auch noch bei einem solchen Mistkerl. Besagter Mistkerl, mein Blick wanderte ganz von selbst wieder zu ihm, grinste und es verschlug mir die Sprache. Verdammt, was war das für ein Kerl. Immer noch grinsend fuhr er sich mit den Fingern durch die schwarzen Haare und ich sah erst jetzt, dass sein kompletter linker Arm tätowiert war. Leider konnte ich nicht genau erkennen, was für Muster es waren, die seinen Arm zierten.

Wie durch einen Schleier hörte ich etwas von Hilfe, doch erst mein Name riss mich aus meinem Schwärmzustand.

»Miss Mason«, hörte ich den Professor sagen.

»Was?«, fragte ich verwirrt und ärgerte mich, dass meine Tonlage einem Piepsen glich.

»Da Sie auch zum Zuspätkommen neigen, ich jedoch von Ihrem letzten Zeugnis beeindruckt war, bin ich der Meinung, Sie sind die beste Hilfe.«

»Hilfe?«, fragte ich verständnislos. Ich konnte mich nicht mal über das Kompliment freuen, das aus ihm herausgekommen war.

»Mr. Porter, wären Sie so lieb und würden einen Platz weiter vor rutschen, damit Mr. Snow sich neben Miss Mason setzen kann?«, fragte nun Mrs. Brown und mein Herz blieb stehen. Nein, die wollten doch nicht … Doch da bewegte sich der Junge, der neben mir saß, fort und Sturmauge, dessen Nachname wohl Snow war, kam auf mich zu.

»Du wirst ihm sicherlich helfen können, Schätzchen«, hörte ich die Direktorin sagen.

Sie verabschiedete sich halbherzig vom Professor und wandte sich ab. Ich jedoch starrte nur auf den Mann, der mit fließenden Schritten auf mich zu schlenderte. Als er schließlich den Stuhl neben mir nach hinten zog und sich setzte, schluckte ich und erwachte aus meiner Starre.

»Was soll das?«, zischte ich ihn an und als er grinste, zeigte er mir eine gerade, perfekte Zahnreihe.

Verdammter Mistkerl, dachte ich wütend.

»Glaub mir, Engelchen, ich könnte mir was Besseres vorstellen, als hier in diesem stinklangweiligen Kurs zu sitzen mit einer spitzzüngigen Lehrerin an meiner Seite.«

»Du …«, begann ich, doch seine vor Erwartung hochgezogenen Augenbrauen ließen mich innehalten. »Das muss ein Missverständnis sein!«, sagte ich, doch er zog nur die Schultern nach oben.

»Du hattest halt Pech, finde dich damit ab, Engelchen.«

Es lag mir auf den Lippen, ihm diesen Spitznamen ganz tief in seinen Hintern zu wünschen, doch in diesem Moment beendete Professor Heath das Seminar. Alle Studenten um mich herum sprangen hoch und verschwanden so schnell es ging aus dem Hörsaal. Auch mein neuer Sitznachbar erhob sich von seinem Platz, sah mich jedoch durchdringend an. In meiner Tasche spürte ich, wie mein Handy mit einer Vibration eine neue Nachricht ankündigte, doch ich schaute nur den Mann vor mir an. Da ich den Kopf in den Nacken legen musste, um ihn anzusehen, erhob auch ich mich vom Stuhl, um wenigstens ein wenig Größe wieder wettzumachen.

»Dann sehen wir uns wohl oder übel in der nächsten Stunde, Kleine«, sagte er und sah mich mit seinen stählernen Augen an. »Ich bin übrigens Luce Snow«, stellte er sich grob vor. Er reichte mir nicht seine Hand, blickte mir nur intensiv ins Gesicht und man sah ihm die Mühe an, die es ihn kostete, so höflich zu sein. Vermutlich sähe es anders aus, wäre ich nicht seine neue Lehrerin. Diese Erkenntnis ließ mich wütend werden. Verdammt, dafür hatte ich keine Zeit. Besonders nicht für so einen Idioten wie den, der vor mir stand.

»Kat Mason«, stellte ich mich dann auch widerwillig vor.

Er nickte nur. »Bye Kätzchen«, sagte er und drehte sich um, wo schon Susi-ich habe es nötig–Cornelly stand und ihn in ihre dürren Arme nahm. Auch er legte den tätowierten Arm um sie und verschwand mit einem letzten grauen Blick in meine Richtung aus dem Hörsaal.

Ein komisches Gefühl, das ganz bestimmt nicht Eifersucht war, überfiel mich, als ich schließlich allein im Hörsaal war und wieder auf meinen Stuhl sank. Seufzend kramte ich mein Handy aus der Tasche und las die Nachricht, die darauf blinkte:

Emma:
Und, war doch nicht so schlimm, oder?

Sie hatte ja keine Ahnung.

KAPITEL 3

Kat

»Ein Cappuccino mit extra viel Milchschaum für meine beste Freundin.«

Eine große Tasse Kaffee erschien vor meinem Gesicht. Meine erste heute.

»Danke.«

Emma ließ sich auf den Stuhl vor mir gleiten und nahm einen Schluck ihres Früchtetees. Als ich nichts mehr sagte, tätschelte sie meinen Arm.

»War es so schlimm, Süße?«, fragte sie und ich sah in ihre braunen Augen.

Ich nickte.

»Schlimmer.«

Das Gesicht meiner besten Freundin wurde mitfühlend.

»Erzähl mir alles«, bat sie und ich schaute mich vorsichtshalber im Joe's um, konnte jedoch niemanden erkennen, der nur ansatzweise aussah wie Sturmauge. War ja auch schwierig.

»Der Professor war ganz nett«, gab ich zu. »Zumindest auf eine bestimmte Art und Weise.«

»Hm, okay«, murmelte Emma und nahm noch einen Schluck ihres Tees. »Und was hat dir dann so die Laune verdorben?«

Ich erzählte ihr von der Begegnung am Kaffeewagen und davon, dass ich dazu auserkoren wurde, den Nachhilfelehrer für einen wiedereinsteigenden Studenten zu spielen – danach hatte ich mich nach der Stunde erkundigt. Wie ich mich ihm gegenüber verhalten hatte und er sich mir gegenüber.

Meine Freundin hörte gespannt zu, nickte, grunzte und machte komische Brummgeräusche.

»Wie hieß er noch mal, hattest du gesagt?«

Wieder sah ich mich im Café um.

»Luce. Luce Snow.«

»Ach du Heilige.« Emma hob ihre pink lackierten Finger an den Mund.

»Was?«, fragte ich verwirrt.

»Katty, weißt du nicht, wer er ist?«

Ich schüttelte immer noch verwirrt den Kopf.

»Ein Arsch, der mich nervt?«, riet ich, doch sie schüttelte so heftig den Kopf, dass ihre blonden Haare ihr im Gesicht hängen blieben. Schnell befreite sie ein paar lose Strähnen, die an ihren von Lipgloss schimmernden Lippen klebten.

»Nein, Kat, er ist Lucas Snow. Der Lucas Snow, der neun Monate wegen bewaffneten Raubüberfalls im Knast gesessen hat.«

Ich erschrak heftig und meine Augen mussten so groß sein wie Unterteller.

»Was sagst du da?«

»Es stimmt, hast du das letztes Jahr nicht mitbekommen? Die ganze Uni spricht davon, dass er dieses Semester zurückkehrt.«

»Ich habe noch nie etwas von ihm gehört, bis heute.«

»Tja und heute wohl umso mehr, Süße.« Sie sah mich

mitleidig an, doch dann funkelte etwas in ihren braunen Augen.

»Ich habe Fotos gesehen, Kat, er ist heiß.«

Ich sah meine Freundin an und sie grinste noch breiter.

»Heißer als McDreamy, nicht wahr?«

Meine glühenden Wangen verrieten, dass sie die Wahrheit aussprach. Doch nichtsdestotrotz war sein Verhalten mehr als nur arschig.

»Er ist nicht nett, Em.«

»Wärst du auch nicht, wenn du fast ein Jahr im Knast gesessen hättest.« Da ist was dran, dachte ich, schüttelte dann jedoch den Kopf. Er ist schlechter Umgang, gefährlich, ein Krimineller.

Ich dachte an seine Augen. Es lag Kälte in ihnen und dahinter würde man vermutlich nichts als Schmerz finden. Das konnte ich nicht gebrauchen, ich hatte selbst genug, womit ich fertigwerden musste.

Gedankenverloren nahm ich einen Schluck vom Cappuccino und stöhnte vor Wonne. Dann sah ich auf die Uhr.

»Ich muss los, ich muss in einer halben Stunde im Geschäft sein«, entschuldigte ich mich bei meiner Freundin und diese nickte.

Nach den Seminaren arbeitete ich jeden zweiten Tag ein paar Stunden im Brautmodengeschäft meiner Tante. Dieser Job gab mir damals ein Stück heile Welt zurück. Ich würde ihn niemals mehr missen wollen.

»Wir sehen uns heute Abend und da will ich alle schmutzigen Details hören.«

»Da gibt es keine«, beharrte ich, doch meine beste Freundin lachte nur laut.

»Jaja, erzähl das mal jemand anderem.«

Emma drückte mir einen Kuss auf die Wange, ich nahm meine Sachen und beschloss, die paar Blocks bis zum »White Heaven« zu laufen.

Als ich den Laden meiner Tante May erreichte, ging mein Herz auf. Wie immer, wenn ich ihn sah. Dieser Laden war klein, doch umso gemütlicher und einladender. Er unterschied sich von all den Brautmode-Ketten in New York. Der »White Heaven« war einzigartig.

Ich näherte mich dem Schaufenster und sah, dass Tante May neue Kleider zur Ausstellung nach draußen gehängt hatte. Mit großen Augen blieb mein Blick an dem blassen, leicht mit Spitze versetzten Neckholder-Kleid hängen. Der Brustbereich war mit blassrosa Perlen besetzt und es hatte eine lange Schleppe, die sich um das Kleid schlängelte.

Manchmal fragte ich mich, ob ich jemals so ein Kleid tragen würde. Doch jedes Mal verneinte ich es in meinem Kopf. Ich hatte die Chance. Eine zweite gibt es nicht.

Durch ein leises Klingeln kündigte ich meine Anwesenheit an, als ich den Laden betrat. Kaum ertönte das Geräusch, erschien der schwarze Lockenschopf meiner Tante über dem Tresen.

»Katty Schätzchen, bist du das?«, fragte May und ich musste lachen. Meine Tante war blind wie ein Maulwurf, wenn sie ihre Brille nicht auf hatte. Ich entdeckte sie auf dem Tresen neben der Kasse und reichte sie ihr. Als sie wieder sehen konnte, kam sie um den Tresen herum und nahm mich in die Arme.

»Wie geht es dir heute, Süße? Wie war dein erster Tag?«

»Ganz gut«, log ich.

»Du lügst!«, durchschaute sie mich sofort. Ich seufzte, ging um den Tresen herum und ließ mich auf den kleinen Stuhl dahinter fallen.

»Er war nur lang und hart«, *und gekrönt mit einem Mistkerl*, fügte ich gedanklich hinzu.

Meine Tante lachte. »Also wenn ich diese Äußerung mache, bin ich mehr als zufrieden mit dem Tag.« Ich starrte Tante May an und sie grinste. »Ich verstehe schon, Kleines.« Sie tätschelte meine Hand und ich griff nach der Schale mit Pfefferminzbonbons, wickelte mir einen aus und steckte ihn mir in den Mund.

»Morgen wird es besser.« Ich glaubte mir fast selbst.

»Ganz bestimmt«, versicherte meine Tante und griff nach ihrer Jacke. »Ich fahre kurz einkaufen, es hat sich nur eine Kundin angemeldet. Der Name steht im Registrierbuch. Die Kleider für die Kleine habe ich schon ins Brautzimmer gehängt, du musst sie nur raufführen. Ich bin auch nicht lange weg«, versprach May und ich lächelte sie an, während ich mir noch einen Bonbon in den Mund schob. Mir fiel auf, dass ich mal wieder vergessen hatte zu essen. Seit dem Tag, als meine Gedanken durch einen Sturm gegangen waren, war es schwierig, an etwas Normales wie Essen zu denken.

»Und ich werde dir ein Sandwich mitbringen oder vielleicht sogar einen Burger. Du siehst aus, als hättest du Ostern das letzte Mal gegessen.«

Ich ignorierte ihre Bemerkung und winkte ihr zu, als sie in das dunkler werdende New York verschwand. Dann zog ich meine Jacke aus und holte mein Geschichtsbuch aus meinem Rucksack.

Kaum hatte ich das Kapitel über die Auferstehung Roms aufgeschlagen, schwirrten meine Gedanken fort. Plötzlich sah ich graue Augen vor mir, die mich verächtlich gemustert hatten, unter denen sich jedoch Tiefgründigkeit verbarg. Doch ich war die Letzte, die es scheren sollte, was Luce Snow dazu gebracht hatte, eine Straftat zu begehen. Dieser Kerl war ein Krimineller und ich wollte so wenig wie möglich mit ihm zu tun haben. Gleich morgen, das schwor ich mir, würde ich zu Professor Heath gehen und ihn bitten, jemand anderes zu beauftragen, Luce Snow zu helfen. Es war besser für mich, wenn ich mich einzig und allein auf meine Albträume konzentrierte.

Während ich das Buch aufschlug, in das Tante May alle Termine eintrug, klingelte die Türglocke und ich sah auf, bevor ich den Namen lesen konnte, der im Buch eingetragen war. Ich erstarrte. Vor mir stand Luce Snow in seiner vollen Pracht. Mein verräterisches Herz schlug heftig in meiner Brust, als er erstaunt die Augenbrauen hob, sobald er mich erblickte.

»Was zur Hölle machst du hier? Verfolgst du mich?«, rief ich etwas zu laut. Ich hüpfte vom Stuhl. Immer noch hielt er die Tür geöffnet, wodurch kleine herbstliche Blätter von draußen in den Laden flogen. Es war November und New York hatte seine ersten richtig kalten Tage hinter sich. Doch ich bezweifelte, dass die Gänsehaut, die mich jetzt überfiel, von der Jahreszeit stammte.

Luce lachte kaltherzig auf und fuhr sich mit der Hand durch die abstehenden schwarzen Haare.

»Wenn du glaubst, dass du so scharf bist, dass ich freiwillig in diese Hölle aus Tüll komme, dann bist du ziemlich von dir überzeugt, Kleine.« Seine Stimme war tief und kalt.

»Warum bist du dann hier?«, fragte ich mit - und ich hasste es - zittriger Stimme.

Statt zu antworten, erschien ein Mädchen hinter ihm. Ich riss die Augen auf und wurde wütend.

Als das Mädchen an Luce vorbeigegangen war, schloss er die Tür hinter sich und ließ damit den herbstlichen Sturm draußen. Ich starrte die Kleine an, die sich neben Luce gestellt hatte und mich anlächelte.

Sie war vielleicht ein Jahr älter als ich. Somit erschien es mir immer absurder. Luce Snow war gerade aus dem Knast entlassen worden und verlobte sich dann mit einer zwanzigjährigen Schönheit. Denn das Mädchen war wunderschön, sie hatte dichte braune Locken, die unter einer Wollmütze hervorquollen. Dazu zarte, weiche Gesichtszüge und volle rote Lippen. Sie strahlte mich an und ich erstarrte, als ich in ihre Augen sah. Dort begegnete ich demselben blaugrauen Meer wie bei dem Mann, der steif neben ihr stand.

Verwirrt riss ich meinen Blick von ihr los und zwang ihn zurück auf das Buch, was ich aufgeschlagen vor mir liegen hatte.

18:00 Uhr - Lucy Snow, stand dort.

Das Mädchen kam auf mich zu und streckte mir ihre Hand hin. Widerwillig ergriff ich sie.

»Hi, ich bin Lucy Snow, ich habe einen Termin zur Kleideranprobe.«

Immer noch starrte ich sie an. Ich verstand es nach wie vor nicht.

Unsicher schaute das Mädchen von mir zu Luce rüber, der nur mit den Schultern zuckte.

»Mach dir nichts draus, Luc, die Kleine scheint des Öfteren mit den Gedanken woanders zu sein. Wünschen wir ihr, dass diese in eine versaute Richtung gehen.«

Mir blieb der Mund offen stehen. Hatte er das gerade wirklich gesagt?

»Halt den Mund, Lucas.« Er verzog das Gesicht, als das Mädchen ihn bei seinem richtigen Namen nannte.

Sie sah wieder zu mir rüber und ich gewann meine Fassung zurück.

»Es tut mir leid«, entschuldigte ich mich, doch sie hob nur abwehrend die Hand.

»Ich entschuldige mich für das Verhalten meines Bruders, er wäre jetzt gern woanders.«

Ich sah zurück zu Sturmauge, der sich an einen der Kleiderständer gelehnt hatte und die Augen rollen ließ.

»Er versteht nicht, warum ich ihn dabeihaben wollte,

anstatt meine Mädels.«

»Und warum willst du das?«, fragte ich, ohne darüber nachzudenken.

Sie lächelte übers ganze Gesicht. »Weil er mein Bruder ist und somit mein Seelenverwandter. Er hat die einzige Meinung, die für mich zählt.«

Ich schluckte und versuchte zu verbergen, dass mich ihre Worte berührten.

»Dann mal los«, sagte ich mehr zu Lucy als zu dem mürrischen Kerl hinter ihr. Doch als ich mit Lucy Snow im Schlepptau die schmale Wendeltreppe hinaufstieg, die zu dem kleinen angrenzenden Brautzimmer führte, spürte ich Luce' Anwesenheit direkt hinter uns. Er folgte uns wortlos. Als wir das Brautzimmer erreichten, ging ich mit Lucy zu den Anproben hinüber. Ich nahm ihr ihren Mantel ab und hängte ihn in die kleine, mit einem Seidenvorhang vor Blicken geschützte Anprobe.

Als sie die Anprobe betrat und die Kleider sah, die dort hingen, wurden ihre Augen groß.

Sie sah mich an und mein Herz wurde schwer. Diese Vorfreude in ihren Augen war ein unbeschreibliches Gefühl. »Arbeitest du hier?«, fragte sie mich, als ich den Vorhang hinter uns zuzog und somit Luce' Blick ausschloss.

»Ein paar Tage die Woche. Dieser Laden gehört meiner Tante May. Ich helfe ihr, so oft ich kann. Eigentlich studiere ich an der NYU.«

»Oh, dann kennst du meinen Bruder vielleicht.«

»Wir hatten nur einmal kurz das Vergnügen«, sagte ich

wahrheitsgemäß und hörte ein genervtes Stöhnen von draußen.

»Halt den Mund, Bruderherz«, rief Lucy und lächelte mich dabei an. »Er ist nicht immer so ein Esel.«

»Nein?«, fragte ich leise und sie grinste wieder.

Um von diesem Mann abzulenken, der vor der Anprobe wartete, begann ich, ihr die einzelnen Kleider zu zeigen.

Ich half ihr beim Anziehen des ersten Kleides und verschwand dann aus der Kabine, um sie den ersten Eindruck für sich selbst erleben zu lassen.

Als ich aus der Anprobe trat, fiel mein Blick sofort wieder auf Luce. Er hatte sich auf die weiße Ledercouch gesetzt und spielte mit seinem Handy. Wahrscheinlich machte er ein heißes Date aus, das ihm dann über das Tüll-Drama hinweghalf.

Als ich mich ihm näherte, sah er auf und seine kalten Augen trafen mich. Er sagte nichts, starrte mich nur an.

»Willst du was trinken?«, fragte ich, da die beiden immer noch meine Kunden waren, auch wenn ich den Kerl vor mir nicht ausstehen konnte.

Immer noch sah er mich an.

»Kaffee, Wasser oder Sekt?«

»Sekt«, rief Lucy aus der Kabine.

»Für mich nichts, Engelchen.«

Ich nickte nur und ging zur schmalen Anrichte, wo Tante May eine kleine Bar aufgebaut hatte. Dort öffnete ich eine Flasche Sekt und zuckte beim Knall des Korkens unwillkürlich zusammen. Warum war ich nur so unter Strom? Ich goss den Sekt in ein Glas und stellte es auf dem kleinen Tisch ab, der vor der Couch stand.

»Brauchst du Hilfe, Lucy?«, fragte ich.

»Nein, ich komme in fünf Minuten raus.« Ich nickte und stand dann etwas unbeholfen herum. Zu ihm setzen würde ich mich niemals.

»Das macht meine kleine Nachhilfelehrerin also, wenn sie mich nicht am Kaffeewagen bepöbelt?«

Ich schnaubte. »Du hast mich zuerst bepöbelt«, gab ich zurück und er grinste.

»Ja, das stimmt.«

Ich wartete, doch mehr kam von ihm nicht.

»Nette Entschuldigung«, murmelte ich vor mich hin, während ich mich von ihm abwandte und hoffte, dass Lucy bald rauskam.

Hinter mir lachte er kalt.

»Ich bin nicht der Typ für Entschuldigungen.«

»Was du nicht sagst«, gab ich zurück und zuckte mit den Schultern.

Wieder entstand eine Pause und ich wollte schon nachschauen, wo Lucy blieb, als sich der Vorhang bewegte und Lucy in einem wunderschönen Vintage-Kleid von Dior heraustrat. Es war im Nacken geschnürt, ergoss sich dann in Wellen an ihrem Körper hinab und endete in einer großen Schleppe. Ich half Lucy, sich auf das kleine Podest zu stellen, damit sie sich in voller Pracht im Spiegel sah. Also wenn man mich fragen würde, ich war hin und weg von dem Anblick von Lucy in dem Kleid.

»Du siehst wunderschön aus, Lucy.« Das war die

Wahrheit.

Lucy stand da und sah sich im Spiegel an. Ihre Augen füllten sich mit Tränen. Diese Reaktion war die häufigste.

Lucy drehte sich ein paar Mal hin und her, betrachtete sich von jeder Seite. Dann wandte sie sich in meine Richtung. Doch sie sah nicht mich an, sondern an mir vorbei. Ich blickte über meine Schulter, um zu sehen, was Luce gerade machte, wahrscheinlich mit dem Handy spielen oder so. Doch nein, er war aufgestanden und ein Stück auf uns zugegangen. Er wendete sein Gesicht von mir ab, sodass ich ihm nicht in die Augen schauen konnte. Er ging an mir vorbei und ergriff Lucys Hand.

»Du bist perfekt, Luc«, sagte er leise und ich erstarrte. Diese Stimme war vollkommen anders als die, mit der er mit mir sprach. Sie quoll nur so über vor Liebe. Verdammt, Luce Snow besaß doch Gefühle.

»Patrick werden die Augen ausfallen, wenn er dich darin sieht«, sagte er und Lucy lachte. Sie nickte und er wandte sich wieder ab. Auf dem Weg zurück zur Couch streifte mich sein Blick kurz und wirklich nur eine Millisekunde lang sah ich hinter die kalten grauen Augen. Und es erschütterte mich bis tief in meine Seele. Schneller als ich reagieren konnte, verwandelten sich seine Augen wieder zurück in den kalten Sturm.

»Katty.« Tante Mays Stimme ertönte von unten und ich zuckte unwillkürlich zusammen und riss mich von Luce' Augen fort. Ich sagte Lucy, dass ich meine Tante hochschicken und sie sich weiter mit ihr um die restlichen Kleider kümmern würde.

»Danke für deine Hilfe.« Sie stockte.

»Kat«, half ich und sie lächelte breit.

»Danke, Kat und dir einen schönen Abend.«

»Danke, euch auch.« Kurz huschte mein Blick zurück zu dem Mann auf der Couch, doch er sah mich nicht an. »Und herzlichen Glückwunsch, dein Patrick ist ein Glückspilz.«

Wieder bekam ich ein Strahlen als Antwort und als ich zurück in den Laden ging, überlegte ich ernsthaft, wie zwei Geschwister so grundverschieden sein konnten.

Na ja, Lucy war ja auch nicht neun Monate im Knast gewesen, rief ich mir in Erinnerung. Unten traf ich auf May, die mit der Tüte von McDonald's wedelte.

Mein Magen knurrte unwillkürlich.

»Du isst und ich kümmere mich um den Termin.«

»Das erste Kleid hatte sie schon an«, erzählte ich, während ich den ersten Burger auspackte.

»Ist sie mit ihrer Mutter da?«, fragte May und ich schüttelte den Kopf.

»Mit ihrem Bruder.«

»Oh«, rief May und lachte. »Das ist ja mal was Neues.«

»Er ist ein Arsch.«

Misstrauisch wurde ich beäugt, als ich in meinen Cheeseburger biss und vor Wonne aufstöhnte.

»Kennst du ihn?«

»Nur flüchtig, wir gehen zusammen aufs College.«

May nickte.

»Na gut, dann werde ich mir mal ein Bild von ihm machen.«

Bevor ich sie davon abhalten konnte, stieg sie schon die Treppe hinauf und ich hörte sie Lucy und Luce lautstark begrüßen. So war sie, meine Tante May. Immer fröhlich und gut gelaunt. Trotz der Tatsache, dass sie ihre Schwester und den Vater verloren hatte. Ich schluckte und schob die Gedanken an meine Ma und meinen Großvater zur Seite und aß meinen Burger weiter. Währenddessen büffelte ich in meinem Geschichtsbuch.

So verging eine Stunde, wo ich immer mal wieder entzückte Schreie aus dem Brautzimmer vernahm.

»Du bist ja echt eine Leseratte«, ertönte es dann plötzlich hinter mir und wieder zuckte ich erschrocken zusammen. Ich hob den Kopf und sah, wie Luce die Treppe runterstieg. Ich hielt nach May und seiner Schwester Ausschau, doch er war allein.

»Die beiden kommen gleich nach«, sagte er und ich nickte. »Deine Tante ist echt ne Type.«

»Danke, ich bin sicher, dass dies ein Kompliment gewesen ist«, sagte ich spitz und er nickte grinsend.

»Lernst du?«, fragte er und kam auf den Tresen zu. Immer noch trug er schwarze Jeans und das Rockband-Shirt. Und leider sah er immer noch wirklich anziehend darin aus.

»Ja, kennst du so was?«

»Oh ja, ich hörte, es soll sterbenslangweilig sein.«

»Aber es ermöglicht dir eine Zukunft.«

Ein Schatten huschte über sein Gesicht und ich sagte nichts mehr.

»Wann fangen wir an?«, fragte er dann, als wir Schritte und Stimmen von oben hörten.

Ich sah ihn verständnislos an.

»Mit was?«

Er zuckte mit den Schultern.

»Mir den Stoff des letzten Semesters einzuprügeln.«

Ich erstarrte, er meinte es wirklich ernst.

»Hör zu, ich glaube, das ist keine so gute Idee. Wir können uns nicht leiden.«

Er nickte.

»Ja, aber das kommt, weil ich keinen leiden kann, Engelchen.«

Das ließ mich stocken.

Als Lucy und Tante May hinter ihm erschienen, wendete er sich vom Tresen ab. Während er Lucy in den Mantel half, was mich erstaunte, sah er mich noch einmal auffordernd an.

»Na schön, wann und wo?«, fragte ich dann und er grinste.

»Das höre ich öfter, muss ich zugeben«, sagte er und fing sich einen Ellbogenschlag seiner Schwester ein.

»Fünfte, Ecke Neunte. Hausnummer 5A, bei Lewis. Morgen Abend. Sieben Uhr.«

Das waren alles keine Fragen. Das war eine Aufforderung.

Auf dem Weg Richtung Ausgang schaute er noch mal

zurück.

»Bring Pizza mit, damit lernt es sich besser.«

Dann verschwand er ins abendliche New York und ließ mich mit meiner Empörung allein.

KAPITEL 4

Kat

»Bring Pizza mit«, äffte ich Mister »Ich bin der geilste Macker überhaupt« zum fünften Mal an diesem Abend nach, während ich meine Sachen für den morgigen Tag in meinem Rucksack verstaute. Emma saß auf ihrem Bett und sah mich belustigt an.

»Sei nicht so streng mit ihm.« Ich blickte empört auf und warf meinen Schal nach meiner besten Freundin.

»Streng? Ich werde richtig streng sein.«

»Hör mal«, begann Emma. Vorsichtig nahm sie mir das Englischbuch aus meinen verkrampften Fingern. »Vielleicht ist er ja gar kein so großes Arschloch. Vielleicht verhält er sich nur in der Außenwelt so und mit dir allein ist er ganz anders.«

Mit hochgezogenen Augenbrauen schaute ich sie an.

»Em, Süße, wir sind hier nicht in irgendeinem Liebesroman. Dies hier ist die reale Welt.«

Emma nickte.

»Ich meine ja nur, dass du ihm eine Chance geben könntest, vielleicht ist er ja ganz nett und falls nicht, dann schieb ihm einfach den Stoff ins Gehirn und vergiss ihn wieder.«

Geschlagen nickte ich. »Bleibt mir sowieso nichts anderes übrig, oder?«

»Ja, wohl oder übel.«

Es klopfte an der Tür und ich sah, wie Emma aufsprang.

»Das ist mein Date«, flüsterte sie und ich grinste.

»Wer hat an einem Montag ein Date?«

»Ich, meine Liebe, ich.« Emma drehte sich schnell im Kreis. »Wie sehe ich aus?«

»Wunderschön, er ist ein Glückspilz.«

Grinsend öffnete sie unsere Wohnungstür und ich kam etwas ungeschickt vom Boden hoch. Vor der Tür stand ein blonder Junge, vielleicht zwanzig, mit stechend blauen Augen und kleinen Grübchen, die jetzt zum Vorschein kamen, als er Emma erblickte. Plus für ihn.

»Hallo Emma«, sagte er und nahm ihre Hand in seine, um ihr einen Kuss darauf zu drücken. Während er das tat, sah mich Emma mit großen Augen an.

Ich grinste. Medizinstudenten waren eindeutig netter als Geschichtsstudenten.

»Hallo Kat«, begrüßte mich Emmas Date und schüttelte mir die Hand. »Wie geht es dir?«

»Danke, gut«, antwortete ich lächelnd und freute mich, dass Emma endlich mal mit jemand Nettem ausging.

»Sie muss um zehn zurück sein«, rief ich den beiden hinterher, als er einen Arm um Emma legte und mit ihr in den Wohnheimflur trat.

Emma drehte sich zu mir um und zeigte mir ihre Zunge. Dann schloss ich grinsend die Tür zwischen uns.

Als ich allein war, überfiel mich eine drängende Müdigkeit. Ich schlug die Decke zurück, um mich in mein gemütliches Bett zu legen. Ohne groß darüber nachzudenken, griff ich nach meinem Laptop und öffnete die Suchmaschine.

Lucas Snow. Der Name glitt wie von selbst über die

Tasten. Drei Treffer.

Eine Werbung für ein Mittel gegen Erektionsstörung. Na klar, so was kam ja immer, egal was man eingab.

Der andere Treffer war ein Zeitungsartikel der Studentenzeitschrift der NYU.

Lucas Snow - bewaffneter Raubüberfall auf Juwelier »Diamond« in New York

Die Überschrift brannte sich mir in die Netzhaut.

Beliebter Student Lucas »Luce« Snow wurde an diesem Abend wegen schweren Raubüberfalls auf einen Juwelier festgenommen. Bisher galt Snow als beliebter Student, der gute Noten schrieb und eine Karriere in der Verlagsbranche anstrebte. Außerdem verschaffte er uns den Sieg 2015 gegen Princeton im Football. Warum also hat er diese Tat begangen?

Ja, das fragte ich mich auch. Mir war Luce zwar bisher noch nicht aufgefallen, doch jetzt fragte ich mich umso mehr, warum ein beliebter Student, der wahrscheinlich an jedem Finger eine willige Frau hatte und dazu noch gute Noten schrieb, all dies wegwerfen konnte, um ein bisschen Geld aus einem Raubüberfall zu kassieren.

Gedankenverloren ging ich zum zweiten Zeitungsartikel.

Lucas Snow muss für bewaffneten Raubüberfall für 12 Monate ins Gefängnis. Ist dies das Ende seiner Karriere an der NYU?

Vermutlich nicht, sonst wäre er jetzt nicht zurück. Obwohl ich es sehr merkwürdig fand. Es war schwer, sich für die NYU zu qualifizieren und selbst wenn man bereits dort studierte, durfte man nicht aus dem Ruder laufen. Alles, was den Ruf der Uni schädigte, musste eliminiert werden. Warum und vor allem wie zur Hölle hatte es Luce wieder an die Uni und somit wohl oder übel in mein Leben geschafft?

Mit dieser Frage im Kopf schlief ich schließlich ein.

Der nächste Tag war lang und hätte zugleich ruhig noch etwas länger dauern können. Denn nun stand ich hier vor dem Apartment 5A, in der von Luce genannten Straße, und starrte auf den Namen »Lewis« am Klingelschild. Ich hatte natürlich keine Pizza dabei, dieser Idiot konnte selbst rausgehen, um sich eine zu holen.

Ich sah auf die Uhr. Kurz nach sieben. Ich war nicht genau pünktlich, aber zu spät war ich auch nicht. Unentschlossen, ob ich nicht noch schnell irgendwo einen Kaffee trinken gehen sollte, um ihn etwas warten zu lassen, stand ich nun da. Die Entscheidung wurde mir abgenommen, denn in diesem Moment öffnete sich die Haustür des Gebäudes und eine ältere Frau verließ es. Sie lächelte mich an und hielt mir die Tür auf. Na toll, das konnte ich ja wohl kaum ausschlagen. Also streckte ich mutig den Rücken durch und begann, auf den einzelnen Stockwerken nach der richtigen Wohnung Ausschau zu halten. Ich fand die gesuchte Tür im dritten Stock und lauschte. Drinnen lief Musik, doch zu leise, um zu erkennen, was es war. Ich schüttelte den Kopf und klopfte. Während ich wartete und ein leises Poltern von drinnen vernahm, hörte ich mein Herz so stark in meiner Brust schlagen, dass es in meinen Ohren widerhallte.

Verdammt, Mason, reiß dich zusammen.

Als die Tür schließlich geöffnet wurde, stand nicht Luce vor mir. Es war ein anderer Mann, groß und blond.

»Hi«, sagte dieser und zeigte mir sein schönstes Lächeln. An seinem vorderen Schneidezahn fehlte ein Stück. Ich fragte mich, ob ihm dieser wohl bei einer Prügelei zerschmettert worden war.

»Hallo«, begann ich. »Ich bin K…«

»Kat«, unterbrach er mich und grinste. »Ich habe schon auf dich gewartet.«

Ach, hatte er das?

»Ich bin Danny.« Er nahm mich in den Arm und drückte mich so fest, dass ich kurz den Boden unter den Füßen verlor. Ich wollte es nicht zugeben, aber er war mir sofort sympathisch und ich wunderte mich, dass Luce mit so einer Frohnatur eine Wohnung teilen konnte. Doch wie sagte man so schön: Gegensätze ziehen sich an.

Danny trat zur Seite und ich schob mich an ihm vorbei in die Wohnung. Sie war groß, das sah man auf den ersten Blick. Ich stand in einem riesigen Flur, von dem sechs Zimmer abgingen.

»Gib mir deine Jacke«, forderte Danny mich auf und ich schälte mich aus meinem dunkelblauen Parka mit der Fellkapuze und schob mir meine weiße Wollmütze vom Kopf. Beides reichte ich ihm und bedankte mich, als er es zusammen an die kleine Garderobe hängte. Ich bückte mich, um aus meinen schwarz-weißen Converse mit Felleinsatz zu schlüpfen. Ich stellte sie neben ein paar ebenfalls schwarz-weiße Superstars. Im Augenwinkel sah ich Luce' Bikerstiefel, wie ich sie nannte.

»Willst du was trinken?«, fragte mich Danny und ich nickte dankbar und folgte ihm in die Küche.

Diese war relativ winzig, doch es gab sogar einen kleinen Tisch unterm Fenster, um dort gemeinsam zu essen. Allerdings bezweifelte ich, dass Luce das jemals tun würde.

»Eure Wohnung ist echt toll.«

Danny grinste mich an, als er zwei Coke aus dem Kühlschrank holte.

»Danke, für Luce und mich reicht es allemal.«

Er reichte mir die Cola und gab mir mit einem kleinen Nicken Richtung Tür zu verstehen, dass ich ihm folgen sollte.

Er zeigte auf die hinterste Tür und erzählte mir, dass dort das Bad und gleich daneben das Wohnzimmer waren. Die zwei Zimmer gegenüber waren zum einen sein Schlafzimmer und zum anderen das Zimmer von Luce. Apropos Luce, wo steckte der Mistkerl überhaupt?

»Möchtest du dich ins Wohnzimmer setzen?«

Ich sah zu Danny hoch. Er trug ein blaues Shirt, von dem mich Spider-Man angrinste, und dazu Bluejeans.

»Ich wollte gern so schnell wie möglich anfangen, wo ist Luce?«, fragte ich und sein Blick verrutschte ein wenig. Ich musterte ihn skeptisch. »Ist er nicht da?«, fragte ich, vernahm jedoch gleichzeitig ein leises Stöhnen aus dem Zimmer, das er mir als Luce' Schlafzimmer vorgestellt hatte.

Ich sah erst zu Danny, der nur entschuldigend die Schultern hochzog, und dann wieder zu dem Zimmer. Wut stieg in mir auf.

Ich hätte gehen sollen. Ich hätte Danny meine Cola zurückgeben, meine Sachen schnappen und aus diesem Wohnhaus verschwinden sollen. Stattdessen gewann die Wut in mir die Oberhand und ich trat erst einen Schritt auf das Zimmer zu und dann einen zweiten, bis ich davorstand und mit einem Ruck die Tür aufstieß.

Das Erste, was ich sah, war ein roter Haarschopf, der zu einem Mädchen gehörte, die vor einem großen Bett kniete. Sie trug nichts als BH und Höschen und sie ... Da entdeckte ich Luce, er saß mit nacktem Oberkörper und runtergelassener Hose auf der Bettkante, während sich die Rotgelockte um sein bestes Stück kümmerte. Ich starrte ihn an. Er hatte den Kopf zurückgeworfen und die Augen geschlossen, doch als ich ins Zimmer trat, hob er den Kopf und sah mich mit seinen grauen Augen ruhig an. Ich las nicht mal Überraschung in seinem Blick. Lediglich das rothaarige Mädchen hob erschrocken den Kopf und machte einen kleinen, erstickten Aufschrei.

»Ich gebe dir fünf Minuten, um sie rauszuwerfen, dich anzuziehen und rauszukommen, ansonsten hast du mich heute zum letzten Mal gesehen und kannst dir dein Dasein an der Uni sonst wohin schieben«, sagte ich mit fast gelassener Stimme, die mich eigentlich verwunderte. Innerlich brodelte es und ich hasste mich dafür, dass obwohl ich stinkwütend war, meine Augen keine bessere Idee hatten, als sich die Konturen von Luce' hartem, muskelbepacktem Oberkörper ins Gehirn zu brennen. Das Tattoo, das seinen kompletten linken Arm umzog, reichte bis über die ganze Schulter. Luce sah mich leicht belustigt an. »Wo ist die Pizza?«

»Fünf Minuten, Snow!«, warnte ich ihn und drehte mich dann schnaubend um.

»Ist sie deine Freundin?«, fragte das rothaarige Mädchen und ich hörte nur noch »Nein, meine Nachhilfelehrerin«, bevor ich die Tür zwischen uns zuknallte.

KAPITEL 5

Kat

»Was ist denn dein Hauptfach?«, fragte mich Danny und ich sah ihn gequält an. Noch zwei Minuten. Zwei gebe ich diesem Idioten mit Namen Luce noch, der nichts Besseres zu tun hat, als sich einen blasen zu lassen, obwohl er mich zum Lernen eingeladen hat. Immer noch schwirrte dieses Bild vor meinem inneren Auge. Er war heiß, zugegeben. Aber das war bisher die einzige positive Eigenschaft an diesem Mann.

»Kat?«, riss mich Danny aus meiner Grübelei.

»Oh«, fuhr ich auf und entschuldigte mich. »Geschichte«, antwortete ich ihm. »Und deins?«

»Ich studiere nicht.«

»Oh«, entfuhr es mir wieder. »Entschuldige, das hatte ich angenommen, weil du mit Luce zusammenwohnst.«

»Wir sind Freunde seit Kindertagen.«

»Verstehe, und was machst du dann?«

»Ich bin in einer Ausbildung zum Marketing Director.«

»Cool«, entfuhr es mir und er lächelte in sich hinein.

»Ja, das ist es wirklich, ich arbeite in einer Agentur, die viel Werbung für verschiedene Marken macht. Uns habt ihr zum Beispiel den neuen Snickers-Werbespot zu verdanken.«

»Echt, der ist wirklich lustig.«

»Ja, wirklich lustig«, kam es von der Wohnzimmertür und ich sah auf. Luce stand im Türrahmen. Er trug eine schwarze Jogginghose und ein schwarzes Tanktop, das seine muskulösen Oberarme betonte und seinen tätowierten Arm zeigte. Nicht dass mir das alles so schnell aufgefallen wäre. Danny neben mir stand auf.

»Du bist doch nur neidisch, Bro.«

Luce lachte. Ja, er lachte wirklich. Dann klatschte er mit Danny ab und kam auf mich zu.

»So Kätzchen, das Mädchen ist weg, ich bin angezogen und aus meinem Zimmer gekommen, wo ist nun meine Pizza?«, fragte er und ich schnaubte.

»Die kannst du dir schön selber besorgen«, zischte ich.

»Kein Problem, die Pizza hole ich, während ihr lernt«, fiel Danny ein und ich starrte ihn an.

Ich werde bestimmt nicht nach dem Lernen gemütlich mit Danny und Mister Oberaufreißer Pizza auf dem Sofa essen.

»Keine Widerrede«, sagte Danny, als er meinen Gesichtsausdruck sah. »Ich erledige kurz was und komme dann mit Pizza wieder.«

Danny ging in den Flur und begann, seine Jacke und ein paar Turnschuhe überzustreifen. Währenddessen ließ sich Luce neben mir auf dem Sofa nieder. Dicht neben mir auf dem Sofa. So dicht, dass sein Oberschenkel mein Knie streifte. Oje. Fast schon wollte ich Danny bitten zu bleiben.

Ach verdammt, reiß dich zusammen, Mason.

Ich rückte etwas von Luce fort und während die zufallende Tür im Flur zu hören war, kramte ich meine Geschichtsbücher aus dem Rucksack. Luce starrte mich von der Seite an. Das spürte ich deutlich, da meine Wangen glühten.

»Katharina die Große, die Tudors, Französische Revolution, Ludwig der XIV, der Mauerfall und …«

Luce griff während des Aufzählens nach dem aktuellen Lehrbuch. »… und natürlich das Römische Reich.«

»Ja«, sagte ich, weil mir nichts Besseres einfallen wollte.

»Das alles willst du jetzt in mich einprügeln?«

»Nicht jetzt, aber ab heute. Wir haben beide was davon, wenn du so schnell wie möglich das letzte Semester in dein Hirn bekommst.«

»Hast recht.«

Dann saßen wir schweigend vor uns hin, bis ich noch einen Schluck von meiner Cola nahm und das erste Buch aufschlug.

»Was meinst du, ich lese vor und du sagst mir deine Meinung dazu?«

»Klar.« Er sah mich nicht an und erst auf, als sein Handy in seiner Hose summte. Er zog es heraus und grinste.

»Na, nächster Blowjob in Aussicht?«, fragte ich ohne, das hoffte ich, Eifersucht in der Stimme.

Er blickte mich von der Seite an.

»War das ein Angebot?« Er zeigte mir seine geraden Zähne, doch mir fiel auf, dass seine Augen nicht vor Schalk glänzten.

Ich starrte ihn nur an, bis er wieder auf sein Handy sah und eine Nachricht eintippte. Dann legte er es auf den Tisch, wo es nach einigen Sekunden wieder summte.

Ich sah ihn genervt an, als er danach griff.

»Leg schon los, ich höre zu, Engelchen.«

»Nein, tust du nicht.«

»Hier.« Er hielt mir das Handy unter die Nase und ich sah das Brautkleid, was seine Schwester Lucy gestern als Erstes anhatte.

»Oh«, entfuhr es mir erfreut. »Hat sie dieses genommen?«

»Ja«, antwortete er und ich grinste.

»Gute Wahl, es stand ihr fantastisch.«

»Ja, kann ich nur bestätigen.« Er sah mich an. So richtig, als würde er in mich hineinsehen.

Ich senkte den Blick und schlug das Kapitel der Tudors auf. Ich begann zu lesen und fragte ihn immer mal wieder etwas. Mal, wie viele Frauen König Heinrich VIII. hatte. Mal, wie sie umgekommen waren. Warum er mit der Kirche gebrochen hatte oder wie er schließlich gestorben war.

Mal wusste er die Antwort, mal half ich ihm etwas. Doch alles in allem war es eine erfolgreiche erste Nachhilfestunde und ich wunderte mich über seine rege Teilnahme. Wahrscheinlich wollte er es so schnell wie möglich hinter sich bringen. So wie ich. Das sagte ich mir zumindest die ganze Zeit, während seine grauen Augen mich ansahen, als ich ein Kapitel nach dem anderen mit ihm durchnahm.

Ich sah auf die Uhr, als Danny ins Zimmer kam und drei Kartons mit dampfender Pizza in den Händen hielt. Es war kurz nach zehn. Verdammt, ich hatte gehofft, ich wäre da schon lange zurück im Wohnheim.

Neben mir stand Luce auf, um Danny zwei Pizza-schachteln abzunehmen. Als er sich wieder zu mir umdrehte, sah ich ihn unsicher an.

»Hier.« Als ich nicht sofort nach der Pizza griff, hob er fragend die Augenbrauen.

»Es ist eine Salami-Pizza, die mag doch jeder«, sagte er.

Ich schluckte und mein Magen begann zu knurren, als der Geruch der Pizza so langsam den Raum füllte.

»Wenn du jetzt sagst, dass du Vegetarierin bist, ist unser Lernverhältnis sofort beendet.«

»Das ist es nicht, ich sollte nur schon lange wieder im Wohnheim sein. Meine Mitbewohnerin wird sich Sorgen machen.«

Luce zuckte gelassen mit den Schultern.

»Ruf sie an und frag um Erlaubnis.« Er stellte den Pizza-Karton auf den Tisch vor mir und seinen dane-ben. Dann verschwand er, ohne mich noch mal anzu-sehen, im Flur.

Danny stellte seine Pizza ebenfalls auf dem Tisch ab und setzte sich mir gegenüber in einen Sessel.

»Sag lieber Bescheid«, sagte er und lächelte mich an.

Also kramte ich mein Handy aus dem Rucksack und entdeckte wie schon befürchtet eine Nachricht von Emma auf dem Display.

Emma: *Ich hoffe der Grund, warum du noch nicht hier bist, ist der, dass du mit Mister »Ich komme gerade aus dem Knast«*

Körperflüssigkeiten austauschst?

Ich verdrehte unwillkürlich die Augen und stellte fest, dass mich Danny belustigt ansah.

Ich: *Wir haben bis eben gelernt, Em. Bleibe noch auf ein Stück Pizza.*

Die Antwort ließ nicht lange auf sich warten.

Emma: *Jaja, Pizza. Ich verlange die Details morgen, wie heiß und saftig die Pizza war! ;)*

Ich: *Du spinnst, Emma!*

Emma: *Und du liebst mich dafür. Bis später, Süße oder sollte ich lieber bis morgen schreiben?*

Ich schnaubte.

Ich: *Bis später, Emma.*

Ich grinste, als ich das Handy weglegte und stattdessen die Pizzaschachtel öffnete. Die knusprigste Pizza, die ich seit Langem gesehen hatte, entlockte mir ein genüssliches Stöhnen. Mir lief das Wasser im Mund zusammen, weil der zerlaufene Käse so einladend glitzerte.

Danny mir gegenüber lachte, doch ich schreckte auf, als sich Luce plötzlich wieder neben mir niederließ.

Er stellte sich ein Bier vor die Nase und sah mich an. Das Grau seiner Augen schien wie immer kalt und abweisend. Ich fragte mich, wie seine Augen wohl vor der Sache mit dem Knast ausgesehen hatten. War da mal mehr Leben gewesen oder war es nicht nur der Knast, der sie verdunkelt hatte?

»Du starrst schon wieder, Kätzchen.«

Ich riss mich los und während ich mir ein Stück Pizza nahm, spürte ich die Hitze in meinen Wangen. Ich biss in die Pizza und ein genießerischer Laut entfuhr mir. Auch die beiden Jungs hatten angefangen zu essen, sodass sie meinen kulinarischen Höhepunkt wohl nicht gehört hatten.

»Erzähl mal, Kat, wie gefällt es dir so an der Uni?«, fragte Danny dann, um die drückende Stimmung etwas aufzulockern.

Ich lächelte ihn dankbar an. »Es gefällt mir sehr gut. Ich habe mich recht schnell hier eingewöhnt und liebe das, was ich tue.«

»Von wo kommst du?«

»Wisconsin«, antwortete ich, sofort etwas verunsichert. Ich mochte es gar nicht, über meine Heimat zu sprechen. Alles, was ich dort zurückgelassen hatte, war so weit weg. Ich hasste es, es immer wieder hervorzuholen und sei es nur für ein Smalltalk-Gespräch. Zwei Augenpaare ruhten auf mir.

»Die Heimat von Gene Wilder«, sagte Luce und überraschte mich damit.

»Ja, genau und Edna Ferber.«

Er nickte.

»Kennst du sie?«

Luce zuckte mit den Schultern. »American Beauty, oder?«

Ich nickte mechanisch, total überrascht dass Luce, das Arschloch, jemanden wie Edna Ferber kannte.

»Damit kenne ich mich nicht aus.« Ich hörte Danny

nicht, immer noch sah ich den Mann neben mir an, der einfach wieder angefangen hatte, seine Pizza zu verschlingen. Mir dagegen war der Appetit vergangen. Nicht weil es mir schlecht ging, sondern weil sich etwas um meine Eingeweide gelegt hatte, was mich kaum atmen ließ. Ich schluckte hart und zwang mich von seinem Gesicht los.

»Was haltet ihr von einer Folge *Daredevil*?«, fragte Danny und ich wollte schon ablehnen. Doch dann traf mich Luce' Blick und diese Sturmaugen brachten mich dazu, zu nicken und mich tiefer in das gemütliche Sofa zu kuscheln.

»Kennst du die Serie, Kat?«, fragte mich Danny und ich nickte. Es war eine meiner Lieblingsserien und es liefen gerade die neuen Folgen auf Netflix.

»Eine Folge«, sagte ich und freute mich, als sich Danny links neben mich setzte. Dadurch musste ich wohl oder übel noch etwas dichter an Luce heranrutschen. Als ich seinen Oberschenkel streifte, sah er mich belustigt an und mir war, als blitzte etwas in seinen Augen auf.

Danny schaltete den Fernseher an und die erste Folge flimmerte über den Bildschirm. Der blinde Matt Murdock zischte in seinem Daredevil-Kostüm durch die Straßen von New York. Der Schauspieler Charlie Cox stand auf Emmas und meiner »Männer, die zu heiß fürs echte Leben sind«-Liste sehr weit oben.

Trotz der Aufregung und der Gewissheit, dass Luce Snow dicht neben mir saß, begannen meine Gedanken abzudriften. Meine Glieder wurden schwer und die Müdigkeit überfiel mich so schnell, dass ich kaum mitbekam, wie ich leicht eindöste. Dumpf hörte ich die Stimmen der Schauspieler der Serie im Hintergrund, doch das Gemurmel ließ mich nur noch weiter abdriften. Luce' Duft stieg mir in die Nase, so als hätte er sich neben mir bewegt. Er roch nach irgendeinem Duschgel und nach ihm. Es war ein ganz besonderer Geruch, der mich selbst im Traum zittern ließ. Dann hörte ich Danny etwas neben mir sagen, er klang verärgert. Die Stimme riss an meinem Dämmerzustand, doch ich konnte mich nicht von ihm lösen.

Neben mir spürte ich einen Luftzug und wieder traf mich Luce' Geruch, doch er verflüchtigte sich schnell.

»Du hast sie hierher eingeladen, Kumpel.«

Das war Danny, eindeutig.

»Und, scheiß drauf, ich muss jetzt los.« Selbst im Schlaf traf mich diese harte, kalte Stimme wie ein Faustschlag in den Magen.

»Das ist echt nicht fair, Bro.«

»Du passt schon auf sie auf und ich bin morgen früh ja wieder da.«

»Wie du willst.«

Danny klang echt angepisst, doch ich konnte nichts sagen. Ich spürte, wie jemand meine Füße auf das Sofa hob und eine Decke über mich breitete. Sobald die Wärme der Decke mich umhüllte, glitt ich noch weiter in die Dunkelheit, bis ich mit dem letzten Rest von Luce' Geruch endgültig einschlief.

KAPITEL 6

Kat

Ein summendes Geräusch riss mich aus meinem Schlaf. Langsam öffnete ich die Augen und das Erste, was ich sah, war ein Fenster. Doch die Aussicht war nicht die des Campus der Uni. Wie von jemandem gestochen, setzte ich mich auf dem großen Sofa auf und die Erinnerungen sickerten immer schneller in meinen Kopf.

Pizza, *Daredevil*, Luce, der eine meiner Lieblingsautorinnen kannte und mein Einnicken. Dann war da noch die dumpfe Erinnerung eines Streitgesprächs zwischen Danny und Luce.

Ich hörte wieder dieses Summen, das zu meinem Handy gehörte. Plötzlich wurde ich panisch. Emma musste sich höllische Sorgen machen. Verdammt. Schnell kramte ich das Handy aus dem Rucksack und Emmas Name sowie ein Foto von uns bei ihrer letzten Geburtstagsparty im Juli blinkte auf dem Display auf.

»Es tut mir leid«, meldete ich mich ohne weitere Begrüßung.

»Also für den Anfang«, begann Emma, »ist alles bei dir in Ordnung?«

»Ja«, antwortete ich.

»Sicher? Keine Knochenbrüche, keine seelischen Wunden, nicht mal ein blauer Fleck?«

Ich lächelte. Nicht mehr seelische Wunden als vorher auch schon, aber das sagte ich nicht.

»Nein, mir geht es gut, ich bin eingeschlafen.«

»Nach einer heißen Nummer mit dem Knast-Boy?«

»Em«, warnte ich sie.

»Was denn, das darf ich fragen, wenn du die ganze Nacht mit einem fremden Jungen zusammen warst.«

»Ich war nicht mit ihm allein, sein Freund Danny war auch dabei.«

»Oh.« Emma gluckste. »Ein Freund?«

»Wir haben ferngesehen und ich bin eingeschlafen.«

»Schön, du hast Glück, Geschichte ist heute ausgefallen, du hast eine E-Mail bekommen. Ich war mal so nett und habe sie gelesen, damit du Bescheid weißt.«

Das hörte sich gut an. Ich hatte zu lange geschlafen, ich wäre unter Garantie zu spät gekommen und das wollte ich auf keinen Fall noch mal dieses Semester.

»Danke, Emma.«

»Ist doch klar. So, ich muss los, aber ich erwarte dich hier zu Hause, wenn ich von meinen Seminaren zurück bin, sonst hole ich dich.« Die Drohung war ernst gemeint, das wusste ich.

»Geht klar.«

»Bis später, diesmal wirklich.« Dann hatte Emma aufgelegt und ich erschrak, als ich Danny im Türrahmen sah. Er hatte andere Kleidung an als gestern. Diesmal trug er ein T-Shirt mit Batman in Schwarz und dazu schwarze Jeans.

»Guten Morgen«, sagte er und kam auf mich zu.

»Guten Morgen, tut mir leid, dass ich eingeschlafen bin.«

Er winkte ab und sah mich etwas komisch an. »Mir tut es leid, eigentlich wollte ich dich nach Hause fahren, aber Luce hat mir deine Wohnheimadresse nicht sagen können und ich wollte dich nicht wecken.«

»Er weiß sie auch nicht«, sagte ich.

»Ja, das auch.«

Diese Aussage verwunderte mich. »Was denn noch?«

»Ach, nichts.«

Ich sah ihn misstrauisch an, doch er lächelte nur.

»Ich muss jetzt los zur Arbeit. Luce ist in der Küche und macht Kaffee, falls du einen möchtest.«

»Danke.« Ich stand auf und er nahm mich kurz in den Arm. Das fand ich zwar etwas komisch, aber eher, weil es mir so vorkam, als würden wir uns schon Ewigkeiten kennen. Als wäre er mein bester Freund.

»War schön dich kennenzulernen, Kat. Bis hoffentlich bald.«

»Ich glaube früher, als euch lieb ist.«

Er lachte, drehte sich um und verschwand aus dem Zimmer.

Einen Moment stand ich etwas hilflos im Raum, bevor mich meine morgendliche Koffeinsucht in die Küche zog. Als ich dort angekommen war, blieb ich im Türrahmen stehen und schluckte. Luce stand mit dem Rücken zu mir an der Arbeitsplatte und goss sich gerade einen Kaffee in einen roten Becher. Sein Oberkörper war nackt und ich starrte auf die harten Muskeln, die seinen Rücken durchzogen. Für Männerrücken hatte ich schon immer eine Schwäche, doch dieser hier war einfach unglaublich heiß und mit nichts zu vergleichen, was ich vorher gesehen hatte. Er trug immer noch diese schwarze Jogginghose, die jedoch tief auf seine Hüften gerutscht war. Gierig saugten meine Augen den Anblick seines prallen Hinterns auf, der sich auch in der weit geschnittenen Hose abzeichnete. Dieser Mann war einfach unglaublich attraktiv. Und ein Mistkerl, rief ich mir ins Gedächtnis.

Irgendwas ließ ihn aufsehen und sich plötzlich umdrehen. Mein Herz schlug höher in meiner Brust, als er in meine Richtung sah und grinste.

»Kaffee ist fertig«, sagte er und ich wollte gerade antworten, als er noch etwas hinzufügte. »Du kannst im Bett warten.« Meine Stirn legte sich in Falten. Was zur Hölle meinte er damit? Wollte er etwa?

»Na klar, beeil dich, du Hengst, ich habe noch Zeit für eine zweite Runde.« Die weibliche Stimme hinter mir ließ mich zur Säule erstarren. Als ich mich umdrehte und die rothaarige Frau sah, die ich gestern Abend quasi aus der Wohnung geschmissen hatte, war ich nicht wütend. Stattdessen wurde mir übel. Ich hatte auf der Couch geschlafen, während Luce mit dieser Frau in seinem Zimmer Sex gehabt hatte. Das meinte Danny vorhin. Ihm war es scheißegal gewesen, was mit mir war. Ich war ihm scheißegal, Hauptsache, ich brachte ihn heil durch dieses Semester. Was anderes kümmerte ihn nicht. Ich registrierte, wie das Mädchen mich ansah und dann in Luce' Zimmer verschwand.

»Kannst dir auch einen nehmen«, kam es von hinten

und ich drehte mich wieder zu Luce um.

»Sehr freundlich, aber nein danke.«

Er zuckte mit den Schultern. »Wie du willst.«

»Ich sollte gehen.«

Wieder ein Zucken. Mist, was dachte ich mir eigentlich? Nur weil er Ferber kannte und gestern ein bisschen nett gewesen war, hieß das noch lange nicht, dass Luce Snow kein verdammter Idiot war.

»Geschichte fällt heute aus«, sagte ich ihm und er nickte.

»Das weiß ich schon, scheint so, als würden wir uns erst nächste Woche wiedersehen.«

Ich nickte und er trat ein Stück zu mir heran.

»Traurig?«

Ich schnaubte. »Ich würde es eher Erleichterung nennen.«

Luce grinste amüsiert. »Wenn du das sagst, Engelchen.«

Ich wendete mich ab, um meine Schuhe anzuziehen. Als ich nach meiner Jacke griff, sah ich noch einmal in seine Richtung. Er nahm einen Schluck Kaffee und ich beobachtete, wie sich sein Hals bewegte, als er schluckte.

»Geh schon, ich finde auch allein raus.« Ich zeigte auf die Tür seines Schlafzimmers. Seine grauen Augen musterten mich.

»Du hast bestimmt ne Menge nachzuholen. Neun Monate ohne Sex und ein Dasein nur unter Männern lässt einen bestimmt spitz wie Lumpi wieder aus dem Knast kommen.«

Ich sagte dies ganz ohne verräterisches Zittern in der Stimme, doch er erwiderte nichts. Er sah mich nur an. Kälte fuhr in meine Knochen. Dies war das erste Mal, dass ich das Gefängnis ansprach und ich hatte ein wenig Angst vor seiner Reaktion. Doch er kam nur auf mich zu und beugte sich zu mir herab. Sein Duft traf mich hart und alle meine Härchen stellten sich auf, als er den Mund an mein Ohr legte.

»Du hast so was von keine Ahnung, Kleine.«

Ich erstarrte, als er sich wieder aufrichtete und mich kühl ansah. Dann drehte er sich um, verschwand ohne Blick zurück in seinem Zimmer und knallte die Tür hinter sich zu. Ich zuckte zusammen und brauchte ganze zehn Minuten, um mich aus meiner Starre zu lösen, meine Bücher zu holen und meine Jacke anzuziehen, um dann aus dieser verdammten Wohnung zu verschwinden.

KAPITEL 7

Kat

Ich hatte wirklich keine Ahnung. Was hatte ich mir nur dabei gedacht? Ich wusste nichts über den Knast. Gar nichts, warum also hatte ich das gesagt? Ich weiß, warum. Das rothaarige Mädchen war schuld. Das Gute war jedoch, dass ich Luce Snow erst am Montag wiedersah. Vor mir lagen drei Tage und ein Wochenende, um mich auf ein erneutes Aufeinandertreffen vorzubereiten.

»Er hat es dir bestimmt nicht übel genommen«, sagte Emma, die mir nun schon seit Ewigkeiten beim Grübeln zusah.

»Warum ist er auch so ein unhöflicher Chauvi.« Meine Tante May kam hinter einer Kleiderpuppe hervor, die ein weit ausgeschnittenes blassrosa Kleid trug.

»Sagt man heutzutage noch Chauvi?«, fragte Emma und lachte.

May kam auf den Tresen zu und schnappte sich ihren Kaffeebecher. »Natürlich, Emma, ich sage es. Aber mal ehrlich.« May sah mich an und hob die Augenbrauen. »Jeder hätte sein Verhalten so kommentiert. Vergiss nicht, dieser Junge ist vielleicht einundzwanzig, das muss ein Albtraum für jemanden in seinem Alter sein, im Knast zu sitzen mit nichts als Schwänzen.«

»May«, rief ich und schlug mir die Hände vor das Gesicht.

»Ach Kleines, für mich wäre das wohl ein Paradies.«

»Gut gesagt, May«, rief dann auch noch meine beste

Freundin und ich ignorierte diese Verschwörung einfach. Mit den beiden konnte man zurzeit kein vernünftiges Gespräch führen.

»Magst du ihn, Kleines?« May hatte sich neben mich gestellt und in ihren Augen sah ich diesmal keinen Schalk.

»Nein, May.« Sie hob die Augenbrauen misstrauisch. »Wirklich nicht. Er ist mir irgendwie unheimlich. Ich möchte mit so einem Menschen nichts zu tun haben, zumal er nicht wirklich nett zu mir ist.«

May nickte. »Pass einfach auf dich auf, Kleines, das habe ich deinem Vater versprochen.«

»Na klar.« Ich lächelte.

»Wie geht es Scotti Scott eigentlich?«, fragte Emma daraufhin nach meinem Vater. Er wohnte immer noch in Wisconsin. Immer noch arbeitete er in der kleinen Firma, die Küchengeräte verkaufte. Immer noch ging er jeden Sonntag zum Poolbillard ins Tonys. Doch er lebte seit dem Tag vor so vielen Jahren allein. Meine Mutter war gegangen, sein Vater und ich ebenfalls. Doch ich hätte nicht bleiben können. Das wäre undenkbar für mich gewesen.

»Als ich das letzte Mal mit ihm gesprochen habe, ging es ihm gut.«

Emma nickte.

»Ich werde in den nächsten Semesterferien rüberfliegen.«

Das tat ich immer. Ich versprach es ihm jedes Mal, wenn ich Abschied von ihm nahm. Doch ich fürchtete mich stets, zurück nach Wisconsin zu fliegen. Es war nicht richtig für mich. New York war jetzt mein Zuhause. Ich tat es nur für meinen Vater.

»Vielleicht komme ich dieses Jahr mit.« Emma lächelte mich aufmunternd an. Dieser Lockenschopf wusste genau, wie es in mir aussah und dass ich mich unheimlich freuen würde, wenn sie mitkäme.

»Ich würde ja auch mitkommen, allerdings hält mich mein Baby hier ziemlich auf Trab.«

May strich über das blassrosa Kleid und lächelte.

Ich musste zugeben, ich hatte wirklich die beste Freundin von allen und die beste Tante der Welt. Was brauchte ich mehr, als sie, als meine Familie und die Bücher, die mir Halt gaben. Nein, mehr war nicht nötig.

Die nächsten beiden Tage verliefen relativ ruhig. Ich besuchte meine Seminare, trank Kaffee mit Emma in unserem Stammcafé, dem *Joe's*, und verbrachte die Abende bei May im Brautladen. Und ich war glücklich. Bis ich schließlich am Freitagabend im *Cowgirl* saß, in dem Emma jobbte.

»Biiiitte«, flehte sie und fuchtelte mit ihren Händen vor meinem Gesicht rum. »Dann bekommst du auch Kartoffel-Eis gratis.«

Ich sah sie finster an. Das *Cowgirl* war ein typisch amerikanisches Restaurant im Western-Stil. Als Arbeitskleidung trug Emma Cowboy Boots und einen braunen Ledermini mit Fransen. Dort gab es die leckersten Mozzarellasticks, die ich jemals gegessen hatte. Und natürlich Kartoffel-Eis. Es sah aus wie eine Ofenkartoffel, hatte aber rein gar nichts mit einer Kartoffel zu tun. Und ich liebte es. Das wusste Emma.

»Bitte. Bitte. Bitte.«

»Ich hasse Partys«, murmelte ich und sie grinste.

»Das weiß ich, aber der Typ, der mich eingeladen hat, ist wirklich nett. Ich bin sicher, es wird keine typische Studentenparty. Einfach nur ein paar nette Leute, ein paar Bierchen und ein nettes Beisammensein.«

»Bier in roten Partybechern.«

»Urteile nicht über die Gläser.«

Ich stützte mein Kinn auf meine Hände und griff schließlich nach meiner Coke. Ich nahm einen Schluck und dann noch einen. Währenddessen sah ich Emma dabei zu, wie sie sich vor Aufregung wand.

»Na schön.« Ein Schrei verließ ihre Lippen und zog damit ein paar neugierige Blicke auf uns. Übers ganze Gesicht strahlend, tanzte sie eine Pirouette und küsste mich auf die Wange. Dann drehte sie sich um in Richtung Küche.

»Ein Kartoffel-Eis für meine beste Freundin, Johnny«, schrie sie und verschwand dann hinter dem kleinen Tresen.

Ich grinste vor mich hin und schlug mein Philosophiebuch auf. Doch ich war nicht bei der Sache. Ich hatte nicht wirklich Lust auf eine Party. Besonders nicht auf eine Studentenparty mit betrunkenen Studenten die, umso später es wurde, in jede Ecke des Zimmers kotzten.

Ich war so nicht. Doch Emma zuliebe würde ich wohl vieles machen.

Die Party fand auch nicht sehr weit entfernt vom Wohnheim statt, also konnte ich uns schnell nach Hause schleppen, wenn es mir zu doof wurde.

Emma erschien wieder neben mir und mit ihr mein langersehntes Kartoffel-Eis.

»Danke«, sagte ich, während ich nach meinem Löffel griff.

»Ich danke dir. Und wer weiß, vielleicht treffen wir ja bekannte Gesichter.«

»Das will ich nicht hoffen.« Das Letzte, was ich wollte, war eine Begegnung mit Luce Snow. Mir reichte schon der Gedanke, ihn am Montag im Kurs wiederzusehen. Die paar Tage, in denen ich ihm nicht begegnet war, hatten mir die Augen geöffnet. Dieser Typ war einfach nur ein Mistkerl und Aufreißer. All das, was ich hasste. Ich würde diese Nachhilfe so schnell wie möglich hinter mich bringen und ihn dann einfach vergessen. Luce wer?

Mein summendes Handy riss mich aus den Gedanken und ich lächelte, als ich sah, wer der Anrufer war.

»Hi Dad«, rief ich, als ich das Gespräch angenommen hatte.

»Hallo Sonnenschein, wie geht es meinem Großstadtmädchen.«

»Sehr gut, danke und dir, Dad?«

»Gut, gut, ich rufe an, weil ich Annas Obstkuchen backen wollte für die Wohltätigkeitsveranstaltung in deiner alten Grundschule. Ich habe ihn immer so gemocht, aber ich kann mich nicht erinnern, was für Obst sie genommen hat.«

Ein Kloß bildete sich in meinen Hals. Anna, meine Mom, hatte jeden Sonntag gebacken und immer wartete ein Stück Kuchen auf meinen Vater, wenn er abends vom Billard heimkam.

»Erdbeeren, Kiwis und Pfirsiche«, antwortete ich leise.

»Ach ja, die Pfirsiche, die hatte ich vergessen.«

»Und den willst du machen?«, fragte ich argwöhnisch.

»Ja, die neue Direktorin hat mich darauf angesprochen. Sie war bei uns im Geschäft und hat einen Geschirrspüler gekauft. Wir kamen ins Gespräch und so bemerkte ich gar nicht, wie ich mich kurzentschlossen für den Kuchenverkauf gemeldet hatte.«

Ich grinste in mich hinein. »Pass aber auf, dass du nicht das Haus abfackelst.«

»Also nun hör aber auf, junge Dame, ich kann sehr wohl gut kochen.«

»Aber backen, Dad?«

»Ja, auch backen.«

»Frag Granny doch, ob sie dir hilft.«

Meine Großmutter war eine Meisterin im Backen. Dieses Talent hatte sie ihrer Tochter wohl in die Wiege gelegt.

»Nein, ich schaffe das, es ist ja auch nur ein Obstkuchen, das sollte selbst ich hinbekommen.«

»Wenn du meinst, dann schick mir ein Foto, wenn du ihn fertig hast.«

»Was fertig?«

Emma erschien wieder neben mir. Sie hatte die kleine weiße Schürze abgelegt und gesellte sich jetzt an meinen Tisch. Verärgert sah ich, wie sie sich meinen Löffel nahm und sich ein großes Stück Eis klaute.

Mein, formte ich mit den Lippen, doch sie grinste nur.

»Mein Dad will backen.«

»Was?«, schrie sie so panisch, als hätte ich ihr gesagt, Greys Anatomy würde bald abgesetzt.

»Das habe ich gehört«, sagte mein Vater am anderen Ende der Leitung und ich lachte.

»Siehst du, Dad, selbst Emma findet, dass dies keine so gute Idee ist.«

»Ach was, das stimmt nicht. Üben Sie nur gut und viel, bis wir in den Ferien kommen, dann sollte es jeden Tag Kuchen geben, Scotti.«

Ich hörte meinen Vater lachen. Emma war die einzige Person, die ihn Scotti nennen durfte. Seit sie das erste Mal mit mir nach Hause geflogen war, hatten sich mein Dad und meine beste Freundin unsterblich ineinander verliebt.

»Sag Emmy, dass ich alles für sie tun würde.«

Ich schnaubte. »Er würde alles für dich tun, dabei seid ihr nicht mal blutsverwandt.«

»Wie sagt man so schön? Wasser ist heißer als Blut.«

Mein Dad und ich lachten. »Ja, fast so heißt der Spruch, Em.«

Emma machte eine abwinkende Handbewegung und nahm dann noch eine Portion Eis.

»Hör zu, Dad, Emma versucht mir mein Eis zu klauen, telefonieren wir am Sonntag?«

»Aber natürlich, Sonnenschein, genieß deinen Abend und hab ein lustiges Wochenende. Und Emmy kannst du sagen, dass ich ihr die letzte Staffel der *Golden Girls* aufgetrieben habe, die sie unbedingt sehen wollte. Ich bringe sie gleich morgen zur Post.«

»Ich werd es ihr sagen. Ich hab dich lieb, Dad.«

»Ich dich auch, Kat.«

Als er das Telefonat beendete, wurde mir schwer ums Herz. Ich vermisste ihn doch mehr, als ich zugeben wollte.

Emma sah mich fragend an.

»Bald gibt es *Golden Girls* für uns.«

Wieder kam ein Schrei aus Emmas Kehle und wieder lachte ich.

KAPITEL 8

Kat

»Du kannst das anziehen.« Emma hielt ein silberfarbenes Etuikleid hoch, das wie eine Diskokugel glitzerte. Es war so eng geschnitten, dass ich nicht mal an Unterwäsche denken konnte. Oh nein.

»Nein«, sagte ich und Emma stöhnte genervt.

»Katty, bitte, stell dich nicht so an.«

Ich rollte mit den Augen. Emma stand voll bekleidet vor mir, ich dagegen hatte nur einen schwarzen BH und ein passendes Höschen an. Meine Freundin trug einen schwarzen Minirock und dazu ein weißes Oberteil, das für meinen Geschmack zu weit ausgeschnitten war. Doch bei Emma sah es gut aus. Ihre Beine waren nackt und ihre Füße steckten in ebenfalls schwarzen Heels. Die blonden Locken reichten ihr bis kurz über die Schultern und sie hatte sie so gestylt, dass sie alle auf ihre rechte Seite fielen.

»Willst du so gehen?«, fragte Emma und ich sah sie böse an. Umso mehr sie mich damit aufzog, umso weniger Lust hatte ich auf diese Party.

»Jim holt uns gleich ab.«

»Erzähl mir noch mal von ihm.«

»Er ist zwanzig, studiert ebenfalls Medizin, er will Kinderarzt werden. Und er ist süß.«

»Da weißt du ja viel über ihn.«

»Das Date war toll.«

»Lass mich raten, viel geredet habt ihr nicht, oder?«

Emma grinste und das war Antwort genug für mich.

Ich seufzte, während meine Freundin wieder den Kopf in ihren Schrank steckte.

Ich stellte mich vor unseren gemeinsamen Schminkspiegel. Emma hatte mich geschminkt und mir die Haare gelockt, sodass sie mir in weichen blonden Wellen über den Rücken fielen. Die Augen waren dezent betont und meine Lippen in ein tiefes Rot getaucht. Ich sah super aus, Emma hatte sich selbst übertroffen. Nur klamottentechnisch stand ich vor der Verzweiflung.

»Du musst dir echt ein paar heiße Kleider anschaffen, Süße«, sagte Emma, immer noch mit dem Kopf im Schrank. Ich wollte gerade antworten, als ein Schrei Emmas Kehle verließ.

Sie kam aus dem Schrank und hielt mein Kleid in der Hand. Das Kleid, das ich heute anziehen würde. Es war schwarz und ärmellos. Der Rock war etwas ausgestellt in einer A-Form. Ich nahm es kommentarlos entgegen und zog es an. Es ging mir bis kurz über die Knie und Emma reichte mir eine schwarze Strickjacke, die mit kleinen silbernen Perlen bestickt war. Dazu übergab sie mir silberne Riemchensandalen.

Es klopfte, als ich sie anzog. Emma sah mich fragend an.

»Wir können los.«

Sie grinste. »Du siehst wunderschön aus, Kat.«

»Ebenfalls, Em.«

Emma lief zur Tür und öffnete sie für Jim, einen groß gewachsenen Mann, mit braunen kinnlangen Haaren.

»Guten Abend, Ladys, können wir los?«

»Aber sicher.« Emma lachte, drückte ihm einen Kuss auf die Wange und zog mich an der Hand nach draußen auf unseren Wohnheimflur.

Ich lief etwas wackelig in den Sandalen und hoffte, ich würde keinen Gefrierbrand an den Zehen bekommen. Als wir den Uniparkplatz erreichten, gingen Jim und Emma auf einen schwarzen SUV zu und Jim öffnete die hintere Autotür für uns. Ich stieg zuerst ein und rutschte hinter den Fahrersitz. Auf diesem saß ein Mann, der sich zu uns umdrehte, als ich ins Auto kletterte. Er war blond und hatte die Haare zu einem Irokesen geschnitten. Über seine nackten Arme zogen sich viele Tattoos.

»Hallo, ich bin Brad, ihr müsst Emma und Katharina sein.«

Ich sah Emma böse an, da sie meinen richtigen Vornamen verraten hatte.

»Nur Kat«, verbesserte ich Brad.

»Alles klar.« Irgendwie schien es mir, als wäre er schon betrunken. Aber ich konnte mich auch täuschen. Emma würde nicht mit einem betrunkenen Typen mitfahren. Sie grinste mich an, als Brad den Motor startete und losfuhr.

»Kennst du ihn?«, flüsterte ich und machte eine Kopfbewegung in Richtung Fahrer. Emma schüttelte den Kopf und zeigte auf Jim.

Ich lehnte mich zurück und sah zu, wie Brad den SUV durch New Yorks allbekannten Rummel steuerte. Nach etwa zehn Minuten hielten wir vor einem großen brauen Wohnhaus, von dem ich bereits im Auto laute Musik hörte. Mein mulmiges Gefühl vermehrte sich, als wir ausstiegen und die Treppe zu der Wohnung hochgingen, wo die Party schon lautstark im Gange war. Sofort fühlte ich mich unwohl und vollkommen fehl am Platz. Ich war einfach nicht der Typ für solche Partys. Ich verbrachte meine Samstagabende lieber mit einem guten Buch oder vielleicht einem lustigen Kinobesuch.

Doch Emma zog mich am Arm in die Wohnung hinein und ich versuchte, irgendwelche Leute wieder-zuerkennen. Doch bis jetzt waren das hier alles nur Fremde. Wir schlängelten uns durch die Schar von Männern und Frauen. Einige tanzten zu den donnern-den Bässen, die aus großen schwarzen Boxen kamen. Andere knutschten auf der Couch, dem Boden oder dem Küchentisch. Ach herrje. Wir erreichten die Küche und ich sah mir das Schauspiel des blonden Mannes und der schwarzhaarigen Frau mit einem merkwürdi-gen Gefühl im Bauch an. Es sah aus, als würden sie hier gleich eine richtige Live-Peepshow starten. Ich wandte den Blick ab und Brad reichte mir einen roten Becher. War ja klar, wie ich gesagt hatte.

»Siehste.« Ich hielt den Becher in Emmas Richtung, doch die grinste nur, während sie begann mit Jim zu tanzen. Mannomann, das ging aber schnell. Wir waren ja noch nicht mal ne viertel Stunde da. Ich sah mich um, doch außer vielen Menschen war nicht wirklich was zu entdecken. Mein Blick traf Brad, der mich neugierig musterte. Er wandte den Kopf zu meinem Ohr.

»Willst du tanzen, Babe?«, fragte er und mir lief es kalt den Rücken hinunter beim Klang seiner Stimme. Er war eindeutig betrunken, das stellte ich an dem glasigen Blick fest, mit dem er mich ansah. Mit ihm würde ich mit Sicherheit nicht zurückfahren, schwor ich mir. Außerdem hasste ich diesen Kosenamen.

»Nein danke, ich schau mich mal um.«

Ohne auf eine Reaktion von ihm zu warten, drehte ich mich um und verschwand in der Menge. Ich hängte meine Jacke an die Garderobe im Flur und hoffte, sie später wiederzubekommen. Dann kämpfte ich mich ins Wohnzimmer. Hier waren nicht so viele Menschen. Einige saßen auf dem Boden in einem Kreis und spielten Flaschendrehen. Ich verzog das Gesicht. Spielte man solche Spiele nicht in der High School? Ich konnte diese Art von Spielen nie leiden. Trotzdem sprintete ich auf den gerade frei gewordenen Platz auf der Couch zu, um mich dort zu setzen. Das Mädchen, was neben mir saß, sah mich mit ebenfalls glasigen Augen kurz an, drehte sich dann jedoch wieder zu dem Spiel auf dem Boden um.

Ich tat dies ebenfalls und beobachtete ein Mädchen mit pinken Haaren, die die Flasche gedreht hatte. Der Kopf der Flasche hielt bei einem anderen Mädchen mit kurz geschnittenem Igelkopf. Ohne zu zögern, krabbelten die beiden aufeinander zu und fanden sich in einem innigen Zungenkuss wieder. Ein Grölen ertönte um sie herum und ich verzog erneut das Gesicht. Die Augen immer noch auf die beiden Mädchen gerichtet, nahm ich einen Schluck aus dem roten Becher. Es war Bier und ich zog eine Grimasse, nahm jedoch noch einen Schluck. Vielleicht würde ich dann ein bisschen lockerer werden. Während ich also auf dieser unbequemen Couch saß, Bier trank und bei lesbischen Zungenküssen zusah, bemerkte ich nicht, wie das Mädchen neben mir aufgestanden war. Erst als sich ein Mann neben mich setzte, sah ich auf. Es war Brad.

»Hi Babe«, lallte er.

Ich sah ihn angewidert an.

»Möchtest du auch eine Runde spielen?«, fragte er.

Als ich wild den Kopf schüttelte, spürte ich ein leichtes Schwindelgefühl. Ich sah auf meinen roten Becher. Ich hatte ihn nicht mal ausgetrunken, trotzdem fühlte ich mich seltsam benebelt, als hätte ich schon fünf von diesen Bechern gehabt.

»Sicher?«, fragte er und ich nickte. Irgendwie war mir merkwürdig und die Art, wie er mich ansah, fühlte sich anders an. Warum war ich nicht so wie die anderen Mädchen, die hier Spaß hatten. Sie dachten nicht an morgen, nicht daran, wie gern sie lieber in ihrem Bett liegen würden, um ein Buch zu lesen. Sie vergaßen ihre Sorgen.

Wenn du nicht mal rausgehst, Schätzchen, dann wirst du die ganze Welt verpassen.

Die Stimme meiner Mutter drang so schnell in meinen Kopf, dass ich es nicht aufhalten konnte. Sie verpasste die Welt gerade und sie konnte nicht mal was dafür. Ich konnte dies ändern. Ich hatte die Chance, Abenteuer zu erleben.

Mein Blick traf die braunen Augen von Brad und dieser lächelte. Dann tat ich etwas vollkommen Untypisches für mich. Ich legte meine Lippen auf seine. Kurz gab er einen überraschten Laut von sich, doch er fing sich schnell, fasste mir in die blonden Locken und küsste mich heftig. Er schmeckte nach Bier und irgendwas Hochprozentigem. Doch es war mir egal. Ich wollte auch mal die Welt vergessen. Man musste ja nicht unbedingt mit ihm Sex haben. Meine Jungfräulichkeit, denn diese Tugend besaß ich in meinem zarten Alter noch immer, wollte ich nicht unbedingt an diesen Kerl verschenken. Aber etwas knutschen oder etwas fummeln, wie es Emma immer nannte. Davon bekam man schon keinen Ärger. Außerdem hatte ich Mühe, einen klaren Gedanken zu fassen. Ich fühlte mich wie auf einer anderen Ebene. In einem Schleier aus Alkohol, der mir zu Kopf stieg. Doch ich küsste ihn weiter und spürte seine Hand an meinem Rücken. Er fand den Reißverschluss meines Kleides. Ich löste mich von ihm, um ihn anzusehen. Er lächelte.

»Komm.« Er stand so plötzlich auf, dass ich nach vorn fiel und mich an der Sofalehne festhalten musste, um nicht umzufallen.

»Wohin?«, fragte ich, doch ich hörte meine Stimme nur gedämpft, so als würde ich mir die Ohren zuhalten. Brad nahm mich an der Hand und ich folgte ihm durch die tanzenden Menschen um uns herum. Ich konnte mich schwer auf den Beinen halten und rempelte mehrere Menschen an. Die Entschuldigung ging viel zu oft über meine Lippen. Als wir an einer verschlossenen Tür hielten, legte er den Arm um meine Taille. Er küsste mich wieder und stieß dabei die Tür auf. Küssend taumelten wir in den Raum und als er die Tür hinter uns schloss und den Schlüssel drehte, der im Schloss steckte, wurde mir komisch. Vielleicht sollte ich dieses Abenteuer doch noch nicht bestreiten. Ich war vielleicht ein Spätzünder und konnte noch etwas warten, bis ich hochging. Ich sah mich um. Wir waren im Badezimmer. Brad kam auf mich zu und packte mich an den Oberarmen. Ich sah ihn mit schlierendem Blick an und er grinste. Dann küsste er mich und schmeckte plötzlich so ekelerregend, dass die Übelkeit mich so schnell packte, dass mir schwindelig wurde. Er drängte mich an die Wand und presste seinen Körper gegen meinen. Immer wieder stieß seine Zunge in meinen Mund und seine Hand schob mein Kleid hoch. Ich versuchte, ihn von mir wegzudrücken. Ich wollte das nicht. Wollte ihn nicht. Ich mochte ihn nicht mal. Er fuhr mit seiner Hand unter mein Kleid und fand mein Höschen. Ich wollte schreien, doch er küsste mich noch immer. Als ich zu würgen anfing, löste er sich von meinem Mund.

»Lass mich.«

Er grinste nur. Seine gläsernen Augen sahen mich an. Allmählich wurde mir bewusst, dass es noch etwas anderes sein musste als Alkohol, das ihn berauschte.

»Stopp.«

»Zier dich nicht so, Goldlöckchen. Du siehst so

heiß aus in deinem Businesskleidchen. Diese blonden Locken, ich würde sie mir am liebsten eng um meine Faust wickeln und zuhören, wie du vor Schmerz jaulst. Kaum hatte er es ausgesprochen, tat er es. Seine Hand verfing sich in meinen Haaren und er zog fest daran. Tränen stiegen mir in die Augen und ich spürte, wie sie meine Wangen hinabliefen. Brad hatte seine Hand nun in meinem Höschen und ich glaubte, mich übergeben zu müssen. Ich wurde dort zwar schon einmal berührt, doch es fühlte sich dreckig an. Ich begann zu schluchzen, als er mein Höschen runterschob und eines meiner Beine um seine Hüfte legte.

»Ich ficke dich schnell und dann können wir noch eine Runde Flaschendrehen spielen.«

Seine Stimme klang hart. Ein Klopfen ertönte an der Tür und er hielt inne. Er sah mich warnend an und ich bekam Panik.

»Moment noch«, sagte er und grinste, während seine Hand seine Hose öffnete.

»Hilfe«, schrie ich dann so laut ich konnte. Es hatte sich nicht sehr laut angehört, doch ich hoffte, der Mensch auf der anderen Seite der Tür war noch nicht gegangen.

Brad schaute mich wütend an und verschloss meinen Mund mit seiner großen, verschwitzten Hand. Wieder liefen mir die Tränen die Wangen hinunter. »Schnauze, Schlampe.«

Er zog seine Jeans herunter, als wieder ein Klopfen ertönte, diesmal ein lauteres.

»Besetzt«, bellte Brad, doch erneut klopfte es an der Tür. Und dann hörte ich einen dumpfen Schlag. Mein Herz schlug so stark in meiner Brust, dass es schmerzte. Wieder ein dumpfer Schlag. Brad ließ mich los und ich sackte einfach so in mich zusammen. Ich begann jetzt richtig zu weinen. Ich zog die Knie an und sah, wie Brad mit offener Hose zur Tür ging und sie einen Spaltbreit öffnete, um zu sehen, wer da keine Ruhe gab.

»Ich bin beschäftigt, Mann«, sagte er. Ich konnte nicht sehen, wer vor der Tür stand. Mein Kopf fühlte sich schwer an und ich lehnte ihn vorsichtig gegen die Badewanne hinter mir. Vor meinen Augen tanzten die Gegenstände und langsam verschwammen sie zu einem undeutlichen Bild.

Der Mensch vor der Tür sagte etwas, doch ich verstand ihn nicht.

Ein Schluchzen verließ meine Kehle und ein Krachen ertönte kurz darauf. Verschwommen sah ich, wie ein Mann, es musste ein Mann sein, denn er war ziemlich groß, ins Badezimmer stürmte. Ich bekam mit, wie Brad zu Boden ging. Was passierte hier? Jemand hockte sich vor mich und sagte etwas, doch es drang nicht durch den Schleier. Dann spürte ich eine Berührung an meinen Armen und zuckte so heftig zusammen, dass mein Kopf hart an die Badewanne stieß. Ich stöhnte vor Schmerz.

»Keine Angst, Engelchen. Ich bringe dich hier raus.«

Es war leise, doch ich hörte die Worte, die der Mann zu mir gesagt hatte. Dann spürte ich zwei Arme, die mir aufhalfen. Der Mann hob mich in seine Arme und mein Kopf kam auf seiner Brust zu liegen. Ein Duft erreichte meine Nase und trotz der Geschehnisse und der Verschwommenheit drang dieser Geruch direkt in mein Inneres. Er trug mich aus dem Badezimmer und durch die Menge hindurch. Während wir die Wohnung verließen, zwang ich mich aufzusehen, damit ich sein Gesicht erkennen konnte. Im gleichen Moment blickte er mich an und die Sturmaugen brannten nur so vor Wut. Er war hier. Er hatte mich gerettet.

»Alles wird gut, Engelchen.«

Das Letzte, was ich dachte, bevor ich das Bewusstsein verlor, war, dass Luce Snow mich gerettet hatte.

KAPITEL 9
Kat

Brrrr …

Oh Mann, was zur Hölle war das für ein Lärm? Ein Surren riss mich aus meinem Schleier. Was machte Emma so früh schon für komische Geräusche? Es war doch Sonntag. War es doch, oder?

Ich drehte mich unter der dicken, weichen Daunendecke auf den Rücken und spürte kurz darauf einen solch stechenden Schmerz in meiner Schläfe, dass ich unwillkürlich zusammenzuckte und meine Hände vors Gesicht hielt. Verdammt, was war denn los mit mir? Wieder dieses Surren, es ließ mich noch einmal zusammenfahren und ich versuchte, langsam die Augen zu öffnen. Nur aus dem Grund, Emma für diese hässlichen Geräusche so früh morgens mit einem Kissen zu bewerfen. Als ich die Augen aufschlug, sah ich zuerst auf eine weiße Wand. Es war eindeutig zu grell im Zimmer. Verflixt, warum hatte ich solch heftige Kopfschmerzen? Ich wandte mich zur linken Seite, um nach Emma zu sehen, doch mein Blick traf auf ein großes Bücherregal. Was zur Hölle? Das war nicht mein Zimmer.

Die Ereignisse strömten in einem stechenden Strom auf mich ein, sodass ich unwillkürlich die Hände vor die Augen hielt, um sie abzuwehren. Doch es war alles da. Die Party. Der rote Becher voll Bier. Das Badezimmer. Brad und schließlich Luce. Übelkeit stieg in mir auf und ich stöhnte. Nicht kotzen, Kat, bloß nicht kotzen.

Es war absurd, man hatte mir wahrhaftig etwas ins Glas gekippt. Verdammt noch mal, warum hatte ich das nicht kommen sehen. Warum wollte ich etwas trinken, was von dem Mann gekommen war, der Emma und mich schon betrunken von unserem Wohnheim abgeholt hatte? Emma. Wo war sie? Ging es ihr gut? Ich zwang mich, mich im Bett aufzusetzen und das Zimmer zu begutachten, um festzustellen, wo ich mich befand. Als ich erkannte, wo ich war – in Luce' Zimmer –, lief ich vor Scham sofort rot an. Bei meinem letzten Besuch hier drin, hatte er sich von einer Rothaarigen einen blasen lassen. Ich stöhnte wieder. Er hatte ein geräumiges Zimmer und das Bett, in dem ich lag, war riesig. Ich drehte mich zur rechten Seite, doch diese war unberührt. Das hieß, er hatte nicht hier geschlafen. Ein Gefühl von Enttäuschung überfiel mich, doch ich schob es wütend weg. Mein Blick fiel wieder auf das Bücherregal. Es erstreckte sich über die komplette Wand und darin befanden sich unheimlich viele Romane. Sie stapelten sich etwas unordentlich übereinander, so als hätte er versucht, so viele wie möglich unterzubringen. Da mein Blick immer noch etwas verschleiert war, konnte ich nicht erkennen, was für Schätze dort verborgen waren.

Meine Gedanken gingen wieder zum gestrigen Abend zurück. Es war mir so peinlich. Was sollte Luce von mir denken? Ich ging endlich mal aus und dann ließ ich mir K.-o.-Tropfen in meinen Drink kippen. Ich hatte einen wildfremden Kerl geküsst, nur um mich endlich wie ein normales Mädchen in meinem Alter zu fühlen. Das war so erbärmlich. Außerdem konnte ich mich an nichts mehr erinnern, nachdem er mich aus der Wohnung getragen hatte. Was hatte ich von mir gegeben? Ich beschloss aufzustehen, doch als ich versuchte, mich so weit aufzusetzen, dass ich meine Beine aus dem Bett strecken konnte, wurde mir schlagartig schwindelig. Ich fiel nach vorn und verlor mein Gleichgewicht. Ein Fluch ertönte laut im Zimmer und wäre ich nicht gerade im freien Fall aus dem Bett, hätte ich mir die Ohren zugehalten.

Zwei Arme legten sich um mich und brachten mich wieder zurück in eine liegende Position. Ich schloss die Lider und vor meinem inneren Auge drehte sich alles. Verdammt. Ich spürte, dass jemand am Bett stand und dem Geruch nach zu urteilen, der mir in die Nase stieg, wusste ich genau, wer das war.

»Ich habe dir Kaffee gekocht.« Ah, das Geräusch war also eine Kaffeemaschine gewesen. »Und ich habe dir Aspirin mitgebracht, so wie du aussiehst, brauchst du die dringend.«

Luce' Stimme hörte sich kalt und verärgert an. Natürlich, er hasste mich und musste mich trotzdem vor diesem widerlichen Brad retten.

»Danke«, flüsterte ich mit weiterhin geschlossenen Augen. Zum einen aus dem Grund, dass mir noch immer schwindelig war, doch auch, weil ich sein hartes Gesicht noch nicht sehen wollte.

Er grunzte und es hörte sich irgendwie lustig an.

Wahrscheinlich war ich immer noch betrunken.

»Ist Emma okay?«, fragte ich.

»Ich habe sie heimgebracht, nachdem ich dich hier abgeliefert habe.«

Ich wollte nicken, tat es meinem Kopf zuliebe aber nicht. Stattdessen versuchte ich jetzt doch meine Augen zu öffnen, weil mir etwas an seinen Worten aufgefallen war.

Langsam hob ich die Lider und es dauerte einen Moment, bis ich wieder ein klares Bild vor mir hatte. Er sah wirklich verärgert aus. Die grauen Augen waren stumpf und hart. Seine Gesichtszüge scharf und sein Gesicht wurde von einem Dreitagebart überschattet, was ihn verrucht wirken ließ. Alles in allem sah er mal wieder viel zu attraktiv aus.

»Und warum bin ich nicht zu Hause?«, fragte ich, ohne zu überlegen.

Er zog die Augenbrauen nach oben. Im Ernst. Er hatte Emma nach Hause gebracht und mich mitgenommen. Er hätte mich doch auch einfach in mein Bett stecken können.

»Wie wäre es mit einem ‚Danke, dass du mich vor diesem scheiß Vergewaltiger gerettet hast, Luce‘, anstatt dich darüber aufzuregen, dass du nicht bei deiner leichtsinnigen Freundin im Wohnheim bist.«

Ich sah ihn an und wunderte mich über seine Wut.

»Danke, Luce.« Ich meinte das wirklich ernst und plötzlich überfiel mich eine Traurigkeit. Ich war so dumm gewesen und hatte wirklich Angst gehabt, dass dieser Brad mich zu etwas zwang, was ich nicht tun wollte.

Er sah mich misstrauisch an.

»Wirklich, Luce, danke dass du mich vor ihm gerettet hast, ich weiß gar nicht, wie ich in solch eine Situation reingeraten bin.«

Er schnaubte. »Ich schon, Kätzchen. Man sollte niemals etwas von jemandem trinken, wie von dem Typen gestern. Und man schmeißt sich nicht an ihn ran wie ein williges Mädchen.« Wut begleitete jedes Wort.

Tränen stiegen mir in die Augen und eine davon lief die Wange hinab. Sein Blick veränderte sich. Mir war, als wäre das Grau etwas weicher geworden. Aber ich konnte mich auch täuschen.

»Ja, du hast recht.« Hieß das etwa, dass er gesehen hatte, wie ich mich an Brad rangeschmissen hatte?

»Hier, trink das.« Er hielt mir ein Glas mit klarem Wasser hin. In seiner anderen Hand lag eine weiße runde Tablette. Ich nahm beides entgegen und verschüttete durch meine zittrigen Finger etwas von dem Wasser auf der Decke.

Luce stand nur da und starrte mich an.

»Wo hast du geschlafen?«, fragte ich und ein Grinsen stahl sich auf seine Lippen.

»Nicht hier. Enttäuscht?« Mein Gesicht stand in Flammen und ich ärgerte mich darüber.

Ich stöhnte, mehr aus Scham als vor Schmerz, doch plötzlich erschien sein Gesicht nah an meinem. Diese Sturmaugen trafen mich und drangen in mich ein, wie ein Wirbelsturm.

»Alles okay? Soll ich doch einen Arzt rufen?«, fragte er und hörte sich dabei wirklich besorgt an.

»Nein, alles gut«, brachte ich mühsam hervor, während mein Blick sich nicht von seinen Augen losreißen konnte.

»Sicher? Du hast dir gestern ganz schön den Kopf gestoßen.«

»Ach, deshalb die Kopfschmerzen, ich hatte mich schon gewundert.«

Er grinste ein wenig. »Nein, die kommen vom Alkohol und den Tropfen, die dir der Scheißkerl in den Becher gekippt hat.« Die Wut war zurück.

Wieder schwieg ich, da es mir noch immer unangenehm war.

»Ich sollte nach Hause«, sagte ich mit brüchiger Stimme. Ich hatte das Bedürfnis, mich in mein Bett zu verkriechen und zwei Tage durchzuheulen.

»Versuch es nur, glaub mir, du kommst nicht mal bis zur Haustür.«

Ich sah ihn ärgerlich an. »Und was soll ich deiner Meinung nach machen? Hierbleiben?«

»Für heute auf jeden Fall.«

Ich starrte ihn an.

»Was denn, Kätzchen, ich reiße mich nicht drum, auf der Couch zu pennen. Aber ich lasse dich auch nicht rausgehen. Selbst ich würde das nicht tun.« Das Letzte flüsterte er nur. »Trink ein paar Schlucke Kaffee und versuch dann wieder einzuschlafen. Dies ist die beste

Medizin.«

»Du musst dich ja auskennen.«

Er war gerade wieder auf dem Weg zur Schlafzimmertür, als er noch mal innehielt.

»Wenn du glaubst, dass dies hier heißt, dass wir Freunde sind, kannst du dir das sofort aus deinem hübschen Köpfchen streichen.«

»Verstehe.« Mir wurde schlecht. Er war noch immer ein Mistkerl. Na klar, warum sollte er sich auch in den paar Tagen, an denen ich ihn nicht gesehen hatte, geändert haben.

Er sah mich an und als er gehen wollte, hielt ich ihn nochmals auf.

»Luce?«, fragte ich und er hob ungeduldig die Augenbrauen.

»Was?«

»Gibt es hier ein Badezimmer? Ich glaub, ich muss mich übergeben.«

Luce hatte mich schließlich mit einem Fluch auf den Lippen ins Badezimmer getragen. Ja, er hatte mich tragen müssen, da ich mich auf meinen wackeligen Beinen nicht halten konnte. Dort war all das wieder rausgekommen, was in mir brannte. Luce blieb die ganze Zeit bei mir, hielt mir die Haare aus dem Gesicht, reichte mir danach einen nassen Waschlappen, um mich abzuwischen und brachte mich dann wieder zurück in sein Bett. Dort angekommen war mir aufgefallen, dass ich immer noch mein Kleid trug, doch ich war einfach zu schwach, um nach irgendwas zu fragen, was ich anziehen konnte. Außerdem wollte ich auch keine Klamotten von Luce haben. Als ich wieder im Bett lag, hatte Luce mir noch einmal fest in die Augen gesehen und war dann aus dem Zimmer gegangen. Mit klopfendem Herzen war ich schließlich in die drängende Dunkelheit weggedriftet.

Es war dunkel im Zimmer, als ich wieder aufwachte. Ich fühlte mich etwas besser. Die Tablette und der Schlaf zeigten wahrscheinlich langsam ihre Wirkung. Doch ich machte noch keine Anstalten, mich aus dem Bett zu bewegen. Stattdessen starrte ich an Luce' Zimmerdecke, bis sie sich zu einem klaren Bild festigte. Ich spürte, wie mir mein Kleid an den Beinen hochrutschte, als ich mich unter der Decke wand, also schloss ich noch mal die Augen und schlug dann die Bettdecke von mir. Vorsichtig schob ich die Beine aus dem Bett und schaffte es letztendlich, ohne Schwindelgefühl oder Übelkeitsbefall auf der Bettkante zu sitzen. Meine Augen streiften durch das Zimmer, saugten den Anblick der Bücher auf, die mich, wie ich zugeben musste, immer noch beeindruckten. Niemals hätte ich es für möglich gehalten, dass das Arschloch Luce Snow Gefallen an etwas wie Büchern finden könnte. Mein Blick glitt weiter und blieb an einem kleinen Kleiderhaufen hängen, der lieblos auf einem Sessel unterm Fenster lag. Entschlossen stützte ich mich mit der rechten Hand auf dem kleinen Nachtschrank ab und stellte mich aufrecht. Ich brauchte gute zwei Minuten, bis sich der leichte Schwindel legte.

Dann lief ich mit kurzen Schritten auf den Sessel zu und schnappte mir das schwarze T-Shirt. Mein Blick fing das aufgedruckte Bild auf, das ich schon mal gesehen hatte. Es war das Rockband-Shirt, was Luce an dem Tag anhatte, als er mir zum ersten Mal begegnete. Ich zuckte mit den Schultern und begann, den Reißverschluss an der rechten Seite meines Kleides aufzuziehen. Wie ein Fächer öffnete sich das Kleid und fiel wie von selbst von mir. Ein Zittern überfiel mich und eine leichte Gänsehaut überzog meinen nun schließlich halb nackten Körper.

»Mist«, fluchte ich, als mir das Shirt aus der Hand rutschte. Also bückte ich mich und als ich gerade danach greifen wollte, schwang die Zimmertür weit auf und mich sahen große graue Augen an. Ich hielt inne wie ein Reh im Scheinwerferlicht, unfähig mich zu bewegen. Im Türrahmen stand Luce und sah, nein starrte mich an. Seine Sturmaugen wanderten von meinen Beinen über meinen Hintern und weiter über den Ansatz meiner Brust, die ich so schnell wie möglich mit meinen Händen bedeckt hatte.

Als seine Augen meine fanden, holte ich zischend Luft. Etwas war dort erschienen, das ich noch niemals gesehen hatte. Es war, als ströme Lava durch das Grau seiner Augen. In seinem Blick las ich Verlangen. Unwillkürlich zog es an der Stelle in mir, tief in meinem Bauch, wo ich so lange kein Ziehen gespürt hatte.

»Verdammt, zieh dir was an.« Mit dem herrischen Befehl war die Glut in seinen Augen verschwunden.

Doch als er die Zimmertür wieder schloss und ich mir sein Shirt über den Kopf zog, war ich mir ganz sicher, es gesehen zu haben.

Nach diesem kleinen Zwischenfall hatte ich einfach auf dem Bett gesessen und vor mich hingestarrt. Es war mir peinlich gewesen, doch der Blick aus Luce' Augen ließ mich nicht los.

Als ich draußen eine Tür zuknallen hörte, schöpfte ich Mut und verließ Luce' Zimmer. Etwas unwohl, da ich nur sein T-Shirt trug, ging ich den Flur entlang und fand Danny im Wohnzimmer. Er saß auf der Couch und steckte sein Gesicht in ein Lehrbuch. Als ich das Zimmer betrat, sah er auf und hob die Augenbrauen.

»Du hast dir wirklich was angezogen«, sagte er grinsend und ich zupfte peinlich berührt an dem Saum des Shirts, das mir gerade mal bis über den Hintern reichte.

»Was anderes hab ich nicht gefunden.«

»Klar.« Er lachte und stand auf. Er ging an mir vorbei und verschwand für eine kurze Zeit.

Als er wieder ins Zimmer kam, hielt er mir eine schwarze Jogginghose hin. Dankbar nahm ich sie entgegen und zog sie mir über die nackten Beine. Sofort ging es mir besser. Ich schaute mich im Zimmer um.

»Er ist nicht da.«

Abrupt sah ich Danny an, der sich wieder auf die Couch fallen gelassen hatte und nun einladend auf die andere Seite klopfte, um mir zu verstehen zu geben, mich zu setzen, was ich auch tat.

»Was meinst du?«

»Na, Luce. Er ist weg und wird wohl auch erst mal nicht wiederkommen.«

Ich hob verwirrt eine Augenbraue. »Warum?«

Danny lachte wieder, doch es war kein belustigtes Lachen.

»Du hast ihn da kalt erwischt.«

Nun legte sich meine Stirn in Falten.

»Was meinst du denn? Er ist einfach so reingeplatzt, was kann ich dafür, dass er bei dem Anblick einer nackten Frau gleich nach Timbuktu flüchtet.«

»Das meinte ich nicht, Kat.«

Jetzt schwieg ich und sah ihn fragend an.

»Was gestern passiert ist, das ist etwas, was Luce schon zu oft mitgemacht hat. Zu oft hat er versucht, eine Vergewaltigung zu verhindern.«

»Warum?«

»Hör zu, Kat.« Er sah jetzt sehr ernst aus, das kannte ich von ihm noch nicht. »Ich möchte, dass du weißt, dass Luce kein guter Kerl ist. Versteh mich nicht falsch, er ist mein bester Freund seit Ewigkeiten, aber er war schon immer ein Stück weit kaputt und nach der Sache vor einem Jahr und dem Knast ist noch mehr in ihm kaputt gegangen. Er tut Sachen, die ich persönlich nicht gutheiße, jedoch respektiere ich die Art, wie er versucht damit umzugehen. Ich möchte nur nicht, dass du da in was hineingerätst, was nicht gut für dich ist. Ich finde, du bist ein sehr nettes Mädchen und ich möchte dir das ersparen.«

Ich schluckte. Ich hatte also recht gehabt, dass Luce schon vor dem Gefängnis Probleme hatte.

»Ich will nichts von Luce.«

Danny nickte. »Ich wollte es dir nur sagen.«

»Wo ist er jetzt?«

Danny zuckte mit den Schultern.

»Keine Ahnung, wahrscheinlich bei einer Frau. Du musst wissen, dass es nicht typisch für ihn war, dass er dich hierhergebracht hat. Doch er flüchtet meistens zu einer Frau, wenn es ihm über den Kopf wächst. Ich schätze mal, dass dies sein Ventil ist.«

Ich starrte ihn an. Ich wusste nicht, was ich dazu sagen sollte.

»Geht es dir wieder besser, Kat?«

Ich nickte mechanisch, nicht fähig, darauf zu antworten.

»Kann ich vielleicht telefonieren?«

Er nickte heftig, sprang vom Sofa und lief wieder kurz aus dem Zimmer. Als er zurückkam, trug er meine Jacke in den Händen.

Ich griff danach, nahm mein Handy aus der Innentasche und wählte die Nummer, die ich auswendig kannte.

Eine besorgte Emma meldete sich nach dem ersten Klingeln.

»Katty? Geht es dir gut?« Sorge klang aus jeder Silbe ihrer Worte. »Es tut mir so leid. Ich hätte wissen müssen, was Brad für ein Arsch ist.«

Ich zuckte bei dem Namen zusammen.

»Er wird dafür büßen, Kat.«

»Emma?«, fragte ich dann und sie verstummte. »Kannst du mich abholen?« Ich sah, wie Danny mich verwirrt ansah, doch ich wollte nichts anderes als nach Hause.

»Ja, ich mache mich sofort auf den Weg.«

Ich nannte Emma die Adresse und legte dann, ohne noch etwas zu sagen, auf. Plötzlich fühlte ich mich wie in einem anderen Körper. Ich kam mir schäbig vor wegen der Geschichte auf der Party, mein Kopf hämmerte immer noch hinter der Stirn, doch das schlimmste Gefühl war, dass ich mich durch Luce Snow gedemütigt fühlte. Ich wusste nicht, was Luce von mir wollte oder dachte. Doch ich hatte jetzt verstanden, dass es nicht richtig war, hier zu sein. In seiner Nähe. In seinem Leben. Ich wollte einfach nur weg.

Es dauerte eine halbe Stunde, bis es endlich an der Haustür klingelte. Ich sprang auf und lief zur Tür. Danny folgte mir.

Als ich die Tür öffnete, legten sich sofort zwei Arme um mich und ich wurde an Emmas Brust gedrückt. Tränen stiegen in mir hoch, doch ich wusste, wenn ich jetzt anfangen würde zu weinen, dann könnte ich so schnell nicht aufhören.

Ich löste mich aus Emmas Umarmung und schaffte es sogar, sie anzulächeln. Dann drehte ich mich zu Danny um, der mich ansah, als würde er von seinem schlechten Gewissen aufgefressen. Ich legte meine Arme um ihn und er drückte mich eine Zeit lang.

»Danke für alles«, flüsterte ich ihm in die Schulter und grinste ihn an, als ich mich von ihm löste.

»Es tut mir leid.« Ich nickte und wandte mich ab.

Er sah auf und sein Blick fiel auf Emma und auch meine beste Freundin begutachtete Danny.

»Das ist übrigens meine bessere Hälfte, Emma Pierce.« Ich lächelte meine Freundin an und zeigte auf Danny. »Das ist Danny, der Mitbewohner von Luce Snow.«

»Hi«, brachte Emma hervor und Danny grinste.

»Guten Tag, Emma. Freut mich, dich kennenzulernen.«

Sie nickte und ich las in ihren Augen, dass sie sich ebenfalls freute. Allerdings konnte ich es nicht länger in diesem Wohnhaus aushalten. Besonders wollte ich es vermeiden, Dannys Mitbewohner noch mal zu Gesicht zu bekommen.

»Wir sollten los.« Emma nickte und ich winkte Danny zu, bevor wir die Treppe hinabstiegen.

Als wir schließlich in Emmas kleinem grünen VW Polo saßen, konnte ich endlich tief ausatmen. Mir war, als würde ich erst jetzt wieder richtig atmen können. Als Emma losfuhr, um uns zurück ins Wohnheim zu bringen, begannen die Tränen über meine Wangen zu laufen und ich beschloss, Luce Snow nie wiederzusehen.

KAPITEL 10
Luce

»Ja. Jaa, oh Gott. Luce.«

Ich sah in die Augen der Blondine, während ich über ihr lag und mit kurzen Stößen in sie hineinpumpte. Diese Augen waren voller Emotionen, doch keine davon berührte mich. Ich las Begierde, Lust, Glückseligkeit. Doch es interessierte mich nicht ein bisschen. Ich zuckte zusammen, als sich die langen Nägel der Blondine, ich wusste ihren Namen nicht, das wusste ich nie, in meinen Rücken bohrten. Ich spürte, wie sich die Pfennigabsätze in meinen Hintern gruben. Doch es war egal. Ich nahm den Schmerz kaum wahr. Ich fühlte ja nicht mal den Sex, den ich mit ihr hatte.

»Luuce«, schrie sie, als ihr Höhepunkt über sie hinwegschwappte, und wieder gruben sich diese verfickten Fingernägel in meinen Rücken. Als sie fertig war, beendete ich das stetige Rein-Raus und glitt aus ihr, ohne selbst gekommen zu sein. Es kam selten vor, dass ich zum Höhepunkt kam. Alles, was ich brauchte, war die Macht, diese Frau besitzen zu können. Ein Höhepunkt sprang da nicht bei heraus. Den verdiente ich auch nicht.

Ich rollte mich von der Frau herunter und drehte mich auf den Rücken. Die Frau wollte sich an mich schmiegen, doch ich blockte ab. Stattdessen erhob ich mich, entsorgte das Kondom und ging auf den Kleiderhaufen zu, den ich auf dem Boden hinterlassen hatte. Ich sah erst wieder zum Bett, als ich meine schwarze Jeans über die Hüften gezogen hatte.

»Was ist deine Geschichte?«, fragte die Blondine dann und wand sich immer noch nackt im Bett. Ihr Haar lag ausgebreitet auf dem schäbigen Bettlaken des Motels. Ich starrte sie an und überlegte unwillkürlich, warum zur Hölle ich eine Blondine ausgesucht hatte. Das tat ich nie. Ich war nur ein einziges Mal mit einer Blondine im Bett gewesen und an dieses Thema würde ich jetzt nicht zurückdenken.

Stattdessen schob sich ein Bild vor mein inneres Auge, das sich nicht so leicht verdrängen ließ. Ich sah das blonde, leicht gelockte Haar, das über ihre nackten, zierlichen Schultern gefallen war. Ich sah die helle, fast bleiche ebenmäßige Haut an ihren Beinen. Den prallen Hintern und die süßen Brüste, die sie sofort zu verstecken versucht hatte. Ich wurde wieder hart in meiner Jeans und fluchte. Verdammt, was war bloß los mit diesem Mädchen?

»Warst du im Knast?«, fragte sie die Eine-Million-Dollar-Frage. Ich sah die Blondine im Bett an und sie zeigte auf das Tattoo auf meiner Brust, was ich mir im Knast hatte stechen lassen müssen. Ich hasste es, doch die Alternative dazu wäre noch schlimmer gewesen.

»Du willst nicht reden, ich versteh schon.«

Die Blondine stand auf und kam nackt auf mich zu. Ihre langen roten Fingernägel, die sicher Spuren auf meinem Rücken hinterlassen hatten, strichen über die einzige Tätowierung, die ich verabscheute. Dann sah sie mich an mit ihren Augen voller Emotionen und streichelte gleichzeitig über meine Erektion.

»Lust auf eine zweite Runde?«, flüsterte sie und küsste meinen Hals.

Ich spürte, wie sie den Reißverschluss meiner Jeans wieder öffnen wollte und hielt sie davon ab. Diese Erektion hatte ich nicht wegen ihr. Gott, ich verfluchte die Tatsache, warum ich sie hatte, doch ich würde nicht noch mal mit dieser Frau schlafen.

»Ich weiß, dass du nicht gekommen bist, Süßer.«

Ich schnaubte und trat ein Stück zurück. Ihr Blick verrutschte, doch sie kam mir nach.

Ich griff nach meinem weißen Shirt mit dem Aufdruck meiner Lieblingsband *Fall Out Boy* und zog es über.

»Danke«, sagte ich, während ich mich zum Gehen wandte.

»Du lässt mich hier einfach so stehen?«, schrie sie aufgebracht hinter mir her, doch ich kümmerte mich nicht drum. Ich war fertig mit ihr. Sie war für mich nur Mittel zum Zweck gewesen. Mich interessierte sie vorher nicht und jetzt umso weniger. Ich brauchte sie nur, um wieder runterzukommen. All das, was gestern mit Kat Mason passiert war, ließ mich nicht los. Verdammt, ich wollte nie wieder jemanden so sehen. Niemals wieder jemanden aus so einer Situation retten müssen. Als ich aus dem Motel trat und die Straße entlangging, atmete ich tief ein.

Ich lief an den großen Hochhäusern vorbei. Mein Blick streifte die gelben Taxen, die sich durch den stockenden Verkehr schlängelten.

Ich hörte Kinder schreien, ein Pärchen sich streiten und als ich an einer Gruppe Mädchen vorbeiging, vernahm ich ihr Getuschel. Doch ich blendete alles aus, senkte den Blick und griff nach der Wollmütze in meiner Gesäßtasche, um sie über meine schwarzen Haare zu ziehen. Es begann zu regnen, als ich mein Auto erreichte. Schnell öffnete ich die Türen meines Chevrolet Camaro SS von 1969, den mir mein Vater zu meinem achtzehnten Geburtstag geschenkt hatte. Er war mein wertvollster Besitz. Um mich vor dem Nass zu schützen, ließ ich mich auf die schwarzen Ledersitze gleiten und atmete tief ein. Mit einem Seufzen schloss ich die Augen und versuchte mich zu entscheiden, wohin es jetzt gehen sollte. Normalerweise war nach einer Frau noch nicht Schluss, doch ich hatte das Bedürfnis, wieder nach Hause zurückzufahren, um nach meinem Übernachtungsgast zu sehen. Jetzt, wo ich so gut wie alles von ihr gesehen hatte, ging sie mir noch weniger aus dem Kopf. Seit sie sich an dem Tag zu mir umgedreht hatte, damals am Kaffeewagen, ließ sie mich nicht los. Doch aus dem Grund, dass ich genau in das Gesicht gesehen hatte, in das ich, das hatte ich mir damals geschworen, niemals wieder sehen würde. Dieselben blonden Haare, die grünen Augen, dieselbe spitze Zunge. Ich rieb mir über den Nacken.

Doch für dieses Gesicht konnte Kat Mason nichts. Also startete ich den Motor und genoss das Röhren, das mein alter Freund dabei ausstieß. Ich fädelte mich in den Verkehr ein und machte mich auf den Weg zu meiner Wohnung. Danny würde wahrscheinlich immer noch sauer sein. Vermutlich war er noch saurer, da ich mal wieder einen super Abgang hingelegt hatte. Doch er wusste, wie es in mir aussah. Nur er und meine Schwester Lucy wussten alles. Die ganze dreckige Geschichte. Ich umklammerte das Lenkrad fester und schaltete das Radio an, um meine Gedanken mit ein paar Rocksongs zum Schweigen zu bringen.

Why is everything so heavy erklang es aus dem Lautsprecher und ich stöhnte. *Linkin Park* hatte den Nagel auf den Kopf getroffen. Ja, warum war alles so schwer? Keinen blassen Schimmer, Mann.

Ich parkte vor unserem Apartment und nahm die paar Stufen zu unserer Wohnung im Sprint. Als ich sie betrat, traf mich der Geruch von Lasagne. Mein Magen knurrte, doch ich ging nicht in die Küche. Ich fand Danny im Wohnzimmer. Er saß vor dem Fernseher und aß. Es lief eine Wiederholung der neuen Folgen von *Prison Break*. Er sah auf und unsere Blicke trafen sich. Ich las Überraschung in seinen Augen.

»Du bist schon zurück?«

»Ja«, antwortete ich schlicht.

»Warum?«

Ich zuckte mit den Schultern. »Ich sollte nach Kat sehen«, sagte ich und wollte mich schon abwenden, um in mein Zimmer zu verschwinden, doch die Stimme Dannys ließ mich stocken.

»Sie ist weg, Bro.«

Ich fuhr wie vom Blitz getroffen herum und starrte

meinen besten Freund an. Wut stieg tief in meinem Inneren auf, schlängelte sich langsam an die Oberfläche.

»Warum zur Hölle?« fuhr ich ihn an, doch er zuckte nur mit den Schultern.

»Wundert es dich?«

»Was meinst du?«, fragte ich angespannt. »Sie hätte noch nicht gehen sollen. Sie hat sich den Kopf angeschlagen und war auf K.-o.-Tropfen. Dieses leichtsinnige Weib.«

»Ist das dein Ernst?«, fragte Danny und legte die Gabel zur Seite.

Ich sah ihn auffordernd an.

»Du hast sie wie den letzten Dreck behandelt. Bist wie ein Irrer aus der Tür gestürmt, als du sie nackt gesehen hast, geradewegs zu einer anderen, in die du dann deinen Schwanz gesteckt hast. Glaubst du, sie wollte noch hierbleiben, um dir danach in die Augen zu sehen?«

Die Wut war so schnell verschwunden, wie sie in mir aufgekommen war. Stattdessen fühlte ich nur noch Ekel. Ich verabscheute das, was aus mir geworden war.

»Wo ist sie?«

»Emma hat sie abgeholt.«

»Diese Leichtsinnige?«

»Sie ist ganz nett und glaub mir, sie hat sich richtig Sorgen um Kat gemacht.«

»Sie war doch schuld daran.«

Danny schüttelte den Kopf und seufzte. »Nein, es war dieser Wichser Brad, der Schuld hatte.«

»Ja, und er wird noch dafür bezahlen.«

»Denk daran, dass du noch auf Bewährung bist, Kumpel.«

Ich warf ihm einen bohrenden Blick zu und wandte mich dann ab.

»Luce?«

Ich sah ihn an und hob die Augenbrauen.

»Du hast Blutflecken auf dem Rücken.«

Ich starrte Danny an, unfähig darauf zu reagieren, doch er seufzte nur.

»Was willst du jetzt machen?«

»Ich geh schlafen, morgen habe ich ganz früh Geschichte.«

Ich sah nicht zu Danny zurück, um auf seine Antwort zu warten. Stattdessen lief ich in mein Zimmer und schloss die Tür hinter mir. Einen Moment lang stand ich nur da und sah mich um. Das Bett war immer noch zerwühlt. Ihr Geruch hing im Zimmer und mir wurde schlecht. Wieder mal hatte ich es total verbockt. Doch ich redete mir ein, dass es besser so war. Es war besser, wenn sie dachte, ich wäre ein Arsch, der sie nicht leiden konnte. Ich war unberechenbar und Kat war nicht das Mädchen für meine Art von Beziehungen. Als ich auf mein Bett zuging, entdeckte ich etwas auf dem Boden. Ich ging in die Hocke und hielt Kats Kleid in den Händen. Sie hatte wirklich heiß darin ausgesehen. Ich erhob mich und schloss meine Faust um den Stoff. Ich würde Kat Mason noch mal wiedersehen. Und sei es nur, um ihr das Kleid zurückzubringen.

KAPITEL 11
Kat

Blut meines Blutes.
Fleisch meines Fleisches.
So lange wir beide leben.

Ein Schluchzen entfuhr meiner Kehle und ich presste mir das Taschentuch unter meine laufende Nase.

Emma und ich sahen dabei zu, wie Jamie Fraser, der rothaarige Schotte, seine geliebte Claire durch die Steine zurück in ihre Zeit schickte, um sie und ihr ungeborenes Kind zu retten. Wir beide heulten Rotz und Wasser, jedes Mal, wenn wir diese Szene aus Outlander sahen. Und es war gut, so konnte ich den Grund meiner Tränen auf diese herzzerreißende Szene schieben.

Als der Abspann über den Fernseher lief, sah ich zu Emma, die mich von der Seite musterte.

»Alles okay?«, fragte sie mich und ich nickte.

»Willst du es mir nicht erzählen?«

»Das habe ich doch«, sagte ich und setzte mich in Emmas Bett etwas auf. Ich hatte ihr wirklich alles erzählt. Die Sache mit Brad, dass Luce mich gefunden und mitgenommen hatte und die Tatsache, dass er nachdem er mich nackt gesehen hatte, geradewegs zu einer anderen Frau gelaufen war.

»Er ist wirklich nicht nett, du hattest recht.«

Ich nickte und putzte mir die Nase. »Ich wünschte, ich hätte falschgelegen. Aber es ist nun mal so. Er ist einfach Luce, keiner kann von ihm verlangen, dass er sich für jemanden ändert.«

»Das stimmt, aber er hätte netter zu dir sein können.«

Ich zuckte mit den Schultern, denn ich wollte nicht mehr darüber nachdenken. Das Thema Lucas Snow hatte ich endgültig abgeschlossen. Es war ein kurzes und prägendes Erlebnis gewesen, doch nun hatte ich entschieden, dass es zu Ende ist. Und das war wohl die klügste Entscheidung, die ich treffen konnte.

»Aber Danny war schon süß, oder?«

Ich sah wieder zu meiner Freundin und lachte. »Er ist aber nicht wie die Jungs, mit denen du sonst ausgehst, Emma.«

»Ja, wahrscheinlich macht ihn das so anziehend.«

»Sei einfach vorsichtig, Emma, er ist ein netter Kerl.«

»Heißt es nicht eigentlich, Emma, sei vorsichtig, er ist ein schlechter Kerl?«

Ich stockte und dachte über meine Worte nach. Danach brachen wir in Gelächter aus. Als wir uns wieder beruhigt hatten, nahm mich Emma in den Arm.

»Ich bin froh, dass es dir gut geht.«

»Alles ist gut, Süße.«

Meine beste Freundin drückte mir einen Kuss auf die Wange und schmiegte sich dann in die Kissen. Da ich zu müde war, um in mein Bett rüberzugehen, machte ich es mir neben ihr bequem und schloss die Augen.

»Gehst du morgen zu Geschichte?«, fragte Emma dann in die Dunkelheit und mir wurde übel.

Offen gesagt, hatte ich vor einer Stunde meine Studentenbetreuung angerufen und sie gebeten, mich für den Montag krankzumelden. Ich war noch nicht bereit für eine Begegnung mit den Sturmaugen.

»Nein«, sagte ich leise und spürte, wie Emma einen Arm um mich legte und sich an mich kuschelte.

Sie würde mich deshalb nicht verurteilen, das wusste ich, doch ich tat es schon selbst. Ich war nie das Mädchen, das schwänzte, um etwas Unangenehmem aus dem Weg zu gehen. Doch mein Körper brauchte eine Auszeit, um sich zu erholen.

Mit einem letzten Gedanken an die Sturmaugen schlief ich schließlich ein.

»Nimmst du auch das Hühnchen?«, fragte mich Emma neben mir in der langen Schlange der Essensausgabe der Mensa.

Mein Blick glitt über die großen Wärmebehälter mit Bergen von Essen darin. »Ich denke, ich nehme lieber die Pizza«, antwortete ich.

Als wir beide unser Essen auf den Tabletts verstaut hatten, besorgten wir uns noch eine Coke und steuerten dann den Tisch am Fenster an, an dem wir immer saßen.

Als wir uns gegenübersaßen, traf mich Emmas wissender Blick, da sie mich dabei erwischt hatte, wie meine Augen über die Menge in der Mensa gestreift waren.

»Er ist hier nie essen, Katty«, sagte sie und tätschelte mir den Arm. Vermutlich dachte sie noch immer, ich wäre traurig darüber, dass ich Luce nicht mehr sah.

Doch es war anders. Ich wollte ihn nicht sehen. Der einzige Grund, warum mein Blick akribisch über jedes Gesicht in der Mensa glitt, war der, dass ich mich im schlimmsten Falle sofort aus dem Staub machen wollte.

Es war jetzt zwei Wochen her, seit ich Luce' und Dannys Wohnung fluchtartig verlassen und mir geschworen hatte, beide nie wiederzusehen. Ich musste allerdings zugeben, dass ich Danny schon ein wenig vermisste. Er war mir in der kurzen Zeit richtig ans Herz gewachsen.

Ich hatte meine Entscheidung durchgezogen und war an jenem Montag nicht zu meinem Geschichtskurs gegangen. Die restlichen Kurse in der Woche hatte ich wahrgenommen und auch am darauffolgenden Montag hatte ich mich nicht davor gedrückt, Professor Heaths Kurs wieder zu besuchen. Luce konnte mich nicht davon abhalten, meinen Lieblingskurs zu besuchen. Doch Sturmauge hatte mir einen Gefallen getan und war nicht erschienen. Zum Teil war ich erleichtert darüber, ihn nicht sehen zu müssen. Der andere Teil zerbrach sich jedoch den Kopf, warum er nicht da war. Hatte er den Kurs geschmissen? War er krank? Wollte auch er mich nicht mehr sehen? Doch ich bezweifelte, dass Luce Snow die Begegnung zwischen uns beiden so stark in Erinnerung geblieben war. Ich war kurz in seinem Leben erschienen, doch nun war dies vorüber und er hatte bestimmt genügend weibliche Unterstützung, darüber hinwegzukommen.

Ohne auf Emmas Kommentar zu antworten, begann

ich von meiner Pizza abzubeißen.

»Du kannst mich ignorieren, Mason, aber ich weiß genau, wie es in deinem hübschen Köpfchen aussieht.«

Ich sah auf und beobachtete meine Freundin, wie sie ein Stück Hühnchen abschnitt und es zusammen mit einer Portion Reis in ihren Mund beförderte. Emma war besessen von Reis. Sie konnte ihn zu allem essen und wenn sie nichts fand, dann aß sie ihn so und das in großen Mengen. Ich lächelte.

»Und wie sieht es darin aus?«

»Du bist immer noch verletzt.«

Ich zuckte mit den Schultern. »Ich bin über diese Sache hinweg.«

»Wir hätten etwas gegen diesen Brad unternehmen müssen«, sagte Emma und ein eiskalter Schauer lief mir den Rücken hinab. Was wäre geschehen, wenn Luce mich nicht rechtzeitig gefunden hätte? Der Gedanke daran, was Brad mit mir gemacht hätte, ließ mich erschaudern.

»Ich will es einfach vergessen, Em, okay?«

Emma brummte und nahm einen Schluck von ihrer Coke.

»Hey Pierce, bist du heute Abend auf der Party?«

Emma und ich sahen von unserem Essen auf und das rothaarige Mädchen an, was an unserem Tisch erschienen war. Ich hatte sie schon öfter gesehen. Sie hieß Sally und ging mit Emma in einen Kurs. Sie war eigentlich ganz in Ordnung, allerdings in Sachen Party genauso voller Begeisterung wie meine Freundin.

»Nein Sally, Kat und ich fahren übers Wochenende zu meinen Eltern.«

Sally sah enttäuscht aus, doch ich grinste übers ganze Gesicht. Emma hatte diese unglaubliche Idee am letzten Wochenende gehabt, an dem ich nur in meinem Bett gesessen und ein Buch nach dem anderen verschlungen hatte. Sie sagte, sie würde nicht mit ansehen, wie ich zu einem blassen Wesen der Nacht mutieren würde und hatte ihre Eltern angerufen und gefragt, ob wir über das nächste Wochenende kommen durften. Heute war Freitag und wir würden uns nach unseren letzten Kursen direkt in Emmas grünen VW setzen und losdüsen. Ich freute mich darauf wie ein kleines Kind. Ich hatte Emmas Eltern bereits einmal getroffen und sie seitdem in mein Herz geschlossen. Sie waren unglaublich liebenswert und hatten mich sofort mit offenen Armen empfangen.

»Alles klar, dann vielleicht nächstes Wochenende, viel Spaß euch.«

Sally winkte uns im Weggehen und Emma sah mich grinsend an.

»Das freut dich, oder?«

Ich hob unschuldig die Hände. »Was denn?«

»Dass ich dich dieses Wochenende nicht mit irgendeiner Studentenparty nerven kann?«

Ich lachte. »Ein bisschen«, gab ich zu.

Auch Emma lachte.

Wir aßen auf, da wir wieder zu unseren Kursen mussten. Wir verabredeten uns für um fünf Uhr am Studentenparkplatz.

Ich war pünktlich und stand an Emmas grünen Flitzer gelehnt. In meinen Händen hielt ich je einen großen Cappuccino und in meinem Rucksack befand sich eine große Packung Oreo-Kekse, die unseren Reiseproviant darstellten.

Ich begann zu lachen, als ich Emmas blonden Lockenschopf erkannte, der über den Parkplatz auf mich zukam. Sie trug einen großen Schaumstoff-Finger, so einen, den man in die Höhe riss, während man die unieigene Football-Mannschaft anfeuerte. Auf beiden Seiten des blauen Fingers war das Wappen der NYU.

»Was willst du denn damit?«, fragte ich sie, als sie mich erreicht hatte.

»Der ist für Jack, das letzte Mal, als ich mein Bruderherz besucht habe, hat er mich gezwungen, einen ganzen Tag mit dem Trikot der Yale University Football-Mannschaft rumzulaufen. Und nun gibt es Rache.«

Emmas Bruder Jack studierte in Yale und konnte somit zu Hause wohnen. Emma hatte es allerdings in die große Stadt gezogen. Ihr Traum war es, später mal im New York-Presbyterian Hospital als Neurochirurgin zu arbeiten.

Wir verstauten unsere Rucksäcke im Kofferraum und begannen dann unseren wenn auch kurzen Urlaub. Und ich hoffte, nach diesem Wochenende alles, was in den letzten Wochen passiert war, hinter mir gelassen zu haben und wieder mit vollem Elan durchstarten zu können.

Wir bogen auf den Highway und ein Nieselregen setzte ein, als wir den Schildern nach Connecticut folgten.

Cause I knew you were trouble when you walked in. So shame on me now.

Taylor Swifts Stimme sang darüber, dass sie genau wusste, dass es Ärger geben würde, den einen in ihr Leben zu lassen. Sie hatte ja keine Ahnung, wie viel Ärger dies wirklich machen konnte. Doch diese Gedanken schob ich ganz weit nach hinten.

Wir brachten die eineinhalbstündige Fahrt zügig, ohne irgendwelche Verzögerung, hinter uns und erreichten Emmas Elternhaus, als es gerade anfing zu dämmern. Emma hatte mir mal erzählt, dass ihre Eltern sehr gut verdienten. Ihre Mutter arbeitete in einer Kanzlei als Rechtsanwaltsgehilfin, doch ihr Vater war ein großes Tier in der Immobilienbranche. Ihm hatten sie es zu verdanken, dass wir vor einem riesigen weißen Haus hielten und neben einem großen schwarzen Geländewagen parkten. Emmas grüner VW passte hier so gar nicht hin, doch sie hatte damals darauf bestanden, ihn von ihrem eigenen Geld zu kaufen, das sie im *Cowgirl* verdient hatte. Als ich zum ersten Mal hier gewesen war, hatte ich mir Emmas Familie sehr konventionell und mit etwas Abstand zu allem vorgestellt. Kennengelernt hatte ich allerdings nur eine warmherzige Susann, die ihre Kinder über alles liebte. Die in der Freizeit den Hosenanzug gegen weiche Tuniken und Röhrenjeans tauschte. Christian, Emmas Dad, war zwar oft auf Reisen, doch er rief jeden Abend zu Hause an und brachte seinen Kindern jedes Mal etwas mit, als wären sie immer noch Kleinkinder.

Emma und ich griffen nach unserem Gepäck und gingen die weißen Stufen zur Haustür hinauf. In dem Moment, als Emma die Haustür aufstieß, wurden wir von Ricky, Emmas Jack Russell Terrier, umgerannt. Der schwarz-weiße Rüde hüpfte voller Elan an Emmas Beinen hinauf und ein erfreutes Bellen verließ seine Kehle. Emma ging in die Hocke und knuffte ihn hinter den Ohren.

»Na, mein Bester, hast du Mami vermisst?«, fragte sie ihn und als hätte er sie verstanden, leckte er quer über ihre Wange und stupste sie mit seiner feuchten Schnauze an.

Emma quiekte auf und wischte sich das Gesicht mit ihrem Handrücken ab.

»Anscheinend ja, mein Süßer. Aber ich dich auch.«

Sie küsste ihn auf die Stirn und schloss dann die Haustür hinter uns.

Obwohl ich schon einmal hier war, beeindruckten mich erneut die Ausmaße dieses Hauses. Wir standen in einem riesigen Eingangsbereich, von dem eine große Wendeltreppe hinauf in die oberen Stockwerke führte. Anstatt nach oben zu gehen, durchquerten wir den Eingangsbereich und betraten eine große, helle, offene Küche, die selbst Kochmuffel zum Kochen bewegen würde.

Und jetzt staunte ich nur noch. Ich ließ meinen Rucksack fallen und ging auf die riesige Glasfront zu, die sich über die komplette Rückseite des Hauses erstreckte. Dahinter befanden sich eine große Terrasse und der größte Garten, den ich jemals gesehen hatte. Der Pool, der sich in der südlichen Ecke des Gartens befand, war abgedeckt, was ich schade fand, doch es war November und somit sowieso zu kalt, um zu schwimmen. Das Beste jedoch war der Ausblick. Hinter ein paar Bäumen erstreckte sich der Dover Beach in seiner vollen Pracht. Selbst jetzt im Dämmerzustand sah man die glitzernden Wellen, die sich am Ufer brachen.

»Ich bleibe hier, Em, sorry, du musst allein zurück nach New York.«

Es war nicht Emma, die lachte und ich drehte mich um. Susann, Emmas Mutter, trat in die Küche und strahlte übers ganze Gesicht.

»Was höre ich da? Emma, schau, nicht jeder möchte unbedingt in die Großstadt und verlässt dafür seine Familie.«

»Mom«, hörte ich Emma stöhnen, doch nur kurz. Auch in ihrem Gesicht breitete sich ein Lächeln aus und Mutter und Tochter nahmen sich herzlich in die Arme.

»Endlich bist du hier, meine Kleine, wir haben dich vermisst.«

»Ich euch auch, Mom.«

Als Susann sich von ihrer Tochter gelöst hatte, trat sie auf mich zu.

»Wie schön dich wiederzusehen, Kat, ich freue mich so, dass ihr hier seid.« Kaum hatte sie die Worte ausgesprochen, zog sie auch mich in eine feste Umarmung. Ein winziger Eisklumpen bildete sich in meiner Brust. Meine Mom war genauso herzlich gewesen und ich vermisste sie schrecklich in solchen Momenten.

Doch als mich Emmas Mutter losließ, lächelte ich aus vollstem Herzen und ich hoffte, sie würde es so verstehen, wie ich es ausdrücken wollte. Ich war so unglaublich dankbar, dass Emma mich hierher mitnehmen durfte.

»Kommt«, rief Susann dann und legte je einen Arm um Emma und mich. »Jack wartet schon im Esszimmer auf euch. Es gibt dein Leibgericht, Emmy, chinesische Reispfanne.«

Emma jubelte und ich musste lachen. Ich hatte in den letzten paar Stunden mehr gelacht als all die Wochen davor.

Wir verließen die Küche und betraten einen gemütlich eingerichteten Wohnbereich mit angrenzendem Essbereich. Ein großer Esstisch erstreckte sich im Raum und ein Kamin machte leise Knackgeräusche. All dies verursachte eine Stimmung wie in einem Schnulzenfilm. Doch ich liebte es.

Am Tisch stand Emmas Bruder Jack. Er war hochgewachsen und hatte braune lange Haare, die er in seinem Nacken zu einem Pferdeschwanz gebunden hatte. Seine ebenfalls haselnussbraunen Augen strahlten uns an und auch ihm sah man an, wie sehr er sich freute, uns zu sehen.

Er trug ein weißes Shirt und eine schwarze Jeans mit farblich passenden Chucks.

»Hallo, kleine Schwester«, begrüßte er sie und hob sie in die Lüfte. Ein Kreischen entfuhr Emmas Kehle. »Ich hab dir so viel zu erzählen.« Emma guckte ihn misstrauisch an, als er sie absetzte. »Nur Gutes, Schwesterchen«, versicherte er ihr und Emma nickte beruhigt. Als er fertig war, warf er auch mich in die Lüfte und meiner Kehle entwich ebenfalls ein Kreischgeräusch.

»Na, Kitty Kat, alles in Ordnung in New York oder hat dich mein Schwesterchen schon dazu gebracht, die Uni abzubrechen? Bei ihrer nervigen Art würde ich es dir nicht verübeln.«

Als Antwort boxte Emma ihn in die Seite und er stieß einen Schrei aus, als hätte sie ihm ein Messer in die Niere gestoßen.

»Nein, ich bin sehr glücklich mit meiner Mitbewohnerin«, sagte ich lachend.

»So, Schluss jetzt, das Essen ist fertig.« Susann zeigte auf den großen, liebevoll eingedeckten Esstisch.

Wir setzten uns und begannen zu essen. Währenddessen erzählten alle ihre Neuigkeiten. Susann berichtete, dass Christian, Emmas Vater, morgen aus Shanghai zurückkam und Emma und Jack mit irgendeinem Mitbringsel in Form eines Drachens rechnen mussten. Außerdem sprach sie von einer kleinen Strandparty, die sie ausrichtete, direkt in einem Glashaus am Dover Beach am morgigen Abend und dass wir alle dazu eingeladen waren.

Ich freute mich schon jetzt darauf.

Jack erzählte von seinem Jura-Studium an der Yale. Bei dem Stichwort war Emma rausgelaufen und hatte ihm den Schaumstoff-Finger überreicht und ihm befohlen, ihn morgen bei der Strandparty den ganzen Tag zu tragen. Jack hatte nur gelacht und Emma den ganzen Abend damit verdroschen.

Wir saßen noch bis tief in die Nacht zusammen und kamen von einem Thema ins nächste. Selbst ich erzählte von meinem Studium und von May und der Arbeit im »White Heaven«.

Es war weit nach Mitternacht, als wir schließlich in Emmas Zimmer in ihrem Bett lagen, mit vollem Bauch und Muskelkater in den Wangen vom vielen Lachen.

»Danke, dass du mich mitgenommen hast.«

»Na logo, wie soll ich es sonst mit meinem nervtötenden Bruder aushalten.«

»So schlimm ist er nicht.«

Emma sah mich an und grinste dann. »Na ja, er ist schon in Ordnung.«

»Ich habe gar nichts anzuziehen für die Party morgen«, bemerkte ich.

Emma rollte mit den Augen. »Du hast nie was zum Anziehen für eine Party, aber das ist nicht so schlimm, Jack schuldet mir noch einen Einkaufsbummel vom letzten Volleyballspiel im vergangenen Sommer.«

»Perfekt«, sagte ich und gähnte aus vollem Hals.

»Schlaf gut, Katty«, wünschte meine beste Freundin mir und löschte das Licht.

»Du auch, Em«, antwortete ich in die Dunkelheit und zum ersten Mal in den letzten Wochen schlief ich ohne irgendwelche Gedanken sofort ein.

KAPITEL 12

Kat

Am Morgen waren Emma und ich früh aufgestanden, hatten unglaublich gut gefrühstückt und dabei den Sonnenaufgang über dem Dover Beach beobachtet. Na ja, ich hatte ihn eher sprachlos bestaunt. Danach waren wir mit ihrem Bruder Jack in seinem Geländewagen ins nächste Einkaufszentrum gefahren. Es war erstaunlich, aber Jack hatte nicht mal gemeutert, als wir ihm unsere Idee mitgeteilt hatten.

Er konnte seiner Schwester einfach keinen Gefallen abschlagen.

Wir waren in so vielen Boutiquen gewesen, dass ich später nicht mal mehr wusste, wie viele es genau waren. Doch wir hatten uns beide ein wunderbares Kleid gekauft, was perfekt zu einer Strandparty passte, selbst wenn sie im November in einem Glashaus stattfand. Meins war dunkellila und passte gut zu meinem blonden Haar. Es ging mir bis zu den Knien und hatte einen runden, nicht allzu tiefen Ausschnitt. Emmas dagegen war flaschengrün und hatte ein einladendes Dekolleté, das sie auch problemlos füllte. Das Kleid saß wie eine zweite Haut und brachte ihre weiblichen Rundungen unglaublich gut zur Geltung.

Mit zwei vollen Tüten und einem riesigen Loch im Magen betraten wir am Mittag ein kleines Diner, wo Jack schon auf uns wartete. Als wir auf den Tisch zusteuerten, entdeckte ich eine zierliche Brünette neben ihm. Er hatte den Arm um sie gelegt und das Gesicht in ihren Haaren vergraben.

Emma sah mich mit hochgezogenen Augenbrauen an und räusperte sich lautstark, als wir den Tisch erreichten. Jack wandte sich uns zu und zeigte ein breites Grinsen, sodass man all seine Zähne sah.

»Emmy, ich möchte dir jemand ganz Besonderen vorstellen.« Er sah wieder zu der Brünetten neben sich, die etwas unsicher dreinschaute.

»Das ist Lory, meine Freundin.«

Emma stieß ein komisches Geräusch aus. »Deine Freundin? Seit wann hast du eine Freundin?«

»Setzt euch erst mal und dann erzähle ich dir alles«, meinte Jack und ich schubste Emma in Richtung Stuhl, da sie wie erstarrt dastand.

Als wir saßen und beim Kellner eine Runde Limonade für alle bestellt hatten, begann Jack zu antworten.

»Seit zwei Monaten etwa.«

»Und warum hast du nichts gesagt?«, fragte Emma entsetzt. Sie schien wahrhaftig erschüttert über die Nachricht.

Mir tat Lory leid, sie sah nicht sehr glücklich aus, dabei fand ich, dass sie zumindest optisch gut zusammenpassten. Sie hatte grüne Augen und ein niedliches, rundes Gesicht.

»Ich wollte mir ganz sicher sein, dass es etwas Ernstes ist, bevor ich dir davon erzähle. Und das ist es.« Er sah zu Lory hinüber und sie lächelte ihn leicht an.

Auch er lächelte, ein so unglaublich süßes Lächeln,

dass mein Herz zu schmelzen begann. Ich fand sie richtig süß zusammen. Meine Freundin allerdings sah aus, als hätte sie in eine Zitrone gebissen.

»Du hättest etwas sagen sollen.«

»Emmy, stell dich nicht so an, du bist die Erste, der ich Lory vorstellen wollte. Weil du die einzige Meinung hast, die mich interessiert.«

Unwillkürlich dachte ich an die andere Situation zurück, bei der ich diese Worte schon mal gehört hatte. Auch Lucy hatte gesagt, dass die einzige Meinung, die für sie zählen würde, die ihres Bruders Luce wäre. Mit den Gedanken an Luce kam das Gefühl der Demütigung zurück und legte sich um mein Herz. Mir wurde übel, doch schob ich es energisch hinter die Stahltür in meinem Inneren. Für ihn war hier kein Platz. Für ihn war niemals Platz in meinem Herzen.

Jacks Worte hatten wohl auch Emma sich von ihrem Schock erholen lassen und ein Lächeln erschien auf ihrem Gesicht. Sie schob ihre Hand in Richtung Lory.

»Ich bin Emma und das ist meine beste Freundin Kat.« Sie zeigte auf mich und ich grinste sie freudig an.

»Ich bin Lory, ich hab schon so viel von dir gehört, Emma. Es ist, als würde ich dich schon kennen.«

Emma sah entsetzt zu ihrem Bruder. »Was hast du erzählt, Jacky?«

Jetzt sah Jack so aus, als hätte er in eine Zitrone gebissen. Ich wusste zufällig, dass Jacky nicht sein Lieblingsspitzname war.

»Ich habe nur die Dinge erzählt, die dich zu diesem

hinreißenden Wesen machen, was du bist, Emmy.«

Das brachte Emma zum Lachen. »Ich hab dich auch lieb, Bruderherz.«

Jack lachte und auch auf Lorys Gesicht erschien endlich ein erleichtertes Lächeln.

Wir bestellten jeder einen Cheeseburger mit Pommes, außer Emma, die mal wieder keine bessere Idee hatte als zu fragen, ob sie nicht zu ihrem Burger Reis haben konnte. Der Kellner hatte uns angesehen, als wäre es ein Aprilscherz, der um Monate zu spät kam. Doch Emma bekam, was sie wollte. Das bekam sie immer.

Während des Essens erzählten Jack und Lory, wie sie sich an der Uni kennengelernt hatten und dass sie seit diesem Tag unzertrennlich waren. Außerdem war es ihm so ernst, dass er Lory am Abend zur Strandparty mitnehmen wollte, um sie beiden Elternteilen gleichzeitig vorzustellen. Ich freute mich riesig für die beiden und glaubte zu wissen, dass auch Emma sich für ihren Bruder freute.

Es war kurz vor fünf, als wir wieder im Haus von Emmas Eltern ankamen. So blieb uns nicht mehr viel Zeit, um uns für die Party fertig zu machen. Ich musste unbedingt unter die Dusche und wollte mir mit Emmas Lockenstab ein paar Wellen ins Haar zaubern. Ich fand, das passte gut zu einer Party am Meer.

Doch als wir das Haus betraten, empfing uns Emmas Vater an der Tür. Ein erfreutes Quietschen ertönte aus Emmas Kehle und sie fiel ihrem Vater um den Hals.

Christian Pierce hob Emma hoch und drehte sich einmal um seine Achse. Er war sehr konventionell gekleidet und trug für die Party bereits einen mitternachtsfarbenen Anzug mit einer türkisen Krawatte um den Hals. In seinen schwarzen Haaren leuchteten graue Strähnen, doch das verlieh ihm nur noch mehr Männlichkeit.

»Hallo Kat, schön dich zu sehen«, begrüßte er auch mich.

Susann hatte recht behalten, Jack und Emma bekamen jeweils eine Drachenfigur aus Porzellan aus Shanghai, die Christian ihnen voller Stolz überreichte. Ich fand das einfach herzerwärmend und das sagte ich Emma auch, als wir uns umgekleidet hatten und ich mir gerade den Lidstrich zog.

»Ja, das ist schon lieb.«

Ich sah meine Freundin an, die eben in ein paar silberfarbene High Heels schlüpfte.

»Was ist los?«

Sie wandte sich mir zu und ich sah in ihren Augen, dass sie etwas beschäftigte.

»Was hältst du von dieser Lory?«

Ich lachte erleichtert auf. »Em, sie ist so süß. Sie passen wirklich gut zusammen. Wie Cinderella und Prinz Charming. Oder wie Ryan Reynolds und Blake Lively oder Derek und Meredith oder … Es reicht«, stoppte ich mich selbst und sah sie herausfordernd an, denn ich hatte noch eine Reihe von Beispielen auf Lager.

»Ist schon gut, ich mache mir nur Sorgen, er sah so

glücklich aus. Ich hoffe auf jeden Fall, dass er nicht verletzt wird.«

»Davon bin ich überzeugt und falls doch, glaube ich, kann sich Lory warm anziehen, denn wenn seine wildgewordene Schwester erst mal auf sie losgeht, kann sie bestimmt drei Wochen nicht richtig sitzen.«

»Darauf kann sie Gift nehmen.«

»Siehst du.« Ich knuffte Emma in die Seite und sie grinste mich an.

Es war halb sieben, als wir das Glashaus betraten, das sich direkt am Strand des Dover Beach befand. Es war komplett in wunderschönes Licht getaucht und um die ganze Glasfront befanden sich ein riesiges Buffet und eine große Bar. In der Mitte war Platz zum Tanzen und im hinteren Bereich standen Tische, an denen man essen konnte.

Karibische Musik erfüllte das Haus und brachte so Sommerfeeling in den November. Es war auch nicht kalt. Es herrschte eine angenehme Wärme, sodass ich mein Bolerojäckchen dem Herrn an der Garderobe gab.

Mit Emma an meiner Seite schritt ich in die Menge aus älteren und jüngeren Menschen. Einige tanzten, einige standen nur da und unterhielten sich. Auf solch einer Party fühlte ich mich schon eher wohl als auf einer lahmen Studentenparty voller Betrunkener. Eine Frau kam auf mich zu, sie trug ein Tablett mit Sektgläsern und reichte uns beiden eins.

Ich nippte am kohlensäurehaltigen Wein und Emma

und ich schlossen zu ihren Eltern auf.

Susann trug ein wunderschönes silberfarbenes Abendkleid, ihre blonden Haare hatte sie zu einer aufwändigen Hochsteckfrisur gestylt. Sie stand im Arm von Christian und für mich war es das perfekte Bild. Das wollte ich auch haben. Irgendwann mal wollte ich genau diese Innigkeit, die Emmas Eltern besaßen.

Emma stieß mich von der Seite an und ich sah in ihre Richtung.

»Jack und Lory kommen.«

»Oh, okay, ich geh mich mal ein wenig umsehen.«

»Du musst nicht gehen.« Emma hörte sich empört an.

»Doch, ich lasse euch ein wenig Privatsphäre, vielleicht lernen deine Eltern ihre zukünftige Schwiegertochter kennen.«

Emma sah mich böse an. »Sag so was nicht.«

Ich gab ihr einen Kuss auf die Wange und ließ sie mit ihrem Elend allein.

Immer mal wieder an meinem Sekt nippend, ging ich durch die Menge an tanzenden Leuten und beobachtete die vielen verschiedenen Gesichter. Ich fand es immer unglaublich interessant, andere Menschen zu beobachten. Wenn man es richtig tat, erfuhr man Dinge, die einem schnellen Blick entgehen würden. Doch es trieb mich an eine der Fensterfronten, die nicht mit Buffettischen zugestellt waren und ich sah auf das tiefschwarze Meer hinaus. Ich liebte das Meer. Emma und ich mussten unbedingt im Sommer noch mal herfahren.

Während ich den Wellen zusah, wie sie sich am sandigen Ufer brachen, merkte ich nicht, wie jemand hinter mir auftauchte.

»Kat?«, hörte ich plötzlich eine männliche Stimme sagen und fuhr herum. Im ersten Moment hatte ich einen solchen Schreck bekommen, dass mir fast das Sektglas aus der Hand gefallen war, doch als ich sah, wer da vor mir stand, erschien ein Lächeln auf meinem Gesicht.

»Danny?«, sagte ich erfreut und fiel ihm um den Hals. Danny drückte mich fest an seine Brust und ich hörte sein vibrierendes Lachen an meinem Ohr. Als wir uns wieder voneinander lösten, grinste er breit.

»Was machst du denn hier?«, fragte er.

»Ich bin mit Emma und ihrer Familie hier.«

»Emmas Familie kommt von hier?«

»Ja, Susann, ihre Mutter, ist Veranstalterin dieser Party.«

Er sah erstaunt aus.

»Und du?«, fragte ich neugierig.

»Meine Mutter ist mit der Veranstalterin befreundet. Ich hatte ja keine Ahnung.«

»Die Welt ist klein«, bemerkte ich. »Besuchst du deine Eltern?«

Er nickte. Plötzlich, als wäre es mir jetzt erst aufgefallen, machte mein Herz einen solchen Sprung in meiner Brust, dass ich Glück hatte, dass es mir nicht aus dem Mund fiel. Hektisch suchte ich die Umgebung ab, fand aber keinen schwarzhaarigen Riesen mit grauen Augen.

»Er ist nicht mitgekommen.«

Ich sah Danny in die blauen Augen und erkannte, dass er genau wusste, nach wem ich Ausschau hielt.

»Wen meinst du?«

»Kat, ich weiß, dass du nach Luce gesucht hast.«

Hitze stieg in meine Wangen und ich wäre zu gern davongelaufen. Warum musste dieser Kerl mich nur so aus dem Konzept bringen. Ich sah zu Boden und wollte am liebsten darin versinken.

»Du brauchst dich nicht dafür zu schämen, Kat. Luce war schon immer der von uns beiden, auf den die Frauen standen. Nur hat er nie das Interesse der Frauen erwidert.«

»Verstehe.«

Er lächelte mitfühlend.

»Warum ist er denn nicht mitgekommen?«, fragte ich und er lachte laut.

»Luce auf solch einer Party?«

Sein Lachen steckte mich an und ich versuchte mir vorzustellen, wie Luce auf dieser Party feierte. Wie er Champagner trank oder im Smoking tanzte. Ich konnte mir nichts davon vor Augen führen, außer dass er im Smoking teuflisch gut aussehen musste.

»Okay, ich versteh schon. Und wo ist er dann?«

Dannys Blick verdunkelte sich und ich verstand.

»Sag nichts«, unterbrach ich ihn, bevor er etwas antworten konnte. »Ich bin fertig mit ihm.«

Danny lachte.

»Aber vielleicht können wir ja in Kontakt bleiben, es

wäre so schade, denn ich find dich echt nett, Danny.«

»Sehr gern, meine Liebe. Und das Kompliment gebe ich mit Freude zurück.«

»Stell dir vor, mein Dad liebt Lory schon jetzt«, kam es von Emma, die an meiner Seite erschien.

»Das wusste ich doch«, meinte ich lachend, doch Emma hatte mich schon vergessen. Stattdessen sah sie zu Danny, der ein Lächeln auf den Lippen trug.

»Hallo Emma.«

»Hi«, brachte meine Freundin lediglich hervor.

Ich beobachtete, wie ihr Blick über Dannys Körper wanderte. Über seinen schwarzen Smoking, das weiße Hemd darunter und die schwarze Fliege um den Hals. Die dunklen Haare hatte er ordentlich nach hinten gekämmt. Er sah wirklich gut aus und Emmas Blick bestätigte das.

»Ihr seht wunderschön aus, Ladys«, sagte Danny.

Emma lachte. »Bist du immer so ein Charmeur?«

»Ich versuche mein Bestes, liebste Emma.«

Und da war es. Zum allerersten Mal, seit ich Emma kannte, konnte ich dabei zusehen, wie eine gewisse Röte ihre Wangen erklomm.

Ich starrte sie an und sie warf mir einen bösen Blick zu.

»Darf ich euch zu einem Drink einladen?«, fragte Danny.

Wir nickten und folgten ihm zur Bar. Emma und ich standen vor der riesigen Tafel und sahen uns mit einem wissenden Blick an.

»Tequila Sunrise«, kam es wie automatisch aus unser

beider Münder. Danny lachte, bestellte unsere Getränkewünsche und für sich ein Bier.

Ich starrte ihn an. »So was gibt es hier?«, fragte ich und beobachtete den blonden Kellner, der mit dem Cocktailshaker unsere bunten Getränke wild durch die Luft warf.

»Ich kenne den Caterer.«

»Ach ja? Ich auch«, kam es von meiner Freundin. Herausfordernd sah sie Danny an. Der jedoch ließ sich nicht aus der Reserve locken. Er nahm gerade seine Flasche Bier entgegen und reichte ihr mit der anderen Hand den zweifarbigen Cocktail, der mit einem kleinen roten Schirmchen verziert worden war. Ein Grinsen erschien auf seinem Gesicht und seine blauen Augen begannen zu funkeln.

»Wollen wir rausfinden, ob wir noch mehr Gemeinsamkeiten haben, liebste Emma?«

Ich begann zu lachen, doch Emma starrte Danny nur an. Oje, was hatte ich da nur angerichtet.

»Nicht viele, Medienfritze.«

Wieder lachte Danny. »Gefällt dir der aktuelle Werbespot des neuen Duftes von Paco Rabanne?«, fragte er, ohne auf ihre Beleidigung einzugehen. Ich wusste, sie trug den neuen Duft gerade in diesem Moment auf der Haut.

»Ist nicht übel.«

Er nickte. »Oh ja.« Er kam näher und seine Nase streifte Emmas Hals. »Überhaupt nicht übel.«

Als er sich wieder zurücklehnte, sah er ihr tief in die

Augen. Wieder überzog eine Röte Emmas Haut. Diese Szene war so aufregend, dass ich am liebsten gequietscht hätte vor Freude.

Der lächelnde Danny hielt Emma seine flache Hand hin. »Willst du tanzen, Emma?«, fragte er und anstatt sofort Ja zu sagen, suchte Emma meinen Blick.

Ich sah sie nur wild nickend an und grinste übers ganze Gesicht.

Also legte Emma unsicher ihre Hand in Dannys. Er nahm meiner Freundin das Getränk wieder weg und stellte es zusammen mit seinem Bier auf den Tresen.

»Wir sind gleich zurück.«

Dann führte er Emma an der Hand auf die Tanzfläche. Natürlich lief gerade ein langsames Lied, also zog er Emma, immer noch mit ihrer Hand in seiner, enger zu sich heran und legte den anderen Arm um sie. Dann begann er sich leicht hin und her zu bewegen. Und wie an Emmas Haltung abzulesen war, gefiel ihr das mehr als gut.

Ich wandte mich ab, um ihnen etwas Privatsphäre zu geben, griff nach meinem Getränk und kletterte auf einen der Barhocker. Der Cocktail war süß und durch den Orangensaft etwas säuerlich. Die perfekte Mischung, wie ich fand.

»Na, hat sie dich allein gelassen?«, fragte jemand neben mir und ich entdeckte Emmas Bruder Jack an meiner Seite.

»Dafür …«, ich zeigte auf die Tanzenden und grinste, »… kann sie mich gern allein lassen.«

Jack sah zu seiner Schwester und auch auf seinem Gesicht bildete sich ein Lächeln.

»Wer ist der Junge?«

»Er ist der beste Freund eines Studienkollegen von uns.«

Hm, ja klar, Luce war bestimmt kein Kollege von uns, aber das musste ich Jack ja nicht auf die Nase binden.

»Er scheint ganz nett zu sein.«

»Ist er auch, er ist ein guter Kerl.«

Jack lachte laut. »Ist das nicht genau dieser Typ Mann, dem meine Schwester nie was abgewinnen konnte?«

»Ja, schien mir auch so, aber ich habe sie noch nie so erlebt wie jetzt. Wenn er in der Nähe ist, kann sie kaum geradeaus gucken.«

»Ich würde mich darüber freuen.«

Ich sah wieder zu Jack hinüber. »Ich freue mich für dich und Lory.«

Jacks braune Augen fixierten mich. »Sie ist die Richtige, weißt du. Ich spüre es tief in meiner Seele.«

Die Schatten trafen mich wie ein Faustschlag.

Ich hatte dies auch mal gedacht, doch nun wusste ich, dass alles, was ich damals mit meinem Ex-Freund hatte, nie etwas wirklich Echtes gewesen war.

Hätte ich ihn wirklich so geliebt, wie ich geglaubt hatte, dann hätte ich ihn niemals so einfach verlassen können.

»Ich wünsche mir das für Emma auch.«

»Ich mir genauso.« Er sah mich an. »Für Emma«, fügte ich hinzu.

Er nickte, doch er wusste, ich hatte nicht Emma damit gemeint. Für mich war dieses Thema abgehakt. Mein Herz war immer noch gebrochen. Es verarbeitete nach wie vor den Verlust meiner Mutter und meines Großvaters. Da war kein Platz für Liebe.

Als wir nachts in Emmas Bett lagen, sah ich sie wissend an. »Erzähl schon«, forderte ich sie auf.

Emma zog sich die Decke bis hoch über die Nase, sodass man nur noch ihre Augen sah.

»Du magst ihn, oder?«

Jetzt verschwand ihr Gesicht ganz unter der Decke und ein Kichern war darunter zu hören. Ich lachte und zog an der Decke. Mit einem Auge sah sie mich an.

»Er ist schon toll«, gab sie dann zu. Ich kreischte auf und begann sie zu kitzeln. Wir rollten lachend über das Bett und kurz bevor wir den Tod durch Sauerstoffmangel fanden, lagen wir schnaufend da.

»Hat er dich geküsst?«, fragte ich sie, doch sie schüttelte den Kopf.

»Es hat da einen Moment gegeben, bevor er mit seinen Eltern gegangen war. Er hatte die Hand an meine Wange gelegt und mich so angesehen. Du weißt wie, so als hätte er abgeschätzt, ob ich ihn lassen würde. Gott und du kennst mich, ich hätte ihn gelassen, doch er hat nur gelächelt und war gleich darauf verschwunden.«

»Aber ihr habt Nummern getauscht?«

Ich sah sie entsetzt an, als sie den Kopf schüttelte.

»Warum nicht?«

Sie zuckte mit den Schultern. »Irgendwie haben wir es beide vergessen.«

»Oh Mann, ich hab seine Nummer auch nicht.«

»Aber du weißt, wo er wohnt«, sagte sie grinsend, doch sie stockte, als mein Gesicht versteinerte.

»Ich werde da nicht mehr hingehen, Em.«

Emma nickte, ich sah jedoch die Enttäuschung in ihrem Blick.

»Entschuldige, ich kann einfach nicht.«

»Ich weiß, ich würde es nicht von dir verlangen.« Emma lächelte, doch es kam nicht bei ihren Augen an.

»Lass uns schlafen, wir müssen morgen früh los.«

Ich nickte, ließ mich neben ihr ins Bett fallen und als das Licht zwischen uns erlosch, hatte ich das Gefühl, dass mich eine große Last zu zermalmen drohte.

KAPITEL 13

Kat

Wir waren am nächsten Morgen früh aufgestanden und hatten mit Emmas Eltern gefrühstückt. Nach einem tränenreichen Abschied ging es zurück nach New York. Wir redeten nicht mehr über Danny und die Tatsache, dass ich mich nicht traute, zurück in die Wohnung zu gehen. Stattdessen sprachen wir über Emmas Bruder und wie schrecklich sie es fand, dass er ihren Koffer mit Fahnen der Yale University behängt hatte. Doch die Stimmung schien gedrückt. Und so blieb sie auch, als wir wieder im Wohnheim ankamen.

»Ich wollte noch kurz zu May, willst du mitkommen?«

Emma schüttelte den Kopf. »Nein, ich muss meine Notizen für Bio noch mal durchgehen.«

»Okay«, sagte ich leise und zog mich zurück.

Ich verbrachte den Tag bei May und als ich abends wieder ins Wohnheim kam, schlief Emma schon. Während ich am Montagmorgen meine Sachen packte, um für den Kurs von Professor Heath gut vorbereitet zu sein, sprachen wir noch immer nur das Nötigste.

»Em?«, fragte ich sie, als ich mir gerade den Reißverschluss meiner Jacke zuzog.

Emma sah von ihrem großen Berg Anatomie-Bücher auf.

»Ist bei uns alles gut?« Diese Frage brannte mir schon seit gestern auf der Seele.

Emma seufzte. Sie stand auf und kam auf mich zu. Mit

einem Lächeln zog sie mich in eine feste Umarmung.

»Immer«, flüsterte sie mir in mein Ohr und als wir uns voneinander lösten, sah ich die bekannte Wärme in ihren Augen.

»Es tut mir leid mit Danny, wir finden eine Lösung«, sagte ich.

»Ich glaube, dass es zwischen uns sowieso nicht funktionieren würde. Er ist gar nicht mein Typ. So jemanden wünscht sich mein Dad als perfekten Schwiegersohn. Ich wollte nie jemanden wie ihn haben. Jemanden, der in einer Welt lebt, wie ich es nicht möchte, verstehst du?«

Ich verstand. Emma war immer schon der Ansicht, dass sie niemals wie ihre Eltern leben wollte. Sie wollte keine Villa am Meer, keine teuren Möbel oder Autos. Sie wollte nur ein normales Leben führen und Ärztin werden.

»Ich weiß, es hört sich dumm an, aber ich glaube, ich würde ihn nicht glücklich machen, also sollte ich von vornherein die Finger davon lassen.«

»Okay.« Ich nickte und wir lächelten uns an. Dies war also der Grund gewesen, warum sie den ganzen letzten Tag geschwiegen und vor sich hin gegrübelt hatte. Doch ich würde ihr nicht dazu raten, es mit Danny einfach mal zu versuchen. Emma wusste, was sie wollte und ich war die Letzte, die sie davon abbringen würde.

»Bereit für deinen Geschichtskurs?«, fragte Emma plötzlich und ihr wissender Blick traf mich.

»Er wird sowieso nicht da sein.«

»Und wenn doch?«

»Dann ist er Luft.«

»Luft«, rief Emma und hob die Hand für ein High Five.

Ich schlug ein und wir beide lachten. Dann ging ich zu meinem Kurs und ließ Emma mit ihren Büchern allein.

Ich holte mir bei Gustav am Kaffeestand meinen morgendlichen Cappuccino und war froh, dass ich einen gewissen Jemand mit grauen Augen dort nicht traf. Dann lief ich ohne jede Hast zu meinem Kurs. Ich war diesmal mehr als pünktlich. Als ich den Kursraum betrat, saßen erst vereinzelt Studenten auf ihren Plätzen. Ich ging zu meinem Platz hinüber, stellte meinen Cappuccino auf dem Tisch ab und schälte mich aus meiner Jacke.

Ich kramte meinen Laptop aus dem Rucksack und fuhr ihn hoch. Während dieser langsam seine volle Power entfaltete, trank ich genüsslich meinen Kaffee aus. Als der Desktop vor mir aufleuchtete, öffnete ich meine Notizen der letzten Stunde und vertiefte mich vollends darin.

Ich löste mich erst davon, als jemand einen Kaffeebecher neben meinen stellte und ich spürte, wie der Stuhl neben mir über den Boden scharrte.

»Hallo Engelchen«, ertönte es und mein Herz setzte unmittelbar aus, als mich die Stimme erreichte.

Luce saß einfach da. Neben mir. Er trug ein graues unbedrucktes T-Shirt und zerrissene Blue Jeans. Sein Haar war noch nass an den Spitzen, so als hätte er heute

Morgen nicht genügend Zeit gehabt, doch die Augen waren es mal wieder, die mich anzogen wie eine dumme Gans.

Ich hatte nicht damit gerechnet, ihn zu sehen. Ich war ganz fest der Meinung gewesen, dass er nicht auftauchte, doch nun saß er da und sah mich an. Er wartete wohl auf eine Erwiderung. Oh, ich schüttelte den Kopf.

»Hallo«, sagte ich wie eine Idiotin.

Er lachte und wieder stockte mein Herz bei dem Klang.

»Wie geht es dem Kopf?«

Bilder, wie er mich aus dem Badezimmer getragen hatte, nachdem er mich vor Brad gerettet hatte, stürzten auf mich ein. Wie er mir die Haare aus dem Gesicht gehalten hatte, als ich all den Mist der Party wieder von mir gegeben hatte. Den Blick, dieses Feuer in seinen Augen, als er mich nackt in seinem Zimmer erwischt hatte. Doch ich hörte auch den Knall der Haustür, als er danach aus der Wohnung gestürmt war, um mit irgendeiner Frau in die Kiste zu hüpfen.

»Bestens«, zwang ich mir hervor und war heilfroh, als Professor Heath den Raum betrat und alle zur Ruhe rief. Ich riss mich von Luce' Gesicht fort, spürte jedoch, wie sein Blick noch immer auf mir ruhte. Die ganze Stunde über sah ich Luce nicht an. Er sprach nicht mit mir, doch ich merkte, dass er mich nicht aus den Augen ließ.

Als Professor Heath die Stunde beendete, fiel mir auf, dass ich nicht ein Wort mitgeschrieben hatte. Über was hatten wir geredet? Immer noch über das Römische Reich? Verdammt, dieser Idiot neben mir machte mich so verrückt, dass ich nichts vom Inhalt der Stunde wahrgenommen hatte. Bevor er etwas sagen konnte, sprang ich von meinem Platz auf und kramte hektisch meine Sachen zusammen. Ich hörte ihn neben mir lachen. Als ich den Rucksack auf meinen Rücken hievte, stand auch Luce auf. Ich baute mich vor ihm auf, was nicht wirklich den gewünschten Effekt hatte, da er unheimlich groß war und mich um etliche Zentimeter überragte. Trotzdem funkelte ich ihn wütend an.

»Such dir in der nächsten Stunde gefälligst einen neuen Platz. Ich werde nicht noch mal eine Stunde neben dir verbringen«, zischte ich ihn an und als er lachte, machte mich das nur noch wütender.

»Du kannst mich mal, Snow.« Ich meinte es ernst. Ich war fertig mit ihm. Trotz der Gefühle, die er in mir auslöste, war der Mann vor mir Geschichte.

Ich wandte mich ab, doch eine Hand legte sich um meinen Oberarm. Wütend funkelte ich ihn an und sah in das helle Grau seiner Augen.

»Du solltest nicht so mit mir reden, Kätzchen.« Er sprach leise, sodass nur ich ihn hörte.

»Ach, und warum nicht?«

»Weil dein Körper eine ganz andere Sprache spricht.« Sein Blick glitt von meinen Augen fort, wanderte tiefer, über den Ausschnitt meines T-Shirts.

»Und glaub mir, ich weiß wie dein Körper aussieht, dank dir.«

Ich riss mich von ihm los und tat etwas, was mich selbst erschreckte. Meine Hand fuhr in die Lüfte und gab ihm so eine feste Ohrfeige, dass ich am liebsten vor Schmerz laut aufgeschrien hätte. Sie begann sofort zu brennen und ich kniff die Augen zusammen, um die Tränen des Schocks zurückzuhalten. Ich sah zu Luce, der nur dastand, mit dem Abdruck meiner Hand auf seiner linken Wange und Erstaunen in seinem Blick.

»Du bist ein Mistkerl, lass mich einfach in Frieden.«

Meine Stimme war nicht besonders ausdrucksstark, trotzdem schaffte ich es, meine Schultern zu strecken und ihn stehen zu lassen. Während ich durch die gaffende Menschenmenge hindurchging, die mich teils anerkennend, teils wütend ansah, hielt ich meine pochende Hand an meine Brust gedrückt. Doch es gelang mir, ohne eine Träne des Zorns aus dem Seminarraum zu verschwinden und nicht mehr zurückzusehen.

KAPITEL 14

Kat

Nach meinem Spanischkurs war meine Hand so dick angeschwollen, dass Miss Diaz mich direkt zur Krankenschwester schickte. Und da saß ich nun. Zusammen mit einem Typen mit blutiger Nase und einem anderen mit einem Eiswürfelbeutel um seine rechte Faust. Vermutlich war die Faust für die blutige Nase verantwortlich. Ich hielt meine pochende Hand schützend an meine Brust gedrückt, als mich der mit der blutigen Nase ansprach.

»Bist du die Kleine, die Luce Snow eine gescheuert hat?«, fragte er und obwohl er ziemlich undeutlich sprach, verstand ich zu meinem Bedauern jedes Wort. Ich schwieg und sah zu Boden.

»Doch, du bist das«, sagte der andere mit der angeschwollenen Faust. Immer noch starrte ich auf meine weißen Chucks und mir fiel auf, dass ich sie wirklich mal in die Waschmaschine werfen musste. Der Typ mit der Nase wollte gerade wieder etwas sagen, als sich die Tür des Krankenzimmers öffnete und eine brünette Frau im Türrahmen erschien. Sie lächelte mich freundlich an.

»Bist du Katharina Mason?«, fragte sie und ich nickte. Ich stand auf und ging an ihr vorbei ins Krankenzimmer.

»Ihr seid unverbesserlich, Jungs«, hörte ich sie zu den beiden auf dem Flur sagen.

»Wir sind nur hier, weil wir Sie so toll finden, Miss White.«

Die Ärztin lachte, schloss dann die Tür und somit die beiden Idioten aus. Sie zeigte auf eine Liege und ich hüpfte etwas umständlich drauf. Miss White schob eine Art Tisch an die Liege heran und ich legte meine Hand darauf. Vorsichtig nahm sie sie in Augenschein.

»Oje, der Kerl muss wohl etwas ziemlich Grausames angestellt haben«, sagte sie.

Ich verzog das Gesicht. »Wieso glauben Sie, dass ich einen Mann geschlagen habe?«

»Du siehst nicht so aus, als hättest du dich zu einem anständigen Frauen-Fight hinreißen lassen.«

Ich senkte den Blick und starrte auf meine angeschwollene Hand. Wie musste Luce' Wange wohl aussehen? Ich hatte zwei Ringe an der Hand getragen. Einen ganz oben an der Fingerkuppe, den anderen am Ringfinger. Beide hatten sich schmerzhaft in meine Haut geschnitten.

»Hoffentlich sieht der Kerl genauso aus wie deine Hand.«

»Bestimmt«, murmelte ich.

»Willst du mir erzählen, warum du ihm eine verpasst hast?« Ich sah in die gütigen grünen Augen der Ärztin und spürte, dass sie wirklich nur freundlich sein wollte.

»Er ist ein Idiot.«

Die Ärztin lachte. »Ja, davon gibt es so einige auf dieser schönen Welt. Und warum ist er ein Idiot?«

»Er lässt mich nicht in Ruhe. Ich habe ihm gesagt,

er soll mich in Frieden lassen, aber er steht nur da und grinst mit seinen doofen Lippen und starrt mich mit seinen tollen Augen einfach an. Und dann hat er mich auch noch nackt gesehen und ich kann das nicht vergessen, weil er mich daran erinnert, wenn ich ihn nur ansehe.«

»Uff«, sagte die Ärztin, doch ein Lächeln legte sich auf ihre Lippen. »Glaub mir, dieser Kerl weiß vielleicht nicht, wie er es besser anstellen kann.«

Ich sah sie mit hochgezogenen Augenbrauen an.

»Vielleicht ist er unsicher, genauso wie du. Vielleicht lässt ihn etwas nicht los und er kann nicht aus seiner Haut. Vielleicht steckt tief in ihm drin ein anderer Mensch.«

Ich starrte sie an. »Sie wissen, wem ich eine gescheuert hab, stimmt's?«, fragte ich.

Sie nickte entschuldigend. »Ja, Luce ist immer ein bisschen forsch, es wundert mich nicht, dass er sich endlich mal eine eingefangen hat. Verdient hat er es vollkommen.«

»Woher kennen Sie ihn?«

»Ich kenne ihn, seit er an der Uni zurück ist. Er besucht einmal die Woche eine der Beratungsstunden, die ich anbiete.«

Jetzt starrte ich sie mit großen Augen an. »Er tut was?«

Wieder lachte sie. »Ich darf das gar nicht erzählen, aber er wird im Grunde dazu gezwungen. Ich glaube allerdings, dass er diese Fassade nur äußerlich trägt. Doch ich bin noch nicht durch die Mauer in seinem

Kopf durchgedrungen.«

»Das ist auch unvorstellbar«, brummte ich.

»Ich würde mich freuen, wenn es jemanden geben würde, der es zumindest versucht.«

Ich sah Miss White an, doch diese hatte sich weggedreht, um etwas aus ihrem Schreibtisch zu holen. »Ich bin dafür nicht die Richtige«, sagte ich.

Sie lächelte mich freundlich an. »Natürlich, Schätzchen.«

Miss White hatte mir dazu geraten, ins Krankenhaus zu fahren, um dort eine Röntgenaufnahme von meiner Hand machen zu lassen. Es stellte sich heraus, dass ich mir die Hand geprellt hatte. Verdammt, ich hatte wirklich keine guten Wochen in letzter Zeit.

Als ich in Emmas und meinem Zimmer ankam, war es schon fast zehn Uhr abends. Ich hatte im Krankenhaus unheimlich lange warten müssen, daher fühlte ich mich total gerädert, als ich die Tür hinter mir schloss. Emma war nicht da, doch ich fand einen Zettel auf dem stand, dass sie noch verabredet war und spät heimkommen würde. Also schälte ich mich aus den Klamotten und stieg in meinen Pyjama, der diesmal aus einem T-Shirt mit Micky Mouse-Aufdruck und blauen kurzen Shorts bestand. Dann ließ ich mich tief seufzend auf mein Bett fallen und verzog das Gesicht, als meine Hand, die jetzt in einem Verband steckte, sich bemerkbar machte.

Ich starrte einen Moment an die Decke und schloss dann die Augen. Ruhig versuchte ich mich auf meinen

Herzschlag zu konzentrieren, um endlich runterzufahren. Dies hatte mir meine Mutter damals beigebracht. Es half immer. Also lag ich da und lauschte meinem Herzschlag, bis ich spürte, dass ich langsam in einen Dämmerzustand abdriftete. Mein Körper wurde schwerer und ich atmete tief ein und aus. Es klopfte. Im ersten Moment war ich so verwirrt, dass ich dachte, ich hätte mir dieses Klopfen bloß eingebildet. Doch dann klopfte es noch einmal. Diesmal stärker und lauter.

Irritiert setzte ich mich in meinem Bett auf. Emma würde nicht klopfen, wer zur Hölle war das dann? Ich stand auf und ging zur Tür. Vorsichtig legte ich mein Ohr ans Türblatt, um irgendetwas wahrzunehmen, das mir verriet, wer dahinter stand.

Die Lautstärke eines erneuten Klopfens ließ mich erschrocken zurücktaumeln. Schnaubend riss ich die Tür schließlich auf und erstarrte. Das Erste, was ich sah, waren der riesige Kratzer, der sich quer über seine linke Wange zog, und der Bluterguss an seinem Wangenknochen. Meine Ringe hatten wohl das meiste in seinem Gesicht angerichtet.

Luce trug noch immer die gleichen Sachen wie heute Morgen, doch die Haare waren jetzt nicht mehr feucht, sondern standen ihm wild in alle Himmelsrichtungen ab, so als wäre er öfter mit der Hand durchgefahren. Seine Augen fanden meine, doch keiner sagte ein Wort. Der Kratzer auf seiner Wange sah schlimm aus. Verdammt Mason, ja und das hatte er mehr als verdient, außerdem hast du dir die Hand verstaucht, nicht er.

»Bist du allein?« Seine Stimme schnitt durch die Dunkelheit und ließ alle meine Härchen sich aufstellen. Ich nickte.

»Lässt du mich rein?«, fragte er dann.

»Warum?«, hielt ich dagegen.

Ein Grinsen erschien auf seinem Gesicht. »Wieso so vorsichtig, hast du Angst, ich revanchiere mich für das Andenken in meinem Gesicht?«

Ich antwortete nicht darauf, stattdessen sah ich ihn einfach nur an.

»Glaubst du das wirklich, Kat?«

Diese Frage verwirrte mich aus zwei Gründen. Erstens war es das erste Mal, dass er mich mit meinem richtigen Namen ansprach. Sonst nannte er mich immer bei einem Spitznamen. Zweitens war es der Ausdruck in seiner Stimme. Es schien mir, als würde ihn die falsche Antwort darauf treffen.

»Nein«, antwortete ich schließlich und es stimmte. Ich wusste, dass er mir nichts tun würde. Schließlich war er es gewesen, der mich bei dieser verdammten Party gerettet hatte.

»Gut«, war das Einzige, was er sagte, dann schien er abzuwarten.

»Was willst du?«, fragte ich.

Er grinste wieder. »Lass mich rein, dann zeige ich es dir.«

Ich wollte es gar nicht tun, doch die Neugierde überwog und ich trat zur Seite, um ihn in mein Zimmer zu lassen. Ich schloss die Tür hinter uns und beobachtete

Luce, wie er sich im Zimmer umsah.

»Das ist deine Seite, oder?« Er zeigte auf mein Bett.

»Ja, warum?«

»Nur so, man sieht es.«

»Woran?«

Er ging näher zum Bett und zeigte auf das Bücherregal, das daneben stand. »Jane Austen, Hemingway, Brontë«, las er vor. Dann ging er zum nächsten Regalbrett. »Shades of Grey, Twilight und die Tribute von Panem.«

»Mein Geschmack ist ziemlich breit gefächert.«

Als ich das sagte, drehte er sich zu mir um und da sah ich es. Er lächelte. Er lächelte richtig. Es war kein Grinsen oder schelmisches Lachen. Es gefiel ihm.

»Warum bist du hier, Luce?«

Er zuckte leicht zusammen, als ich ihn bei seinem Namen nannte. Er wandte sich ganz zu mir und seine Hand verschwand in seiner Lederjacke. Daraus hervor kam ein zusammengefaltetes Stück Stoff. Er ließ es auseinanderfallen und ich sah ihn überrascht an.

»Es wäre eine Schande, wenn ich es behalten würde. Dir steht es viel, viel besser.« Erstaunt sah ich auf mein Kleid in seinen Händen.

»Obwohl dieses Micky Mouse-Shirt fast genauso sexy aussieht.«

Die Röte stieg langsam meinen Hals hinauf und flutete mein Gesicht. Hatte er gerade zu mir gesagt, dass er mich sexy fand?

»Dieses Rot steht dir.«

Kaum zu glauben, aber das ließ mich noch ein wenig mehr erröten.

»Was soll das?«, brachte ich mühsam hervor.

Er lachte leise. »Das kann ich dir nicht sagen, Engelchen, denn ich weiß zur Hölle nicht, warum ich hier bin.«

Ich starrte ihn einfach nur an. Ich verstand das alles nicht. Er war so gemein, so kalt und einfach nur ein Arsch. Doch jetzt, hier in diesem Moment, war dieser Luce fort. Und der Luce, der vor mir stand, war kaum wiederzuerkennen.

Er ließ das Kleid auf mein Bett fallen und schob dann die Hände in seine kaputte Jeans, als würde er nicht wissen, wohin mit ihnen.

»Es tut mir leid mit deinem Gesicht«, sagte ich dann und wieder traf mich dieses leichte Lachen.

»Braucht es nicht, ich habe es verdient. Mir tut es leid.« Er kam auf mich zu und nahm meine kaputte Hand in seine. Ein Kribbeln kroch von seinen Fingern durch meine Fingerspitzen in jeden Winkel meines Körpers.

»Halb so schlimm«, murmelte ich, doch er schüttelte den Kopf.

»Ich habe einen ganz schönen Dickschädel.«

Jetzt musste ich lachen. »Was du nicht sagst.«

Das Grinsen auf seinen Lippen erreichte seine Augen und in der Dunkelheit war das Grau fast fort und wurde durch ein tiefes Blau ersetzt.

Immer noch hielt er meine Hand in seiner. »Ist es schlimm?«

Ich schüttelte den Kopf. »Sie ist nur verstaucht.«

»Nur«, murmelte er und senkte den Blick. Dann ließ er meine Hand los. Sofort spürte ich ein Gefühl des Verlustes. Mein Körper schien genau zu wissen, was er wollte, mein Kopf allerdings war da anderer Meinung. Luce fuhr sich mit der Hand durch die pechschwarzen Strähnen.

»Es tut mir leid.« Mir war, als entschuldigte er sich nicht nur für meine Hand. Unwillkürlich dachte ich an die Worte der Ärztin zurück. War da wirklich mehr hinter der Fassade des unhöflichen Idioten?

»Schon in Ordnung.«

Er nickte und kam wieder einen Schritt auf mich zu. Unwillkürlich trat ich einen zurück. Ein Funkeln erschien in seinen Augen.

»Ich hatte aber recht mit dem, was ich gesagt habe, Kätzchen.«

Ich sah ihn fragend an.

»Dein Körper und dein Mund sprechen eine komplett andere Sprache.«

Sofort wurde ich wütend. Fing er schon wieder damit an? Er sprach jedoch weiter, ohne von meiner Wut Kenntnis zu nehmen.

»Du sagst, ich soll mich verpissen und glaub mir, ich gebe deinem Kopf da recht. Ich weiß selbst, dass ich nicht hier sein sollte. Ich hätte dich auch nicht mit zu mir nehmen dürfen nach der Party.«

Für einen kurzen Moment sah ich in seinen Augen Wut aufblitzen, doch es war nur flüchtig.

»Ich verstehe, was du denkst. Was du über mich denkst. All das, was du von mir weißt, stimmt. Ich bin ein Mistkerl, da gebe ich dir auch recht und trotzdem sagt dein Körper etwas anderes.«

»Was soll er denn sagen?«

Wieder kam er ein Stück näher und ich spürte plötzlich die Wand im Rücken. Luce hob die Hand. Langsam strich er eine blonde Strähne hinter mein Ohr und seine Fingerspitzen berührten meine Wange.

»Dein Herz schlägt so stark, dass ich es fast hören kann. Deine Atmung wird schwerer, wenn ich dich berühre.« Um dies zu verdeutlichen, strich er erneut mit seinen Fingern über meine Wange, hinab zu meinem Hals. Ich spürte, wie ich eine Gänsehaut bekam.

»Deine Lippen öffnen sich, sie sind bereit für einen Kuss.« Sein Gesicht kam näher. Sein Geruch traf mich mit voller Wucht und drang in jeden Winkel meines Körpers. Und er hatte recht. In diesem Moment wollte ich nur, dass sich seine Lippen auf meine legten. Dass er mich küsste. Was danach war, war egal.

»Das Schlimme ist, Engelchen, ich spreche genau dieselbe Sprache. Mir ist bewusst, ich bin weiß Gott nicht der Mann, den du brauchst. Mit mir kann man keine Beziehung führen. Mit mir hat man Sex. Und ich weiß, dass du mehr von einem Mann brauchst als das. Ich habe es gewusst, seit ich dich das erste Mal gesehen habe. Und doch stehe ich hier. Weil unsere Körper die gleiche Sprache sprechen.«

Ich starrte auf seinen Mund, als er aufhörte zu reden.

Als er näher kam und ich seine Lippen schon leicht auf meinen spürte, war es, als setzte mein Herz für einen Moment aus.

»Katty, bist du noch wach?«

Wie erstarrt verharrten Luce und ich in unseren Positionen. Ein Herzschlag. Noch einer. Dann war er fort. Ich blinzelte und sah zu Emma, die erschrocken in der Tür stand und zwischen Luce und mir hin und her sah.

»Ich sollte gehen.«

Ein letzter Blick aus Luce' Augen, der mir verriet, dass all das gerade wirklich geschehen war, und er war aus dem Zimmer verschwunden.

KAPITEL 15

Luce

»Bourbon.«

Die Frau hinter dem Tresen sah mich komisch an, doch nickte dann leicht und schenkte mir eine weitere Runde goldgelben Alkohol in mein Glas.

Mit geschlossenen Augen führte ich es an die Lippen und kippte den Whiskey in einem Zug meine Kehle hinab.

Das Brennen fühlte sich gut an. Es fühlte sich so viel besser an als die Gefühle, die in mir tobten.

Meine Augen fanden wieder die Kellnerin, die nur seufzte und mir ohne Kommentar wieder einschenkte.

Diesmal wartete ich jedoch mit dem Herunterkippen und schwang den goldenen Alkohol ein wenig im Glas hin und her.

Dieses Grün. Dieses Grün ihrer Augen hatte sich, ohne dass ich es wollte, in meine Netzhaut gebrannt. Dieses glühende Grün, was mich angestrahlt hatte. Dieses Grün, was sich auf meinen Mund geheftet hatte, als hätte sie es nicht abwarten können, dass ich meine Lippen mit ihren schloss.

»Fuck«, stieß ich zwischen meinen Zähnen aus. Ich hatte es nicht kommen sehen, erst als ich vor ihrer Wohnheimtür stand, hatte ich gemerkt, wo ich mich befand. Seit dem bildlichen Schlag in mein Gesicht hatte ich nicht richtig denken können. Das Einzige, was ich gesehen hatte, war ihr Gesicht. Ihr wutverzerrtes

Gesicht, die glühenden grünen Augen und die kleine Hand, die einen so großen Schaden in meinem Gesicht verursacht hatte. Eins musste man Kat Mason lassen, sie hatte einen harten rechten Haken. Ich spürte, wie es kurz in meinem Mundwinkel zuckte. Doch gleich darauf zerbarst das Lächeln auch schon wieder, als sich die Last auf mich legte, die ich jede Minute meines Lebens mit mir trug.

»Du siehst nicht gut aus.« Verwirrt, weil ich vergessen hatte, wo ich mich befand, sah ich auf und schaute in die blauen Augen der Kellnerin. Mein Blick streifte ihren und ich hoffte, sie verstand den Wink. Ich wollte einfach nur allein sein.

»Vielen Dank.«

»Im Ernst, wer hat dich denn so zugerichtet?«

Meine Finger strichen über meine linke Wange und ich zuckte zusammen, als ich den tiefen Kratzer streifte, den ihr Ring verursacht hatte.

»Ein Mädchen?«

Ich stöhnte. Verstand sie nicht, dass ich nicht reden wollte?

Ich wollte wissen, warum ich heute in Kats Wohnheimzimmer aufgekreuzt war. Ich hatte die Wochen, nachdem sie mein Apartment verlassen hatte, nicht oft einen Gedanken an sie verschwendet. Na ja, ich hatte es versucht. Hatte mich versucht abzulenken. Doch keine Frau, die ich aufgegabelt hatte, ließ dieses komische Gefühl aus meiner Brust weichen. Als Danny von seinem Familienausflug nach New Haven zurückgekommen war und mir erzählt hatte, wen er dort getroffen hatte, war mein erster Gedanke, dass ich dumm gewesen war, nicht mit ihm gefahren zu sein.

Früher war ich oft mitgefahren. Dannys Familie war mir fast so wichtig gewesen wie meine eigene.

Doch das war vorher. Vorher war alles anders gewesen.

Ich führte das Glas an die Lippen und kippte den Alkohol herunter, doch diesmal half mir das Brennen nicht.

Er fuhr zu seiner Familie und ich hatte Frauen aufgerissen. Er verbrachte das Wochenende an einem Strand, in einem wunderschönen Haus und ich in einem schmuddeligen Motelzimmer. Danny hatte es mit Kat verbracht und ich mit einem Flittchen, dessen Namen ich nicht mal kannte. Ich fuhr mir frustriert durch die Haare und verfluchte, überhaupt zu ihr gegangen zu sein. Was hatte ich mir dabei gedacht? Sie hatte vollkommen recht damit gehabt, dass ich sie in Ruhe lassen sollte. Ich war der letzte Kerl, der sich einbilden konnte, etwas mit jemandem wie Kat anzufangen. Zumal ich genau wusste, dass sie von mir nicht wirklich viel bekommen würde. Ich würde mich von ihr fernhalten. Es war besser so. Das was heute Abend fast passiert war, war falsch. Es wäre nicht fair ihr gegenüber. Ich beschloss, sie einfach hinter mir zu lassen. Das schaffte ich. Das hatte ich immer irgendwie geschafft. Sie war nur ein weiteres Mädchen.

Mein Blick glitt wieder nach oben zu der Kellnerin, die noch immer dastand und mich ansah. Ich setzte ein

Grinsen auf.

»Wann hast du Schluss?« Die Worte kamen wie von selbst über meine Lippen.

Die Kellnerin lachte. »In einer halben Stunde.«

Ich nickte und sie streckte mir ihre Hand hin. Sie verriet mir ihren Namen, doch ich nahm ihn nicht wirklich wahr. Wieder grinste ich sie an, stockte jedoch, als mein Smartphone in meiner Jeans vibrierte. Kurz war ich geneigt, es einfach zu ignorieren. Dann zog ich es doch aus meiner Hose und als ich sah wer anrief, hob ich sofort ab.

»Hey.«

»Hey, großer Bruder.« Lucys Stimme ließ mich sofort leichter atmen.

»Alles okay bei dir?«

Ich hörte sie auf der anderen Seite des Telefons schnauben.

»Das wollte ich dich fragen. Maja hat mir gerade erzählt, dass dich jemand im Geschichtskurs vermöbelt hat.«

Ich musste unwillkürlich lachen. Oh ja, Kat Mason hätte mich wohl liebend gern vermöbelt.

»Halb so schlimm.«

»Lucas Snow, was hast du schon wieder angerichtet?« Sie klang empört und das brachte mich noch mehr zum Lachen. Sie war die Einzige, die das konnte. Bei Lucy war ich ein anderer Mensch. War niemals gemein oder zeigte ihr die kalte Schulter. Bei ihr war ich der Luce, der ich früher einmal gewesen war. Nur sie schaffte es, ihn aus mir herauszuholen. Doch insgeheim hatte ich Angst vor dem Tag, wenn es auch ihr nicht mehr gelang.

»Gar nichts, Luc«, antwortete ich unschuldig.

Wieder schnaubte sie. »Wer war sie?«, fragte sie dann und ich stieß ein Seufzen aus.

»Erinnerst du dich an die Kleine im Brautladen?«

»Kat?«

Ich nickte und als ich nichts mehr aus dem Telefon vernahm, fiel mir ein, dass sie mich ja nicht sehen konnte.

»Ja, aber ich habe es verbockt.«

»Das weißt du nicht.«

»Doch, Lucy, es ist nicht richtig.«

»Das sagst du immer. Aber das, was du stattdessen tust, ist auch nicht richtig.«

Als ob ich das nicht selbst wusste. Ich sah wieder zu der Kellnerin. Immer noch warf sie mir gelegentliche Blicke zu, die mir ohne es zu verstecken zeigten, was sie von mir wollte.

»Wo bist du, Luce?«, fragte meine Schwester.

Ich sah auf mein leeres Whiskeyglas. »In einer Kneipe.«

Schweigen setzte ein und hinterließ einen Druck auf meiner Brust. Ich wusste, dass ihr klar war, was ich hier machte.

»Tu es nicht, Luce.« Ihre Stimme war leise, doch ich hörte sie klar und deutlich. »Ich hab dich lieb, Bruderherz.«

»Ich dich auch, Lucy.«

Dann beendete ich das Telefonat und erhob mich

von meinem Barhocker. Ich kramte ein paar Dollar aus meiner Tasche, um sie neben meinem leeren Glas zu platzieren. Dann verließ ich die Kneipe. Allein.

KAPITEL 16

Kat

»Was habe ich bitte in den letzten Stunden verpasst? Wenn du glaubst, du kannst mich ignorieren, Katharina Mason, dann hast du aber ein ganz falsches Bild von mir. Verdammt, Katty!«

Ich saß auf meinem Bett und starrte auf das Kleid in meinen Händen, das Luce mir gebracht hatte.

»Kat?«

Endlich sah ich auf. Ich hatte Emmas Tirade gehört. Allerdings wusste ich ja selbst nicht, was das war. Warum war er hier gewesen? Warum hatte er mir mein Kleid gebracht und mich beinahe geküsst? Viel schlimmer war jedoch, warum zur Hölle hatte ich ihn beinahe ebenfalls geküsst. Wie konnte jemand wie Luce Snow, alles was mir wichtig war, mit einem Blick, mit einem Wort einfach so aus meinem Kopf streichen?

Meine Augen fanden die meiner besten Freundin und ich sah sie hilflos an. Emma seufzte laut und setzte sich neben mich auf mein Bett. Liebevoll legte sie einen Arm um mich und den Kopf an meine Schulter.

»Kannst du mir dann einfach nur sagen, warum deine Hand in einem Verband steckt?«, flüsterte sie in mein Ohr.

Ich lachte auf. »Er hat mich provoziert. In Geschichte. Mir sind die Sicherungen durchgebrannt und ich habe ihn geschlagen.«

»Wenigstens hast du ihm ordentlich eine verpasst.«

Ich nickte mechanisch, immer noch grübelnd, wieso ich ihn fast geküsst hatte. Wäre Emma nicht reingekommen, wäre es passiert. Und ich hätte ihn nicht gestoppt. Ich hätte ihn geküsst und wer weiß, was dann passiert wäre. Ich hätte einen Ex-Knacki auf Bewährung geküsst. Was würde mein Vater davon halten? Ich vergrub mein Gesicht in den Händen.

»Warum quälst du dich so, Katty?«

»Ich wollte es auch, Em. Ich hätte alles mit ihm gemacht, solange er mich einfach nur weiter berührt hätte. Das macht mir Angst.«

»So ist das, wenn man sich verkna…«

Ich unterbrach sie mit einem wütenden Blick. »Ich habe mich nicht verknallt. Ich weiß auch nicht, was das zwischen uns ist, aber er selbst hat gesagt, dass er mir nur eine Sache geben kann und die will ich nicht.«

»Aber vielleicht würde es dir Spaß bringen. Vielleicht lenkt es dich ein wenig ab.«

Ich sah sie verständnislos an. »Du rätst mir also allen Ernstes, dass ich meine Unschuld an so einen Arsch verschenke?«

Sie schüttelte wild den Kopf. »Nein, das meinte ich nicht. Glaub mir, wenn der Kerl auch nur den Gedanken daran verschwendet, breche ich ihm alle Knochen. Aber vielleicht macht dir das Flirten ja Spaß. Es muss ja nicht unbedingt Luce sein.«

»Und mit wem dann?«

Sie zuckte mit den Schultern. »Am Wochenende fahren wir nach Long Beach zum Konzert. Vielleicht da.«

Ja, das Konzert von Emmas und meiner Lieblingsband *Fall Out Boy* hatte ich ganz vergessen. Wir hatten
ein kleines Ferienhaus gemietet und würden erst am
Sonntag wieder zurückfahren. Ich freute mich schon
das ganze Jahr darauf und es würde mich vielleicht auf
andere Gedanken bringen. Emma lächelte.

»Und wenn ich Luce noch mal über den Weg laufe,
bekommt er auf der anderen Seite noch ein Veilchen,
damit das Gleichgewicht wieder stimmt.«

Jetzt schaffte ich sogar ein Lachen. Ich war froh, meine
beste Freundin immer an meiner Seite zu haben.

Die Woche verging ohne weitere komische Begegnun-
gen. Ich traf Luce nicht auf dem Campus, also schaffte
ich es, das fast Geschehene einfach als einen Ausrut-
scher abzustempeln, der eigentlich gar nicht passiert
war.

Als ich Donnerstagmittag auf einer Wiese auf der
Bank saß – einen Smoothie auf der rechten Seite, ein
Sandwich auf der linken – kam Emma zusammen
mit einem hochgewachsenen Jungen mit schwarzen
Klamotten angelaufen und grinste übers ganze Gesicht.
Sie machte es sich neben mir gemütlich und der blonde
Junge blieb etwas abseits stehen. Emma sah zu ihm
rüber und winkte ihn zu uns heran.

Ich betrachtete ihn eine Zeit lang. Er war ziemlich
groß und breit gebaut. Er trug ein schwarzes Rock-
bandshirt und gleichfarbige zerschnittene Jeans. Die

Füße steckten in ebenfalls schwarzen Doc Martens. Ich lächelte ihn an.

»Hi, ich bin Kat«, stellte ich mich vor und auch er begann zu lächeln.

»Ich bin Benedikt, aber alle nennen mich Bene.«

»Bene und ich sind im gleichen Anatomie-Kurs und heute hat er mir erzählt, dass er und sein bester Freund auch aufs Konzert von FOB fahren und rate, was sie noch tonnenweise übrig haben.« Emma strahlte übers ganze Gesicht.

»Was?«, fragte ich grinsend.

»Shirts, jede Menge Fall Out Boy-Shirts.«

»Cool«, sagte ich.

Bene kramte in seiner Tasche herum, auf der ein großer Ramones-Aufnäher zu sehen war. Dann holte er zwei schwarze T-Shirts raus und warf erst mir, dann Emma eines zu.

Als ich das T-Shirt auseinanderfaltete, freute ich mich. Das Logo der Band stand in großen Lettern auf dem Rücken und vorn war ihr letztes Cover abgebildet.

»Möchtest du da nichts für?«, fragte ich ihn.

Doch er winkte ab und lachte. »Ich bestehe darauf, dass wir am Samstag zusammen einen trinken auf dem Konzert.«

Emma nickte heftig.

»Klar.«

»Super, dann sehen wir uns da. Bis Samstag.«

Ich sah Bene hinterher und fragte mich unwillkürlich, welche Art Arzt er später mal werden wollte.

»Wir können sie noch ein wenig zerschneiden.« Emma sah mich mit großen Augen an und ich lachte. Ich hielt ihr mein Shirt hin und sie grinste.

»Aber nicht zu viel.«

»Versprochen, Katty.«

Sie drückte mir einen Kuss auf die Wange, riss mir das Shirt aus der Hand und lief davon. Mit einem Lächeln sah ich ihr hinterher, doch es erstarb in meinem Gesicht, als ich feststellte, dass sie mir mein Sandwich geklaut hatte.

Miese Räuberin.

Emmas und mein letzter Freitagskurs waren um zehn vorbei und ich stand vor ihrem Hörsaal, bereit sie zu unserem Ausflug abzuholen. Als ich ihren blonden Lockenkopf in der herausstürmenden Meute ausmachte, war sie schon fast bei mir angekommen.

»Ich bin so aufgeregt«, schrie sie.

»Dann lass uns keine Zeit mehr verlieren.«

Wir steuerten den Parkplatz und Emmas grünen Wagen an und verließen gut gelaunt das Uni-Gelände. Aus den Lautsprechern schrie der Frontmann der *Fall Out Boys* den Song *The Take Over, The Breaks Over*, um uns auf unser Wochenende einzustimmen.

»Gott, ich hoffe, ich seh Pete Wentz oben ohne«, schrie Emma über die Musik hinweg, während sie auf den Highway einbog und in Richtung Süden nach Long Island fuhr. Als das Lied zu Ende war und das nächste begann, drehte sie die Musik leiser.

Emma sah mich kurz an, dann jedoch wieder nach vorn auf die Straße. So ging das ein paar Mal, bis ich die Musik ganz abdrehte und sie direkt anschaute.

»Was?«, fragte sie unschuldig und ich zog die Augenbrauen in die Höhe.

»Das frag ich dich, spuck es schon aus.«

»Mir fiel nur gerade ein, dass dein Dad nächsten Monat Geburtstag hat. Das stimmt doch, oder?«

Sofort legte sich Dunkelheit über mich. Sie hatte recht, am fünfzehnten Dezember feierte mein Dad seinen fünfzigsten Geburtstag. Das hieß für mich: Wisconsin, Vergangenheit und Menschen, die ich nicht mehr sehen wollte. Natürlich freute ich mich, meinen Vater und meine Großmutter wiederzusehen. Ich vermisste sie unglaublich. Doch ich wünschte mir kein Wiedersehen mit Peter, meinem Ex-Freund oder mit meiner ehemals besten Freundin, die mir damals die Freundschaft gekündigt hatte, als sie hörte, dass ich nach New York ziehen würde.

»Ja«, antwortete ich.

»Fährst du hin?«

Ich schluckte. Es waren dann sogar schon Semesterferien, also konnte mich nicht mal das davon abhalten.

»Ja, werde ich.«

»Ich komme mit.«

Ich verzog das Gesicht. »Frag erst mal deine Eltern, ob sie nicht was für die Ferien mit dir geplant haben.«

Emma schnaubte, aber ich war nur realistisch. Natürlich freute ich mich, wenn Emma mitkam, doch ich würde sie nicht für mich beanspruchen, wenn ich wüsste, ihre Familie hatte etwas mit ihren Kindern geplant.

»Ich komme trotzdem mit. Nach allem, was passiert ist in letzter Zeit, ist das doch klar.« Sie sah in meinen Schoß und auf meine verbundene Hand.

»Ich hab dich lieb, Em.«

»Natürlich hast du das.«

Sie drehte die Musik wieder auf, nur um sie kurz darauf wieder leiser zu stellen.

»Versprichst du mir, dass du wenigstens versuchst, ein wenig zu flirten dieses Wochenende?«

Ich stöhnte.

»Katty, flirten ist lebensnotwendig.«

»Ja, für dich.«

»Du weißt doch gar nicht, wie es sich wirklich anfühlt, wenn dich ein Mann umgarnt.«

»Ich hab genug Erfahrungen.«

»Mit wem? Mit Peter, der Schlafsocke oder dem Knast-Boy Luce?«

»Emma«, protestierte ich und sie zuckte nur mit den Achseln.

»Ich mein ja nur.«

Ich sah sie finster an und drehte die Musik wieder lauter, damit dieses Thema als beendet galt. Was mich daran so ärgerte war, dass sie recht hatte.

Ich war damals sechzehn, als Peter und ich zusammenkamen. Es war so eine unschuldige Schulzeit-Beziehung. Wir waren mehr Freunde als Liebhaber. Klar, wir haben rumgeknutscht und ein paar unbeholfene Fummelversuche haben wir auch unternommen. Doch wir waren beide nicht auf dem Level, dass wir wussten, was wir da taten. Wenn es nach mir gegangen wäre, hätte ich es gern mit ihm herausgefunden. Doch dann war diese Sache passiert. Der Autounfall riss mich aus meinem bisherigen Leben und ich war von einer Sekunde auf die andere ein anderer Mensch. Ich rechnete es Peter hoch an, dass er an meiner Seite war. Er versuchte, mir beizustehen und mir Halt zu geben, doch mir war er egal geworden. Es war nicht fair von mir. Und es war auch unheimlich abartig von mir gewesen, einfach so zu verschwinden, ohne jegliche Abschiedsworte. Doch die Katharina Mason von damals war mit meiner Mutter und meinem Großvater gestorben. Kat war entstanden und sie versuchte, sich einigermaßen in ihr neues Leben einzufügen.

»Verdammt.«

Ich erschrak, als Emmas Fluch mich aus meiner Grübelei riss. Ein lauter Knall ließ uns beide aufschreien und ein starkes Ruckeln ging durch das grüne Auto meiner Freundin.

»Was war das?«, fragte ich sie mit weit aufgerissenen Augen. Sie starrte mich an und zuckte mit den Schultern.

»Da«, rief ich und zeigte auf die Motorhaube, aus der es bedrohlich zu qualmen angefangen hatte.

»So ein Mist«, fluchte Emma wieder, während der Wagen immer langsamer wurde und sie ihn auf den Kies neben der Fahrbahn lenkte.

Kurz saßen wir beide wie erstarrt da und sahen uns an. Dann stieß Emma erneut einen Fluch aus und stieg aus dem Auto. Ich tat es ihr gleich und beide gingen wir zur Vorderseite des Wagens. Emma öffnete die Motorhaube und wir taumelten schnell zurück, als uns eine große weiße Qualmwolke entgegenkam. Wie zwei Irre stierten wir dann ins Innere des Autos, als würde es gleich anfangen zu erzählen, was nicht mit ihm stimmte.

So blieben wir einige Minuten, bis Emma schließlich schnaubte und ihr Handy aus der Jackentasche zog. Sie tippte wild auf dem Display herum und hielt es sich dann ans Ohr.

»Ja, ich bins«, kam es von meiner Freundin, deren Stirn in tiefen Furchen lag. »Jack, ich brauche Hilfe, mein Wagen hat den Geist aufgegeben. – Ja, natürlich hab ich das. – Nein, er ist nicht nur abgesoffen. – Mensch Jacky, hör auf mit den alten Kamellen und hilf mir. Er hat geknallt. – Ja, gequalmt hat er auch.«

Sie sah zu mir und nahm kurz das Telefon von ihrem Ohr. »Setz dich mal hinter das Steuer und versuch, den Wagen anzumachen.«

Ich nickte, ging um sie herum und setzte mich auf den Fahrersitz. Ich drehte den Schlüssel im Zündschloss und nichts passierte. Außer einem leisen Klicken machte das Auto keinerlei Geräusche.

»Natürlich habe ich das Licht nicht angelassen, Jack«, rief Emma aufgebracht.

»Mach noch mal«, verlangte sie dann wieder von mir. Emma ging mit dem Telefon näher an den Motorraum.

Ich tat wie befohlen und als erneut das Klicken ertönte, seufzte ich. Mein Blick fiel auf den kleinen Minion, der an Emmas Autoschlüssel baumelte. Es sah aus, als würde er uns auslachen.

»Hast du das gehört?«, rief Emma dann. »Aber … Na schön«, brummte sie. »Bis später.«

Emma beendete das Gespräch und kam zu mir herum. Ich sah sie fragend an.

»Er will jemanden anrufen, den er auf der NYU kennt, und fragen, ob der uns abholt.«

»Irgendwen?«

Sie zuckte mit den Schultern. »Bessere Idee, Katty?«

Ich begann zu überlegen, doch Emma und ich kannten nicht sehr viele Leute mit einem Auto. Außerdem waren sie alle bestimmt auf dem Weg nach Hause zu ihren Familien.

»Was ist mit Bene?«, fragte ich hoffnungsvoll. Der schwarz gekleidete Junge war doch ebenfalls auf dem Weg zum Konzert.

»Er wollte gestern schon fahren. Außerdem hab ich seine Handynummer nicht.«

Mein Hoffnungsschimmer verwelkte und Emma ging ums Auto herum, um sich auf den Beifahrersitz zu setzen.

Und da saßen wir nun, irgendwo auf der Straße nach Long Island, mit einem kaputten Auto und der einzigen Hoffnung, dass Emmas Bruder jemanden erreichte, der uns abholen kam.

»Vielleicht nehmen wir einfach den Bus zurück nach

New York.«

»Die nächste Bushaltestelle ist meilenweit weg, wie sollen wir dahin kommen?«

Ich nickte. Stimmt, keine gute Idee.

»Unser Konzert«, rief sie aufgebracht. »Mein Pete, wie soll er denn singen, ohne dass ich da bin, um ihm heiße Blicke zuzuwerfen.«

Ich musste grinsen. Auch in den miesesten Situationen brachte mich Emma zum Lachen.

»Was machen wir denn jetzt, Katty?«

Ich schaute meine Freundin an. Mit ihren wilden Locken und dem Bandshirt. Sie sah aus wie ein Groupie. Sie hatte den Kragen des Shirts abgeschnitten und hier und da ein paar Löcher hinzugefügt. Um das Gesicht von Gitarrist Pete Wentz hatte sie mit Glitzer-Edding ein Herz gemalt.

»Das nächste Auto, das hier vorbeifährt, halten wir an und bitten den Fahrer, uns mitzunehmen.«

Ich sah Emma unsicher an. »Bist du sicher, dass wir so was machen sollten?«

»Wie willst du sonst hier weg?«

»Aber vielleicht ist es ein Serienmörder, der nur darauf wartet, uns irgendwo in den Wald zu verschleppen, um uns die Haut vom Körper zu ziehen.«

»Ihhhgitt«, schrie Emma und hielt sich die Augen zu. »Mann, Kat, du liest zu viele Krimis. Wir sind hier im realen Leben und nicht in einer neuen Folge *Criminal Minds*.«

Ich hörte auf und schwieg. »Ich meinte ja nur.«

Die Stunden verstrichen, und da wir vorhin die glorreiche Idee hatten, eine Abkürzung zu nehmen, war noch nicht ein Auto vorbeigefahren und auch Jack hatte sich nicht mehr gemeldet.

»Wir werden hier sterben«, rief ich aus, doch Emma sah mich böse an. »Was denn, ich habe Hunger. Ich habe mich schon auf Pizza gefreut. Außerdem wird es immer gruseliger, umso dunkler es wird, oder?«

Erneut ein böser Blick von Emma, doch ich sah ihr an, dass auch sie ein mulmiges Gefühl hatte, je später es wurde. Schließlich brach die Nacht über uns herein und ich sah, wie Emma die Augen zufielen. Ich zog die Beine an und schloss ebenfalls die Augen. Mit dem Kopf an der Polsterung des Sitzes versuchte ich, ein wenig zu dösen. Doch kurz darauf ließ mich ein Geräusch aufschrecken. Sofort saß ich kerzengerade auf dem Fahrersitz des Autos und starrte in die Dunkelheit. Mein Herz schlug mir bis zum Hals, als ich im Rückspiegel zwei hell erleuchtete Lichter aufblitzen sah. Hektisch rüttelte ich Emma an der Schulter.

»Lass mich, Katty, Pete will mich gerade mit auf sein Hotelzimmer nehmen«, murmelte sie, doch ich rüttelte wieder an ihrer Schulter, während ich dabei zusah, wie die Lichter immer näher kamen.

»Emma, wach auf«, stieß ich hervor und da öffneten sich die Augen meiner Freundin. Kurz sah sie sich verständnislos um, doch dann schien ihr wieder einzufallen, wo wir uns befanden.

»Was ist los?«, fragte sie müde und rieb sich die Augen.

Dabei verschmierte sie ihre Mascara so, dass sie einem Panda verdammt ähnlich sah.

»Sieh doch!« Ich zeigte in den Rückspiegel und als sie die Lichter sah, sprang sie aufgeregt hoch.

»Da kommt ein Auto. Endlich, das muss Jacks Freund sein.«

Sie öffnete die Tür und trat in die Dunkelheit. Fassungslos starrte ich ihr hinterher. Da sie die Tür nicht wieder geschlossen hatte, konnte ich um mich herum nichts mehr erkennen, da die Lichter im Wagen immer noch brannten.

Im Rückspiegel sah ich, dass das Auto schließlich ein paar Meter entfernt angehalten hatte. Die beiden Scheinwerfer erhellten unseren Polo wie zwei Lichtkegel.

»Katty.« Ich bekam einen solchen Schreck, als Emma plötzlich meine Tür aufriss und mich mit großen Augen ansah, dass ich leise quietschte. Die Freude war aus ihrem Gesicht gewichen. Jetzt sah sie panisch aus.

»Was wenn es doch Serienmörder sind?«, fragte sie mit zittriger Stimme.

Ich winkte ab, in der Hoffnung, dass sie es mir abkaufte. »Wie du schon sagst, wir sind ja nicht in irgendeiner Folge einer Krimiserie.«

»Aber im realen Leben passiert das doch auch so oft«, rief sie angsterfüllt.

Ich kletterte aus dem Wagen, legte den Arm um sie und wir beide starrten auf das Auto, das ein Stück hinter uns geparkt hatte.

Mein Herz schlug vor Aufregung so stark, dass ich meinen Puls an meinem Hals spürte. Außerdem drang die Kälte durch meine Jacke. Als sich Beifahrer- und Fahrertür nacheinander öffneten und ich sah, wie zwei Gestalten sich uns näherten, hielt ich die Luft an.

Keine Serienmörder. Keine Vergewaltiger. Keine Psychopathen, versuchte ich mir einzureden, während die zwei Schatten immer näher kamen.

»Wenn ihr Mörder seid, dann muss ich euch vorwarnen, meine Freundin hier ist in der Lage, den Karate-Todesgriff bei euch anzuwenden«, schrie Emma und ich starrte sie fassungslos an. Doch statt irgendetwas zu erwidern, drang ein Lachen zu uns herüber.

Mein Herz blieb kurz stehen, nur um dann mit der doppelten Geschwindigkeit weiter in meiner Brust zu schlagen.

»Ich bin beeindruckt, ich lerne immer neue Sachen an dir kennen, Engelchen.«

In diesem Moment traten Luce und Danny in den Lichtkegel und ich war zum ersten Mal unheimlich glücklich, diese Sturmaugen zu sehen. Kurz verschlug mir das Erscheinen der beiden die Sprache, doch dann strömte eine unmessbare Erleichterung durch meinen Körper, sodass ich hysterisch zu lachen anfing. Ich hielt mir die Hand vor den Mund, um mein Gekicher zu unterdrücken, doch als Emma mit einstieg, gab es kein Halten mehr. Wie zwei Verrückte hielten wir uns den Bauch und lachten, bis uns die Wangen wehtaten. Luce und Danny sahen sich ein paar Mal an, warteten jedoch geduldig, bis wir uns beruhigt hatten. Als Emma und ich nur noch grinsend dastanden, ergriff Danny zum ersten Mal das Wort.

»Was genau macht ihr hier?«, fragte er mehr Emma als mich, doch diese zuckte nur mit den Achseln.

»Wir dachten, wir machen hier ein schönes Picknick. Ist doch viel besser als in einem tollen Ferienhaus.«

»Was ist mit dem Auto?«, fragte er sie dann.

»Wenn ich das wüsste, wäre ich Pete schon ein Stück näher, glaub mir. Wir hatten eigentlich vor, heute vor dem Hotel Stellung zu beziehen.«

Beide Jungs sahen uns mit großen Augen an. Dann fiel Dannys Blick auf Emmas T-Shirt.

»Ihr wollt zum *Fall Out Boy*-Konzert?«

Emma und ich nickten, als hätten wir es einstudiert. »Unser Jahreshighlight.«

Die Jungs sahen sich an.

»Und ihr?«, fragte ich dann und schielte kurz zu Luce hinüber. Seit dem Fastkuss bei mir im Wohnheim hatte ich ihn nicht mehr gesehen. Er trug ein schwarzes T-Shirt und darüber eine Lederjacke. Dazu hatte er eine schwarze Jeans an, die so eingerissen war, dass sie ein weiteres Tattoo auf seinem Oberschenkel zeigte. Ich schluckte. Das hatte ich noch gar nicht gesehen. Als ich den Kopf hob, weil mir auffiel, dass ich genau in Richtung seines Schritts starrte, begegnete ich seinem Blick. Ein Grinsen lag auf seinen Lippen. Die grauen Augen sagten mir, dass er genau wusste, wo ich hingesehen hatte. Mist. Mit seiner Hand fuhr er sich durch die schwarzen Haare und sein Mund bewegte sich. Doch die Laute erreichten mein Hirn nicht. Immer noch starrte ich in seine Augen. Sie zogen mich an wie Homer Simpson die Donuts oder Christian Grey nach dem Lippengekaue seine Ana Steele. Und diese Vergleiche sagten mir, dass sich mein Gehirn ganz schön auf Abwegen befand. Ich zuckte zusammen, als mich Emmas Ellbogen in meiner Seite traf.

Ich starrte sie an, um dann wieder zu den Jungs zu gucken.

»Entschuldige, was?«

Ich hörte ihn amüsiert lachen. Dieser Mistkerl lachte mich aus.

»Wir wollen auch zu dem Konzert. Wir könnten euch mitnehmen«, wiederholte Danny dann.

»Nein«, stieß ich so schnell heraus, dass sich meine Stimme überschlug.

»Was?«, fragte Emma entgeistert und auch Danny sah mich fassungslos an. Nur Luce hatte den Blick ruhig auf mein Gesicht gerichtet, denn er wusste genau, warum ich Dannys Angebot ablehnte.

»Sie redet wirr. Wir waren ganz starr vor Angst, ihr könntet Serienmörder sein, die uns unter Drogen setzen, um uns dann wie Puppen anzuziehen. Wir kommen mit. Ich rufe kurz Jack an.«

Emma verschwand, daher fiel nur mir der schockierte Blick auf, den Danny ihr hinterher schickte.

»Jack ist ihr Bruder«, sagte ich, ohne genau zu wissen, warum.

Doch Dannys Miene verwandelte sich sofort wieder zurück und zeigte den Danny, den ich kannte. Oje, hier lief was gehörig den Bach runter. Das konnte ja eine lustige Fahrt werden.

Ohne Luce eines weiteren Blicks zu würdigen, folgte ich Emma zu ihrem Auto. Ich nahm meine Tasche aus dem Kofferraum und griff nach meiner Jacke, die im Fußraum auf der Beifahrerseite lag. Emma kam ums Auto herum und sah mich wissend an.

»Ich sorge dafür, dass er dich nicht anrührt.«

Ich zeigte ein kaltes Lächeln. »Das wird nicht passieren.«

Emma sah mich misstrauisch an. »Im Ernst, sie sind unsere einzige Chance, es auf das Konzert zu schaffen.«

»Ja.« Ich zog mir den Riemen meiner Tasche fester über die Schulter. »Pass du lieber auf deine Finger auf. Danny scheint ziemlich eifersüchtig zu sein.«

Emmas Augen wurden groß. »Was?«

»Hätte ich ihn nicht aufgeklärt, dass Jack dein Bruder ist, wäre er wohl vor Eifersucht geplatzt.«

»Nicht dein Ernst!«, sagte sie und ein Grinsen erschien auf ihrem Gesicht. Sie zuckte mit den Schultern und ging dann an mir vorbei. »Das interessiert mich nicht die Bohne.«

Ich sah meiner Freundin hinterher, wie sie mit ihrem gelben Rucksack und der großen Reisetasche zum Auto der Jungs rüberging. Ich erkannte einen Lügner, selbst wenn er mir den Rücken zuwandte.

»Ja, ich werde den Abschleppdienst selbst zahlen, Jack. Erzähl Mom einfach nichts davon, dann werden sie mir das Geld auch nicht geben.«

Ich beobachtete, wie Emma das Gesicht verzog und als sie das Telefon endlich aus der Hand legte, seufzte sie. Wir saßen hinten im SUV und Emma sah mich genervt an.

»Er wird bald schlimmer als meine Mutter«, sagte sie und hielt sich die Hände vors Gesicht. Ich lachte. Ich saß hinter dem Fahrersitz, sodass ich einen guten Blick auf Luce auf dem Beifahrersitz hatte. Der jedoch starrte, seit wir aufgebrochen waren, in die vorbeiziehende Dunkelheit.

»Du bist seine kleine Schwester.«

»Wir sind grad mal zwei Jahre auseinander.«

»Das spielt keine Rolle.«

Emma stöhnte. »Na ja, ist ja auch egal. Erzählt mal, Jungs, wie kommt es, dass ihr erst jetzt losgefahren seid?« Emma sah zu Danny und sein Blick glitt in den Rückspiegel. »Nicht dass wir uns darüber beschweren«, fügte sie lachend hinzu.

Danny sah noch einen Augenblick in den Rückspiegel, dann warf er Luce einen Blick zu, den er jedoch nicht erwiderte.

»Wir hatten noch was zu erledigen.«

Jetzt lachte Luce kurz, doch es hörte sich nicht amüsiert an. Eher so, als hätte er sauer aufgestoßen.

»Wem gehört das Auto?«, fragte ich.

»Danny-Boy, so ein Auto würde ich niemals fahren.«

Luce' Stimme erfüllte den Wagen und ein Schauer glitt über meine Haut.

»Und was fährt Mr. Miese Laune?« Nach Emmas Gegenfrage zog Luce eine Augenbraue nach oben.

»Davon versteht ihr eh nichts.«

»Kommt auf einen Versuch an.« Ich wollte Emma schon bitten aufzuhören, als sich Luce zu uns umdrehte. Seine Miene war regungslos, seine Augen kalt. Sein Blick glitt über meinen Mund und tief in meine Augen. Dann erst sah er zu Emma.

»Einen Chevrolet Camaro 1969.« Ich hörte den Stolz in seiner Stimme, obwohl er ihn versuchte zu verbergen.

Emma grinste. »Nicht schlecht.«

Luce nickte und drehte sich wieder nach vorn, ohne einen weiteren Blick zu mir. Was gut war, denn ich war noch vom ersten Blick mehr als aufgeladen. Ich bemerkte, wie Emma mich von der Seite anstarrte, doch ich rutschte nur weiter in meinen Sitz und sah aus dem Fenster. Ich dachte an den Abend zurück, als er bei mir im Wohnheim war. Diese verdammten Lippen, ich wollte, dass er sie auf meine presste. Ich wollte es so sehr. Aber da sprach, da war ich mir mittlerweile sicher, nur mein hormongesteuerter Körper. Ich mochte den Mann nicht, der dort auf dem Beifahrersitz saß, ein Bein angezogen, sodass ich die geschwungenen Linien seines Tattoos auf seinem Oberschenkel gut sehen konnte. Ich hasste ihn sogar ein wenig. Das Körperliche würde schon irgendwann aufhören. Ich war nur aus der Spur. Ich würde mich schon wieder einkriegen. Außerdem waren wir bald da, dann würden wir die beiden hinter uns lassen und unser Mädelswochenende genießen.

Eine Weile sagte keiner etwas und eine erdrückende Stille legte sich über das Auto. Ich stellte fest, dass Emma wieder die Augen zugefallen waren und Danny still und starr auf die Straße sah, als wäre er mit den Gedanken ganz woanders.

Und was tat ich? Mein Blick war auf Luce' Hinterkopf gerichtet. Ich dachte daran, wie es wäre, wenn wir jetzt allein wären. Würde er mich wieder zu küssen versuchen? Würde ich es zulassen? Ich stellte mir vor, wie es wäre, wenn nicht Emma neben mir sitzen würde, sondern er. Wie er mir tief in die Augen sehen würde und ich in dieses Grau fallen und erst wieder auftauchen würde, wenn wir da wären. Was würde ich zulassen und warum wollte ich das so sehr?

Da drehte er plötzlich den Kopf zu mir nach hinten. Ich erschrak und spürte ertappt die Röte, die mein Gesicht zu fluten begann. Sein Blick legte sich ruhig auf mich. Ich sagte kein Wort und auch er schien nichts zu sagen zu haben. Stattdessen bohrten sich seine Augen einfach nur in meine und mein Herz schlug so stark in meiner Brust, dass ich mich nicht wundern würde, wenn Emma davon aufwachte. Irgendetwas war anders. Ich spürte die Anziehung zwischen uns, doch ich hatte die Worte nicht vergessen, die er mir in jener Nacht offenbart hatte. Er konnte mir nur eine Sache geben. Das Ziehen in meinem Bauch sagte mir zwar, dass ich diese Sache ebenfalls wollte und ich erschrak, wie sehr ich sie wollte. Doch trotz meines selbstauferlegten Liebes- und Beziehungsverbots wollte ich mehr. Mehr als Luce Snow mir geben konnte. Es fiel mir wirklich schwer, doch ich unterbrach das Band, das zwischen uns gespannt war und sah zurück in die Dunkelheit. Eine Zeit lang spürte ich noch seinen Blick auf mir, doch dann wandte auch Luce sich wieder ab. So als hätte er verstanden.

KAPITEL 17

Kat

Die Fahrt nach Long Beach dauerte eine gute Stunde. Mir kam es vor wie zehn lange, grausame Stunden, in denen ich krampfhaft aus dem Fenster starrte, um nicht noch einmal in ein Blickduell mit Mr. Ich-mach-dich-verrückt-mit-meinen-grauen-Augen zu geraten. Er schwieg und ich wünschte mir so sehr, nur ein einziges Mal einen Einblick in seine Gedankenwelt zu erhaschen.

Danny hielt vor dem kleinen Park mit Freizeithäusern, die angemietet werden konnten. Emma und ich hatten schon sehr oft ein Haus dort gemietet, um übers Wochenende an den Strand zu fahren, doch woher wusste Danny davon? Vorsichtig stupste ich Emma an, als Danny sich zu uns umdrehte. Emma streckte sich auf der Rückbank und begann herzhaft zu gähnen.

»Hat der Wecker geklingelt?«, fragte sie verschlafen und ich musste mir ein Lachen verkneifen, als sie auf dem Sitz hochrutschte und sich die Augen wie ein kleines Kind rieb.

»Wir sind da.«

Ich sah in Dannys Richtung und nickte. Wahrscheinlich hatte Emma ihm verraten, wo wir dieses Wochenende nächtigen würden. Also löste ich den Gurt und stieg aus dem Auto. Emma tat es mir gleich und wir holten gemeinsam unsere Taschen aus dem Kofferraum. Als wir um das Auto herumgingen, damit wir den beiden für das Fahren danken konnten, kletterte Luce gerade aus dem Wagen. Warum zur Hölle stieg er aus? Ich sah ihn fragend an und auch Emma zog die Stirn in Falten.

»Ich parke das Auto. Wir treffen uns bei der Anmeldung«, schrie Danny und trat aufs Gas. Verdutzt blickte ich der kleinen Staubwolke hinterher, die der SUV hinterlassen hatte.

»Ihr wohnt auch hier?« Emma fand als Erstes ihre Stimme wieder.

Luce' Augen richteten sich auf ihr Gesicht, dann wanderte sein Blick zu mir.

»Logo.« Nur dieses eine Wort. Dann schnappte er sich seine Tasche und ging durch das Eingangstor Richtung Anmeldung. Ich sah ihm hinterher und nein, ich starrte ihm nicht auf den Hintern. Ich versuchte es zumindest.

»Das kann doch nicht wahr sein«, rief ich aus, als Luce außer Hörweite war.

Emma sah mich entschuldigend an. »Wir werden sie nicht mehr zu Gesicht bekommen. Wir sind in einer Hütte und die beiden in einer anderen. Die sind sicher meilenweit voneinander entfernt.

Waren sie nicht, wie wir wohl oder übel feststellen mussten, als ich in unserer kleinen weißen Ferienhütte auf meinem Bett saß und auf die gegenüberliegende Wand starrte, wo sich die Hütte von Danny und Luce befand. Wenn wir wollten, konnten wir uns durch das Fenster die Hände reichen. Irgendetwas im Universum war da, das mich unbedingt quälen wollte.

Emma saß im Schneidersitz auf ihrem Bett und aß einen Snickers.

Langsam ließ ich mich auf dem Bett nach hinten gleiten und zog die Decke über mich. Ich wollte einfach nur noch schlafen und den Abend vergessen.

Ich hörte meine Freundin leise in der Dunkelheit essen, bis sie irgendwann seufzte und sich auch hinlegte.

Ich merkte nicht, wie mir die Augen zufielen und ich hinüber in die Dunkelheit glitt.

KAPITEL 18

Kat

»Einen Cappuccino und einen schwarzen Kaffee, bitte.«

Ich lächelte die Barista an, die mich mit einem netten Gruß in dem kleinen Coffeeshop empfangen hatte.

Ich war schon gegen sieben aufgewacht und hatte entschieden, Emma mit einem Kaffee aufzuwecken. Also machte ich mich fertig, stieg in eine blaue ausgewaschene Jeans und ein dunkelblaues T-Shirt. Mit meinem dicken Parka lief ich durch Long Beach und stellte fest, dass es anders war als beim letzten Mal, als ich hier war. Der Strand lag ruhig und verlassen vor mir und die kleinen Buden, die in der Sommerzeit um die Gunst der Touristen buhlten, waren nun geschlossen oder nicht wirklich gut besucht. Trotz des Wetters und der Kälte, die durch meinen Parka drang, empfand ich bei dem Anblick eine gewisse Wärme, die mich erfüllte. Die Weite des Meeres und die dunklen Wellen, die sich am Ufer brachen, gaben mir ein Gefühl des Willkommenseins. Ich mochte das Meer schon immer.

Die Barista zog mich aus meinen Gedanken, indem sie zwei große weiße Coffee-to-go-Becher vor meine Nase stellte und mich anlächelte. Oder nein. Sie lächelte nicht mich an. Sie sah an mir vorbei und grinste wie ein Honigkuchenpferd. Ein Kribbeln zog sich von meinem Nacken meine Wirbelsäule hinab, als ich mich umdrehte und mich zwei graue, amüsierte Augen ansahen. Fast hätte ich die beiden Kaffeebecher fallen lassen.

»Guten Morgen, Engelchen. Erinnert dich das auch an unser erstes Treffen?«, fragte Luce und ich funkelte ihn an.

»Klar, die schlechten Erinnerungen haften immer am stärksten«, gab ich zurück und wollte mich schon an ihm vorbeischieben, als er mir den einen Pappbecher aus der Hand nahm.

»Hey«, protestierte ich, doch er grinste nur.

»Kann ich dir was Gutes tun?«, fragte die Barista, doch Luce nahm keinerlei Notiz von ihr. Mir kam es allerdings so vor, als hätte sie nicht nach seinem Wunsch nach einem Heißgetränk gefragt.

»Bestimmt nimmt er gern einen Kaffee«, sagte ich und griff nach dem Becher in seiner Hand, doch er wich mir aus und trat einen Schritt zurück.

Er öffnete den Plastikdeckel, sah in den Becher hinein und nickte zufrieden.

»Ich bin bedient, danke«, sagte er dann zu der Barista.

»Das ist aber nicht dein Kaffee«, beschwerte ich mich, als er den Deckel wieder auf den Becher drückte und einen Schluck von Emmas schwarzem Kaffee nahm.

»Wir holen Emma einen neuen.«

Ich zog die Augenbrauen fragend nach oben. »Nachdem wir was getan haben?«

Das Grinsen in seinem Gesicht ließ mein Herz stolpern und meine große Klappe schrumpfte in Rekordzeit.

»Lust auf einen kleinen Spaziergang?«, fragte er

schließlich.

Ich starrte ihn an, wahrscheinlich zu lange, denn plötzlich spürte ich seine Hand auf meinem Rücken und ließ mich aus dem Coffeeshop führen.

Als wir draußen waren, fegte der Wind mir die Haare scharf ins Gesicht. Mühsam stopfte ich meine Strähnen hinten in meinen Parka. Luce stand neben mir und ich begann ihn zu mustern. Er trug schwarze zerschlissene Jeans und eine schwarze Winterjacke. Seine Haare hatte er unter einer ebenfalls schwarzen Mütze versteckt.

Was für eine Schande, dachte ich und wollte mich selbst dafür ohrfeigen.

»Lust?«, fragte er noch mal und bevor ich ablehnen konnte, nickte ich schon. Als Erwiderung bekam ich ein breites Grinsen, das ich verdammt noch mal nicht sehr oft in seinem Gesicht gesehen hatte.

Wir begannen, die kleine Promenade entlangzugehen und ich musste mich unglaublich darauf konzentrieren, einen Fuß vor den anderen zu setzen. Ich hasste es, wie nervös er mich machte. Um mich von seiner Anwesenheit abzulenken, nahm ich einen Schluck meines Cappuccinos. Als die heiße Milch mit dem starken Espresso meine Kehle hinabbrann, entfuhr mir ein Stöhnen. Und ich hörte ein Lachen neben mir.

»Schmeckt es dir?«, fragte Luce mich und ich nickte. Auch er nahm einen Schluck von dem Kaffee, der eigentlich für Emma gedacht war. Er jedoch stöhnte nicht. Doch die grauen Augen legten sich wieder auf mein Gesicht, als wir an einer Reihe von Palmen vorbeigingen, die um diese Jahreszeit irgendwie fehl am Platz wirkten.

»Wie geht es deiner Hand?«

Kurz war ich verwirrt, doch dann schaute ich auf den Verband an meiner rechten Hand.

»Gut«, antwortete ich und sah daraufhin auf den immer noch sichtbaren Bluterguss unter seinem Auge. Irgendwie machte ihn das kleine Veilchen noch attraktiver. Verärgert, dass nicht mal ein blaues Auge ihn entstellen konnte, nahm ich noch einen Schluck von meinem Kaffee.

»Wie geht es dem Auge?«

Wieder grinste er und ich fragte mich, wann er das letzte Mal so viel gelächelt hatte. Hatte er das schon jemals in meiner Gegenwart?

»Halb so schlimm«, gab er zurück.

»Warum bist du plötzlich so nett?« Diese Frage rutschte mir heraus, bevor ich sie zurückhalten konnte. Etwas veränderte sich in seinen Augen und man konnte beobachten, wie Kälte seine Iris überzog. Ich ärgerte mich darüber, diese Kälte heraufbeschworen zu haben.

»Hör zu, ich muss mich für mein Verhalten entschuldigen. Ich wollte nicht so schrecklich zu dir sein. Für mich ist es schwer, jemanden an mich ranzulassen. Meist weise ich alle Menschen ab, die mir nahekommen wollen.«

Ich blieb stehen und sah ihn mit hochgezogenen Augenbrauen an. »Wer sagt denn, dass ich dir nahekommen will, hm?«

Auch er blieb stehen und wandte sich mir zu. Er stand mit dem Rücken zum Meer und der Anblick dieser Sturmaugen, die mich nun durchdringend ansahen, ließ mich erschaudern. Der Sturm, der von Sekunde zu Sekunde stärker wurde, riss an meinen Haaren und sie wirbelten um meinen Kopf herum. Mühsam versuchte ich sie zu bändigen, als ich hörte, wie er leise lachte. Er zog seine Mütze vom Kopf. Ich hielt inne. Er trat auf mich zu und berührte meine Wange. Strähne um Strähne befreite er aus meinem Gesicht, dann zog er mir die Mütze über den Kopf. Sein Geruch traf mich wie eine Windböe und ich starrte ihn an. Nun flogen ihm die Strähnen um den Kopf, doch ihn scherte es nicht. Immer noch stand er vor mir und seine Hand ruhte an meiner Wange.

»Vielleicht, weil auch ich dir nahekommen wollte.«

Die Worte hingen zwischen uns in der Luft und ich wusste nicht, was ich darauf erwidern sollte.

»Wollte?«, entfuhr es mir.

Seine Augen verdunkelten sich. »Ich sollte dir nicht nahekommen.«

»Warum nicht?«

»Sieh mich an«, forderte er, doch dies war unnötig, denn ich starrte ihn bereits an. »Wie kann jemand wie ich, jemandem wie dir nahekommen.«

»Jemandem wie mir?«, fragte ich. »Heißt das, ich bin für dich zu gut? Zu brav?«

Jetzt lachte er. »Nein Kat, es scheint mir nicht so, als wärest du die gütige Musterschülerin.«

Meine Augen wurden groß. Die Art, wie er meinen Namen nannte, brachte mich fast dazu, zum ersten Mal seit Jahren, darum zu bitten, mich bei meinem richtigen Namen zu nennen.

»Du kennst mich nicht, Luce.«

Er schüttelte den Kopf und seine Finger fuhren meine Kiefer entlang, zogen eine leichte Spur hoch zu meiner Schläfe.

»Deine Augen sehen aus wie frisch gewachsenes Gras im Frühling.«

Mein Herz machte einen Salto.

»Ich weiß nicht, wer du bist, Kat, das stimmt. Ich kenne deine Geheimnisse nicht. Ich weiß nicht, was hier drin vorgeht.« Er tippte mit dem Zeigefinger an meine Stirn. »Ich weiß nicht, was da drin vor sich geht.« Seine Hand wanderte tiefer und legte sich auf mein Brustbein.

Verdammt, so spürte er das klopfende Herz in meiner Brust mit hundertprozentiger Sicherheit.

»Außerdem weiß ich nicht, was du alles von mir weißt. Wahrscheinlich nur die dreckigen Dinge, die in den Zeitungen standen und über die sich der Campus das Maul zerrissen hat. Die Wahrheit kennen nur zwei Personen, Engelchen. Meine Schwester und Danny. Die Wahrheit ist, dass es viel schlimmer ist als das, was in den Zeitungen stand. Der wahre Grund für alles war dort nicht zu lesen. Die Dinge, die in den letzten Monaten im Gefängnis geschehen sind, standen auch nicht in der Presse. Die Wahrheit trage ich jeden Tag in mir und jeden Tag drückt sie mich ein Stück mehr in die Tiefe.

Deshalb sollte ich keine Nähe zu dir suchen, du hast was Besseres verdient als mich. Ich werde niemals wieder so fühlen können, wie du es verdienst, verstehst du. Doch vielleicht können wir ja einen Waffenstillstand starten?«

Fragend sahen mich die grauen Augen an, doch mir fehlten einfach die Worte. Luce Snow hatte mir gerade die Tür zu seinem Inneren ein Stück geöffnet. Ein Spaltbreit stand das Tor zu seinen Gedanken, zu seiner Vergangenheit und zu seiner Zukunft offen. Und anstatt mich abzuschrecken, spürte ich, wie mich der Drang überkam, ihn fest in die Arme zu nehmen. Ich nickte, denn meine Stimme war noch immer lahmgelegt.

Er grinste und seine Finger strichen ein letztes Mal über meine Wange, bevor er sie fortzog und sich abwandte. Ich spürte, wie die Tür sich wieder schloss, doch ich hatte kurz dahinter geblickt und das war alles, was ich von ihm gewollt hatte. Als wir uns wieder in Bewegung setzten, zurück zu den Ferienhäusern, hatte sich etwas zwischen uns geändert.

»Danke«, sagte ich, als wir das Eingangstor erreichten. Seine grauen Augen waren zwar wieder verschlossen, doch trotzdem sah er nicht kalt auf mich herab.

Wir gingen zusammen auf unsere Häuser zu und er lächelte, als wir uns vor meiner Tür trennten. Plötzlich überkam mich die Erkenntnis, dass ich wahrhaftig mit Luce Snow einen Waffenstillstand geschlossen hatte.

Als ich die Tür der Ferienwohnung hinter mir schloss, sahen mir zwei große blaue Augen entgegen. Emmas Blick wanderte hinab und entdeckte den Kaffeebecher in meinen Händen.

»Wo ist meiner?«

Jetzt fiel mir auf, dass Luce und ich keinen neuen geholt hatten.

»Entschuldige«, gab ich zurück, schälte mich aus meiner Jacke und setzte mich neben sie aufs Bett. Ihr Blick glitt hoch an meinen Kopf.

»Wem gehört die Mütze?«, fragte sie dann und hob neugierig die Augenbrauen.

Ich lachte. »Dem, der deinen Kaffee gestohlen hat.«

»Ach, und wer war das?«

Der Blick, den ich meiner Freundin zuwarf, beantwortete ihre Frage wohl bereits.

»Nein. Erzähl schon!«, forderte sie.

»Wir waren spazieren, haben geredet und …«

»… und?«

»Luce und ich haben einen Waffenstillstand geschlossen.«

Jetzt legte sich Emmas Stirn in Falten. »Das bedeutet?«

»Na ja, keine Zickerei von mir. Kein Arschlochverhalten von ihm.«

»Okay, und sexy Rumgemache?«

Empört schlug ich ihr gegen die Schulter. »Nein, aber vielleicht können wir Freunde werden.«

»Schätzchen, ich glaube nicht, dass man mit ihm bloß befreundet sein kann.«

Ich zuckte mit den Schultern. »Ich werde nicht mehr mit ihm machen, als freundschaftlich auf dieses Konzert zu gehen.«

»Ahh, jetzt gehen wir also mit ihnen zusammen, hm?«
Ich war gerade aufgestanden und hielt in meinen
Bewegungen inne. Ich hatte keine Ahnung, ob Danny
und Luce mit uns gemeinsam auf das Konzert gehen
wollten.

»Ich hatte es bloß angenommen, weil wir ja jetzt hier
sind.«

Emma nickte. »Ja, ich versteh schon.« Sie begann zu
lachen. »Freundschaftlich, ich verstehe genau, was du
dachtest.«

Lachend kam ich wieder auf sie zu und warf mich auf
sie.

KAPITEL 19
Kat

»Hallo, ihr beiden Hübschen«, begrüßte uns Bene am Abend. Er stand in etwa der Mitte einer riesigen Schlange, die sich um den Eingang des Clubs gebildet hatte. Überall hingen Plakate, von denen die Mitglieder unserer Lieblingsband auf uns niedersahen. Bald war es so weit. Emma und ich freuten uns schon das ganze Jahr auf dieses Konzert.

Wir stellten uns zu Bene in die Schlange und kassierten ein paar giftige Blicke und etwas Getuschel von den Menschen hinter uns. Bene drehte sich zu den zwei Mädchen hinter uns um und sah sie herausfordernd an.

Ich musterte ihn. Er trug ein schwarzes Band-Shirt und dazu gleichfarbige, zerschlissene Jeans. Außerdem hatte er wieder seine Doc Martens an und die blonden Haare standen ihm wild verwuschelt vom Kopf ab. Er sah eigentlich ziemlich gut aus, was auch die Mädchen festgestellt hatten, denn plötzlich überzog ihre Gesichter ein breites Grinsen.

»Gibt es ein Problem?«, fragte Bene die Mädchen. Beide trugen sie kurze schwarze Miniröcke, die nichts der Fantasie überließen und je ein rotes bzw. pinkfarbenes Schlauchtop. Ich musste mich zusammenreißen, um ihnen nicht zu sagen, dass sie farblich nicht gut harmonierten.

»Nein, bist du allein, Hübscher?«, fragte die Blondine und fuhr sich durch die Locken, die sie sich in die Haare gedreht hatte.

»Nein, ich bin hier mit meinen beiden hübschen Freundinnen. Wir machen heute einen Dreier.« Emma und ich sahen uns kurz verdutzt an, dann brachen wir in Gelächter aus. Die Mädchen fanden das gar nicht so lustig. Bene drehte sich wieder zu uns um und lächelte.

»Hübsch seht ihr aus«, bemerkte er und sein Blick fiel auf mich.

Ich hatte Emma zu viel freie Hand gelassen. Ich trug ein schwarzes Band-Shirt, das ein paar Nummern zu groß war. Es reichte mir bis zu den Knien. Emma hatte den Kragen rausgeschnitten und es mir so angezogen, dass es meine rechte Schulter freigab. Sie hatte die Ärmel gekürzt und ein paar Schnitte hier und da ließen meine weiße Haut durchblitzen. Untenrum trug ich nur eine schwarze Strumpfhose und Boots. In High Heels hätte sie mich nicht auch noch bekommen. Ich fühlte mich sowieso schon unwohl. Ich fror und hatte das Gefühl, dass alle Menschen mich anglotzten.

»Sie glotzen dich nicht an«, war dazu von Emma gekommen, die im Grunde das gleiche Outfit trug, bis auf die Tatsache, dass auch in ihrer Strumpfhose Löcher waren und ihre Füße in glitzernden, spitz zulaufenden Heels steckten.

Ich fuhr mir durch die blonden Haare, die mir einfach glatt und offen über den Rücken fielen.

»Du bist heiß, Süße«, stieß Bene hervor und ich streckte beiden die Zunge raus. Ich zog meinen Parka enger um mich, um einerseits den gaffenden Blicken

Einhalt zu gebieten. Andererseits spürte ich meine Glieder vor Kälte kaum noch.

»Wo ist denn dein Freund?«, fragte ich Bene und er zuckte mit den Schultern.

»Der Idiot ist schon drin. Er wollte nicht warten.«

Ja, es stimmte, Emma und ich waren zu spät dran. Doch nicht nur aus dem Grund, dass Emma sich make-up- und klamottentechnisch an mir ausgetobt hatte. Nein, ich hatte gehofft, Luce und Danny würden zusammen mit uns zum Konzert gehen. Wir hatten gewartet und dann nachgesehen. Sie waren bereits ohne uns losgegangen.

Von wegen Waffenstillstand, Snow, fluchte ich in meinem Kopf.

»Tut uns leid«, sagte Emma und zog mich an ihre Seite. »Unsere Kleine hier hat gehofft, ein gewisser Jemand mit schwarzen Haaren und geheimnisvollem Blick würde mit uns kommen.«

Ich funkelte meine Freundin böse an und diese lachte.

»Wen meinst du?« Bene sah neugierig aus. Oje, nicht noch einer.

»Luce Snow.«

Benes Augenbrauen hoben so schnell ab, dass ich es wahrscheinlich lustig gefunden hätte, wäre ich nicht gerade peinlich berührt.

»Der Luce Snow?«

»Ja.« Emma piepste neben mir. Antwort von mir? Wieder nur ein böser Blick.

»Sie haben einen Waffenstillstand geschlossen«,

berichtete Emma Bene und dieser sah mich neugierig an.

»Mich interessiert der Grund, warum ein Waffenstillstand vonnöten ist.«

»Kennst du ihn nicht?«

»Doch«, gab Bene zurück. »Er ist ein immer missgelauntes Arschloch.«

Ja, das stimmte. Doch der Luce, mit dem ich heute spazieren gegangen war, schien mir anders. Als gäbe es zwei von seiner Sorte.

Und es ging die ganze Zeit so weiter. Bene und Emma unterhielten sich über meinen Waffenstillstand mit Mr. Sturmauge und ich versuchte die beiden auszublenden und nicht Ausschau zu halten, um besagten Mr. in der Menge auszumachen.

Als wir schließlich die Schlange hinter uns gelassen hatten und uns wummernde Bässe begrüßten, kaum dass wir den Club betraten, waren meine Beine zu Eis gefroren. Ich brauchte unbedingt etwas zum Aufwärmen. Wir gaben unsere Jacken an der Garderobe ab und begaben uns sofort in die Menge. Da wir sowieso schon zu spät waren, war die Vorband schon bei ihrem letzten Lied angelangt.

Emma, Bene und ich kämpften uns durch die Menge nach vorn und erreichten einen günstigen Platz, von wo aus man gut die Bühne sah und es sogar Platz zum Tanzen gab.

Emma grinste mich an. Auf ihrem Shirt hatte sie genau über ihrem Herzen ein Loch geschnitten und ein rotes

Herz auf ihre Haut gemalt. Das Herz umrahmte ein P für Pete Wentz. An Emma war echt ein Fangirl verloren gegangen. Die Vorband verabschiedete sich vom Publikum und fragte, ob wir alle bereit waren, uns Fall Out Boy zu stellen. Die Menge, Emma, Bene und ich schrien aus voller Kraft, dass sie endlich ihre Ärsche auf die Bühne bewegen sollten. Und dann wurde es dunkel. Einzig ein paar Scheinwerferlichter erhellten hier und da die Bühne. Dann hörte man die erste Gitarre einen tiefen Bass spielen. Danach kam das Schlagzeug dazu und die Ersten erkannten das Lied bereits und schrien sich die Seele aus dem Leib. Ich erkannte es auch. Die Melodie von *I've Got All This Ringing In My Ears And None On My Fingers* begann zu ertönen und die Stimme vom Leadsänger erfüllte den Club. Die Menge tobte und auch wir hüpften auf und ab, um die Band zu begrüßen.

»Peeeete«, schrie Emma neben mir und winkte dem Bassisten der Band freudig zu. Doch es gab zu viele in diesem Club, die ihn anhimmelten.

Es war eine unglaubliche Stimmung, alle Menschen sangen jede Strophe jedes Liedes mit und ich fühlte mich schwerelos, je länger die Jungs auf der Bühne spielten, und ich vergaß alles, was in den letzten Wochen passiert war. Jetzt gab es nur noch mich und die Musik.

Nach ein paar Liedern, ich wusste nicht, wie viele sie schon gespielt hatten, zog Emma an meinem Arm und ich sah sie breit grinsend an.

»Bene und ich geh… Bar.«

Ich legte die Stirn in Falten. Ich hörte meinen eigenen

Atem nicht. »Was?«, schrie ich zurück.

»Bene und ich holen Getränke.« Ich nickte und winkte den beiden nach, als sie sich durch die Menge kämpften, um an der Bar wieder rauszukommen.

Sie waren eine Zeit lang fort, doch ich flog immer noch auf der Wolke aus Bass, Schlagzeug und Gitarre.

Bei *Bang the Doldrums* hob ich bei jedem »Wohoo« immer höher ab. Und dann passierte es. Ich hüpfte gerade hoch, schrie aus Leibeskräften »Wohoo« und riss die Arme hoch über meinen Kopf. Als meine Füße wieder auf dem Boden ankamen, spürte ich jemanden hinter mir. Erst dachte ich mir nichts dabei, doch als sich plötzlich eine Hand von hinten auf meinen Bauch legte, erstarrte ich. Die dröhnenden Bässe des nächsten Liedes erfüllten den Club, doch in meinen Ohren rauschte es nur noch. Ich stand da, ohne mich zu rühren und als ich spürte, wie etwas an meiner Wange kitzelte, hielt ich den Atem an. Der Geruch, der mir jetzt in die Nase stieg, ließ meinen kompletten Körper erschaudern. Ich schloss die Augen wie von selbst. Die Stimme drang leise, doch klar in mein Ohr.

»Du bist so verdammt heiß.« Diese Worte. Der Klang der männlichen Stimme ließ mich erzittern. Er war also doch da. Und wie er da war. Ich spürte nur allzu deutlich die Hand, die auf meinem Bauch ruhte. Leicht drückte er zu, schob mich nach hinten, an sich. Sein Körper war wie eine Mauer in meinem Rücken, doch meiner passte sich ihm einfach so an.

»Es war nicht klug von dir, so hier aufzutauchen«,

raunte er in mein Ohr und mein Herz sprang so hoch in meiner Brust wie die Leute um uns herum. Ich spürte seinen harten Körper hinter mir und mein Hintern presste sich an die Stelle, an der ich ebenfalls eine gewisse Härte erahnen konnte.

»Spürst du das?«

Wieder diese Stimme. Dieses Dunkle, Rohe, was in mein Inneres sickerte, ließ mich nicht klar denken. Er legte den Kopf noch einmal an meine Wange und seine Haare und der Dreitagebart kitzelten mich an meiner empfindlichen, aufgeladenen Haut. Und aus mir unerfindlichem Grund vergaß ich alle Bedenken. Ich vergaß, wer ich war. Wer er war. Stattdessen schob ich meinen Körper noch ein Stück nach hinten und bewegte mich langsam zu den hämmernden Bässen um mich herum. Wir begannen einen Tanz. Wir bewegten uns zusammen nach der Musik. Unsere Körper aneinandergepresst.

Plötzlich ließ er von mir ab und im ersten Moment dachte ich, es wäre vorbei. Doch es dauerte nur ein paar Sekunden, da riss er an meiner Hand und ich fuhr herum. Jetzt stand ich ihm gegenüber und langsam glitt mein Blick über ihn.

Luce trug ebenfalls ein schwarzes Bandshirt und eine schwarze Jeans, die am rechten Bein solch ein großes Loch hatte, dass sein komplettes Knie daraus hervorblitzte. Die dunklen, geschwungenen Tattoos bedeckten seine nackten Arme und schlängelten sich unter sein T-Shirt. Ich erreichte sein Gesicht und als ich in seine

Augen sah, legte sich seine Hand auf meinen Rücken. Das Grau schien entflammt. Unmissverständlich zeigte er mir, wie sehr er mich wollte. Begierde steckte in jedem Winkel dieser Augen. Ein Kribbeln fuhr durch meinen Körper. Dann grinste er. Seine schwarzen Haare, die so aussahen, als wäre er gerade aufgestanden, leuchteten in allen Farben im Licht der Scheinwerfer.

Die Hand an meinem Rücken schob mich näher an ihn und ich ließ es zu. Ich wollte ihn berühren. Wieder begannen wir uns nach der Musik zu bewegen. Unsere Körper schienen aneinanderzuheften, nichts brachte uns auseinander. Wir wogten hin und her, wurden zu einer Person. Seine Hände fuhren über meinen Rücken, hoch zu meiner entblößten Schulter. Sein Kopf senkte sich und er hauchte einen Kuss auf meinen Hals. Ich schmolz in seinen Armen dahin und meine Hände legten sich auf seine Schultern. Ich fuhr von dort über seine muskulösen Arme, über die bemalte Haut. Ein Geräusch entfuhr seiner Kehle, als meine Hände seine Hüften fanden.

»Fuck«, stieß er hervor, dann riss er an meinem Kopf und schon lagen seine Lippen auf meinen. Im ersten Moment war ich wie erstarrt. Überrascht. Überfordert. Doch seine Lippen waren weich und sie spielten mit meinen. Langsam erwiderte ich den Kuss, verlor mich darin. Meine Lippen teilten sich und als seine Zunge sich dazwischenschob, ertönte ein Geräusch aus meiner Kehle, das unmöglich von mir sein konnte. Meine Finger krallten sich in den Stoff seines Shirts, zogen ihn näher. Seine Hände glitten in meine Haare, zogen mich hinauf zu ihm, sodass ich auf Zehenspitzen, fest an ihn gepresst, diesen Kuss erwiderte. Sein Arm umfasste mich, zog mich, so unmöglich das schien, noch ein Stück näher. Er knabberte an meiner Unterlippe, bevor er von meinem Mund abließ und seine Lippen meinen Hals fanden.

»Was tust du nur mit mir, Engelchen?«, flüsterte er mir ins Ohr und ein Schauer lief mir über den Körper. Er klang außer Atem. Ich war unfähig zu antworten.

»Ich brauche dich so sehr.« Noch ein Schauer und ich schloss die Augen. Ich brauchte ihn auch. Ich wollte ihn auch. Am liebsten sofort, hier und jetzt auf der Tanzfläche.

»Lass uns verschwinden«, flüsterte er und seine Lippen fanden wieder die meinen.

Wieder küsste er mich. Wieder neckte er mich, tanzte mit mir einen verführerischen Tanz und ich war unfähig zu denken.

Als er sich von mir löste, die dunklen Augen auf mich gerichtet, ging sein Atem immer noch schwer.

Ich wollte es. Wollte ihn so sehr, dass es wehtat. Und jetzt erst recht, wo ich wusste, wie er sich anfühlte. Wie er schmeckte. Wie gut mein Körper zu seinem passte.

Dann wurde es plötzlich still. Und gleich darauf rastete die Menge um uns herum total aus. Die Band verabschiedete sich. Luce sah mich mit vor Begierde getränktem Blick an. Seine Lippen legten sich auf meine und jetzt plötzlich schmeckte ich den scharfen Geschmack des Alkohols. Es war wie ein Schlag ins Gesicht. Die ganze Zeit war es mir nicht aufgefallen, doch jetzt. Ich sah in seine Augen und entdeckte den Schleier, der sich über die Begierde gelegt hatte. Er war betrunken. Er begehrte mich, ohne Frage, doch der Alkohol hatte ihn im Besitz.

Da trat ich einen Schritt zurück. Danach noch einen. Sein Blick wurde finsterer. Er zog die Stirn in Falten. Das Grau sah mich fragend an. Seine Hand legte sich um meinen Unterarm, doch ich schüttelte nur den Kopf.

»Kat?«, fragte er, wollte mich wieder an sich ziehen. Doch erneut schüttelte ich den Kopf.

»Ich sollte gehen.«

Mit diesen Worten drehte ich mich um. Ohne zurück-zublicken, kämpfte ich mich durch die Menge. Ich hörte ihn zwar meinen Namen rufen, doch ich stoppte nicht. Bis ich mich an ein paar Mädchen vorbeikämpfte und in die Gesichter von Bene und meiner Freundin sah. Erst strahlten sie mich an, doch als Emma meinen Blick bemerkte, sackten ihre Mundwinkel nach unten und sie schloss mich in die Arme.

»Ich will hier weg.«

»Was ist passiert? Na ja, ich hab gesehen, was passiert ist, doch es schien mir so, als hätte es dir gefallen.« Emma schaute mich verwirrt an. Hastig blickte ich über meine Schulter, sah wie Luce sich durch die Menge zu uns kämpfte.

»Ich erzähle es dir später, ich muss hier weg«, stieß ich schnell hervor und wollte mich schon an ihr vorbeidrängeln, als sie mich aufhielt.

»Ich komme mit.«

Wild schüttelte ich den Kopf. »Bleib bitte, ich brauche einfach ein bisschen Zeit allein.«

»Katty.« Sie schien nicht damit einverstanden.

»Kat«, hörte ich es hinter mir rufen und zuckte unwillkürlich zusammen.

»Bitte.« Irgendetwas in meinen Augen musste meine Freundin umstimmen und sie ließ mich los.

Ich drängte mich durch feiernde Menschen, lachende Menschen, tanzende Menschen. Eilig stieß ich die Tür des Clubs auf und sah noch einmal hinter mich. Emma hatte sich vor Luce aufgebaut, dessen Blick jedoch starr und eiskalt auf mir lag. Ich riss mich entschieden los, verließ den Club und keuchte leise auf, als mich die Kälte traf, sobald ich die Clubtür hinter mir zufallen ließ. Ich scherte mich nicht darum, lief einfach nur los.

KAPITEL 20
Kat

Eine einzelne Träne lief heiß über meine Wange. Nur am Rande spürte ich, wie sie ihre nasse Spur auf meinem Gesicht hinterließ. Es kümmerte mich nicht. Meine Augen waren auf das dunkle, tosende Meer gerichtet. Ich sah dabei zu, wie sich die schwarzen Wellen am Ufer brachen, um daraufhin wieder Zuflucht in der Tiefe zu suchen.

Ich war allein hier draußen und ich dankte Gott dafür. Meine kalten, steifen Finger fuhren gedankenverloren über meinen Mund. Immer noch spürte ich seine Lippen auf meinen. Fühlte die Weichheit und die raue Zunge, die mit meiner spielte. Doch ich schmeckte ebenfalls noch die Schärfe des Alkohols. Ich erschauderte. Ich und der Alkohol waren keine Freunde. Ich trank so gut wie nichts, abgesehen von der dummen Party, doch wir wissen ja, wie das geendet ist. Warum hatte er sich erst betrinken müssen, um mir nahezukommen?

Wieder brach sich das Wasser und machte ein tosendes Geräusch. Ich versank darin, versuchte einfach zu vergessen, warum ich nicht normal war. Warum mein Kopf mir immer wieder einen Strich durch die Rechnung machte. Ich wollte einfach nur glücklich sein. Doch zu allem Überfluss hatte mein Herz wohl entschieden, dass ich Luce Snow dazu brauchte. Ausgerechnet ihn. Nach all den Jahren, in denen mich kein Mann interessiert hatte, war es nun dieser Mistkerl.

»Dummes Herz.« Ich erkannte meine Stimme kaum wieder, als sie die Dunkelheit zerschnitt.

Mein Kopf fühlte sich schwer an und die Kälte stach wie tausend kleine Nadeln in meine Haut. Warum hatte ich meine Jacke nicht mitgenommen? Ach ja, weil ich vor diesem dummen Luce weggerannt war. Nein, eigentlich war ich vor mir selbst weggerannt. Klar trank ein junger Mensch auf solch einem Konzert. Doch dieser Blick. Dieser verschleierte Blick war schuld, dass ich jetzt nicht meine Mutter anrufen konnte, um sie zu fragen, wie man mein Herz wieder heilte. Langsam kroch die Müdigkeit in meine Knochen, breitete sich aus und meine Augenlider wurden schwer. Ich wusste, es wäre falsch, hier und jetzt die Augen zu schließen. Doch vielleicht konnte ich in meinen Träumen eine Antwort finden. Ehe ich jedoch in diese einladende Dunkelheit fallen konnte, riss mich eine Stimme aus meiner Trance.

»Bist du verrückt?«

Oh nein. Warum in aller Welt suchte er nach mir? Und warum wusste er, dass ich hier war?

Große schwarze Stiefel tauchten vor meinen Augen auf und nahmen mir so meinen Blick aufs Meer. Ich wollte mich beschweren, doch mein Mund war wie taub.

Luce ging in die Hocke und als sein Gesicht vor mir erschien, machte mein dummes Herz schon wieder einen Sprung.

»Engelchen?«

Irgendetwas hatte er mich gefragt, doch ich hatte es nicht verstanden. Ich starrte nun in einen Sturm, der wild und voller Besorgnis in seinen Augen tobte.

Er packte mich an meinen Armen und ich leistete keinen Widerstand. Ich konnte nicht. Ich sah, wie er sich die Lederjacke vom Körper zog und sie um mich legte. Luce' Geruch sickerte in mein Inneres und ließ mich wie durch einen Stromstoß wieder ein Stück klarer sehen.

»Luce?«, stieß ich mühsam hervor, denn ich zitterte so stark, dass meine Zähne hart aufeinanderknallten.

Er erhob sich, beugte sich zu mir herab und nahm mich in seine Arme. Einfach so. Wie ein paar Wochen zuvor, als er mich aus dem Badezimmer auf dieser verdammten Party getragen hatte. Ich sah ihn an und seine grauen Augen fanden meine.

»Was machst du hier?«

»Wie es aussieht, rette ich dich schon wieder, Engelchen.«

Ich wusste darauf nichts zu antworten, stattdessen legte ich mein Gesicht an seine harte Brust. Ich musste eingeschlafen sein, denn als ich meine Augen wieder öffnete, waren wir nicht mehr am Strand. Eine dicke Decke war fest um mich geschlungen, sodass ich mich kaum mehr bewegen konnte. Verdammt, wo war ich? Ich versuchte, meinen Kopf zu drehen und stellte fest, dass ich nicht im Ferienhaus war. Es sah mehr nach einem Hotelzimmer aus. Ich drehte mich unter der Schraubstockdecke. Das Nächste, was ich sah, waren schwarze Haare, die einen krassen Kontrast zu den weißen Kissen bildeten. Luce lag neben mir auf dem großen Bett. Er schlief mit

Körper und Gesicht zu mir gewandt und auch im Schlaf hatte er eine leichte Kerbe zwischen den Augen, die ihn hart aussehen ließ. Doch seine Wimpern lagen ruhig auf seinen Wangen und sein Mund war leicht geöffnet. Ich dachte daran, wie diese Lippen auf meinen gelegen hatten. Wie schön es sich anfangs angefühlt hatte.

Ich sah an ihm hinab. Er trug noch immer das T-Shirt und die Hose von letzter Nacht. Sein Arm war jedoch zu mir gestreckt, als würde er im Schlaf aufpassen, dass mir nichts geschah. Schon wieder klopfte mein Herz stärker in meiner Brust. Als mein Blick hoch zu seinem Gesicht wanderte und mich da zwei graue Augen musterten, erschrak ich unwillkürlich. Eine Weile sahen wir uns einfach nur an. Dann hob er die Hand und umfasste damit meine Wange. Er rutschte etwas näher und legte die Lippen auf meine. Es war ein anderer Kuss als der von gestern Nacht. Er drückte einfach nur die Lippen auf meine und machte uns so zu einem Ganzen. Als er sich wieder löste, legte er die Stirn an meine.

»Geht es dir gut?« Nach diesem Kuss, wie sollte es mir da gehen? Wäre ein Luftsprung unangebracht?

Ich nickte. Mein Mund fühlte sich an, als hätte ich Nägel zum Frühstück gegessen.

Seine Augen lagen noch immer starr auf meinem Gesicht und man konnte fast beobachten, wie die Wut und der Ärger in sie hineinliefen.

»Was zum Teufel hast du dir dabei gedacht?«

Er schien verärgert, doch seine Stimme war noch immer ruhig. Mehr so, als hätte er wirklich Angst um mich gehabt. Was zum Henker hatte das alles zu bedeuten? Was war das zwischen Luce und mir? Man wurde einfach nicht aus ihm schlau. Erst war er ein Arschloch, dann rettete er mich auf der Party, wandte sich danach wieder ab und schloss schließlich einen Waffenstillstand mit mir, allerdings mit dem Ausblick, Freunde zu sein. Doch taten Freunde das, was wir beide gestern auf der Tanzfläche getan hatten? Nein, nie im Leben.

»Kat«, stieß er ärgerlich hervor und ich zuckte unwillkürlich zusammen. Sofort wurde er ruhiger.

»Warum hast du das gemacht?«

»Ich …«, brachte ich mühsam hervor und erschreckte mich vor dem Klang meiner Stimme. »Ich wollte allein sein.«

»Na toll«, stieß er wütend heraus, rollte sich vom Bett und stand auf. Auch ich versuchte, mich aus dem Kokon aus Daunendecke zu befreien und stellte fest, dass ich noch immer in Luce' Lederjacke steckte. Obwohl es nicht richtig war, zog ich sie fester um mich und roch so unauffällig wie es ging daran. Der Geruch, der daran haftete, ließ mich beinahe leise seufzen. Doch ich unterdrückte es gerade noch so.

Die Sturmaugen sahen mich derweil wütend an. Doch inzwischen kannte ich diesen Anblick. Mittlerweile machte er mir keine Angst mehr damit.

»Ich brauchte meine Ruhe, um mir Gedanken zu machen.«

Er hob die Augenbrauen. »Worüber? Vielleicht, warum du wie eine Geisteskranke aus diesem Club gestürmt bist? Ohne Jacke, ohne alles. Als hättest du in mir den Teufel gesehen, so schnell bist du gerannt.«

»Vielleicht hab ich das ja«, gab ich leise zu und schloss die Lider. Bilder von dem kaputten Autowrack schoben sich vor mein inneres Auge. Eine Träne stahl sich, schon wieder, aus meinem Augenwinkel.

»Kat?« Ich zuckte zusammen, als die Matratze neben mir nachgab und sein Atem mein Gesicht traf. »Warum bist du weggelaufen?«

»Du hattest getrunken«, gestand ich schließlich und hob mein Gesicht, um seine Reaktion zu sehen. Seine Augen waren nicht mehr wütend, nun las ich Verwirrtheit.

»Das stimmt, aber ich war nicht betrunken, Engelchen.«

»Es schien mir so.«

»Ist das dein Ernst? Deshalb bist du weggerannt?«

Widerwillig nickte ich. »Ich wollte das nicht. So nicht.«

»Kat, hör mir zu!« Seine Hand streifte meine Wange und wieder sah ich in diese grauen Augen. »Ich war vollkommen Herr meiner Sinne. Ich wusste genau, was ich gestern getan habe. Ich weiß es noch immer. All das, was ich sagte, meinte ich so.«

Hitze stieg, ohne dass ich es aufhalten konnte, in meine Wangen, als ich an seine Worte zurückdachte. »Du bist so verdammt heiß.«

Ich sah ihn an, hielt seinem Blick stand. »Es ist nicht nur das.«

»Was dann?«

Es widerstrebte mir ungemein, ihm die Wahrheit zu sagen. Doch irgendetwas in seinen Augen war wie ein Anker, der mich festhielt. Meine Worte sprudelten einfach so aus mir heraus.

»Meine Mom und mein Großvater sind vor ein paar Jahren bei einem Autounfall ums Leben gekommen.«

Irgendwie hörte ich meine eigenen Worte wie durch einen Schleier. Ich sah, wie sein Blick erst Erschrecken zeigte, dann jedoch weicher wurde.

»Es passierte zwei Tage nach meinem achtzehnten Geburtstag. Es war ein betrunkener Teenie, der trotz des Alkohols, den er intus hatte, mit dem Wagen nach Hause fuhr. Er kam von der Fahrbahn ab und erwischte Mom und Granpa. Sie waren beide sofort tot. Ich glaube, deswegen hasse ich Alkohol.«

Ich starrte auf die weiße Daunendecke, als ich geendet hatte. Es schienen etliche Minuten zu vergehen, doch dann spürte ich eine Hand an meiner Schulter. Luce zog mich sanft an sich und schloss mich in eine feste Umarmung. Und da saßen wir nun. Dicht zusammen. Herz an Herz. Mein Gesicht ruhte an seiner Brust. Er hatte die Nase in meinen Haaren vergraben. Ich genoss jede einzelne Sekunde von diesem Moment.

»Es tut mir leid.« Es war nur ein Flüstern, doch ich verstand ihn und nickte mit dem Gesicht an seiner Brust.

»Schon okay.« Auch wenn ich nicht wusste, für was er sich entschuldigte, war es so. Es war okay. Für den

Moment. Ich kann mich nicht erinnern, wie lange wir so dasaßen. Doch irgendwann meldeten sich meine menschlichen Bedürfnisse zu Wort.

»Ich muss mal ins Bad.«

Luce löste den Arm von mir und sah mich gründlich an. Ich versuchte ein Lächeln, doch ich wusste nicht genau, ob es mir gelang. Stattdessen stand ich auf und machte ein paar Schritte mit meinen wackeligen Beinen.

»Wo sind wir eigentlich?«, fragte ich, als ich die kleine Tür zum Badezimmer entdeckte.

»In einem Hotel am Pier. Ich wollte allein mit dir sein.« Dass er das einfach so zugab, erstaunte mich, doch ich war meilenweit davon entfernt, mich nicht darüber zu freuen.

»Okay«, sagte ich und schloss die Tür des Badezimmers hinter mir. Ich lehnte mich mit dem Rücken dagegen und hielt für einen Moment inne. Immer noch versuchte ich zu begreifen, dass ich wirklich mit Luce Snow in einem Hotelzimmer war. Allein. Nach wie vor spürte ich den scheuen Kuss auf den Lippen und den Körper, der mich gehalten hatte. Ich benutzte die Toilette und betrachtete mich dann im kleinen Badezimmerspiegel. Ich hatte tiefe Augenringe und mein Make-up war ziemlich verschmiert. Jetzt wusste ich, was Panda-Augen waren. Meine Haare schienen ein einziges Vogelnest zu sein und mein T-Shirt war über und über mit getrocknetem Sand bedeckt.

Ich schob die Lederjacke über meine Schultern und legte sie behutsam beiseite. Obwohl ich genau wusste, dass Luce nur ein paar Schritte entfernt war, zog ich mir das T-Shirt über den Kopf. Danach folgten die Strumpfhose und die Unterwäsche. Eine Gänsehaut überfiel mich, als ich nackt im Badezimmer stand. Doch kam es von der Kälte oder weil mir bewusst war, dass Luce und mich nur eine dünne Wand trennte?

Ich trat an die kleine Dusche heran und ließ das Wasser an. Ich wartete, bis ich glaubte, dass die Temperatur angenehm für mich war, zuckte jedoch trotzdem zusammen, als der Wasserstrahl meinen Körper traf. Doch dauerte es nicht lange und das warme Wasser ließ mich langsam entspannen. Ich begann leichter zu atmen. Mit der Hotelseife wusch ich mein Gesicht so gut es ging unter dem Wasserstrahl, der aus dem Duschkopf kam. Ich drehte mich mit dem Rücken zur Duschtür und schloss die Augen. So genoss ich die Wärme, die auch endlich mein Inneres von der Kälte befreite. Meine Gedanken kamen zur Ruhe, daher merkte ich nicht, wie jemand ins Badezimmer trat. Erst als sich die Duschtür öffnete, fuhr ich erschrocken herum. Und da stand er. Luce stand einfach da. Wasser strömte auf den Badezimmerboden, da er die Tür weit aufhielt. Sein Blick lag auf mir und ich sah wie die Augen, die meist nur Kälte trugen, glühten.

»Ich musste …« Er brach ab, als würde er nach den richtigen Worten suchen. Und auch ich war weit entfernt vom Denken. Sonst wäre ich so schnell wie möglich aus der Dusche gesprungen und ein Handtuch würde bereits meine Blöße bedecken. Stattdessen stand ich da. Nackt und nass und sah dabei zu, wie ein Kampf in seinen Augen entbrannte.

»Ich musste die ganze Zeit daran denken, wie du ausgesehen hast, als du nackt bei mir im Zimmer standest. Dass du jetzt hier nackt unter dieser verdammten Dusche stehst. Ich …« Wieder stockte er. Seine Augen fanden meine und ich wusste nicht, was er darin entdeckt hatte, doch ich sah dabei zu, wie er die Socken von seinen Füßen zog. Dann streifte er das T-Shirt über den Kopf und dieser Anblick reichte, um ein Gefühl tief in mir zu wecken, von dem ich niemals geglaubt hätte, es empfinden zu können. Das Kribbeln begann im Bauch und schlängelte sich tiefer. Meine Augen wanderten über seine nackte Haut, über die geschwungenen tätowierten Linien, die sich über seine harte Brust zogen. Mein Blick glitt über seinen flachen Bauch und ich biss mir beim Anblick des schwarzen Flaums, der eine Linie bildete und mich zu dem führte, was unter seiner Hose versteckt war, auf die Unterlippe.

Sein Blick lag fest auf meinem Gesicht, doch ich beobachtete, wie er die Finger an seine Jeans legte, den Knopf öffnete und den Reißverschluss aufzog. Er trug keine Unterwäsche. Ich hatte bereits einen Mann nackt gesehen, doch dieser Anblick ließ mich kurz einfach nur starr dastehen. Die Hose fiel seine Beine hinab und er kickte sie weg. Wenn ich vorher an seiner Begierde gezweifelt hatte, so bekam ich nun die Bestätigung, wie sehr er mich wollte. Ohne den Blick von mir zu nehmen, trat er zu mir in die Dusche. Ich machte ein paar Schritte zur Seite, um ihm Platz zu machen, ließ ihn unter den warmen Wasserstrahl. Wie hypnotisiert sah ich dabei zu, wie das Wasser an seinem Körper hinablief. Zögernd stand er da. Mir war, als wäre er unsicher, was genau er gerade tat.

Doch ich wusste es selbst nicht. Es war nicht richtig, was ich hier mit ihm tat. Ich war noch nie mit einem Mann so zusammen gewesen. Wie weit sollte ich gehen? Wie weit würde ich gehen? Die Gedanken verstummten in meinem Kopf, als ich Luce' Hand auf meiner Schulter spürte. Ich sah auf, in die grauen Augen und verlor mich wieder darin. Dann legte er die Hand an meine Wange und zog mich an seine Lippen. Erst war es ein vorsichtiger Kuss, als erwartete er, dass ich ihn gleich wieder stoppte und mich aus dem Staub machte. Doch ich würde mich nicht wegbewegen. Da musste mich schon jemand wegtragen. Und solange es nicht der Mann vor mir war, würde ich dies nicht zulassen.

Als ich meine Hände auf seine Arme legte und einen Schritt auf ihn zu machte, bewegte er seine Lippen fordernder. Unglaublich süß lagen sie auf meinen und tief in meinem Bauch zog es genüsslich, als er mit seiner Zunge über meine Unterlippe leckte. Ich ließ ihn ein, unsere Zungen tanzten so, wie wir es zusammen im Club getan hatten. Ich hörte ein dunkles Stöhnen und erkannte, dass es aus seiner Kehle kam. Ich hob die Hände und ließ sie in seinen nassen schwarzen Haaren verschwinden. Seine Finger begannen, an meinem Körper hinabzustreichen. Sie zogen eine Spur über meine Arme, über meinen Bauch, die Hüften und dann legten sie sich auf meinen Hintern. Und er zog mich an sich. Ich keuchte und unterbrach den Kuss, als ich seine Härte an meinem Bauch spürte. Meine mutigen Fingern, und ich wusste nicht, woher ich diesen Mut nahm, strichen leicht über seine Länge. Das Stöhnen, das vorhin aus seiner Kehle gekommen war, war nichts im Vergleich zu dem, das er jetzt ausstieß. Ich begann ihn zu streicheln, erkundete jeden Winkel seines Körpers. Ich sah, wie er die Augen schloss, eine Hand auf meinem Hintern, die andere an der Duschwand.

»Verdammt, Kat«, stieß er heraus und ein Lächeln breitete sich auf meinem Gesicht aus.

Meine Finger begannen, die Linien der Tätowierungen nachzufahren. Endlich konnte ich sie mir richtig ansehen. Ranken voller kleiner und großer Blätter schlängelten sich seinen linken Arm hinauf. Ich strich über einen Schriftzug auf seinem Unterarm. Ich kannte die Worte nicht, doch es war wohl ein Songtext. Dann streiften meine Finger über die zwei Spatzen, die seinen Bauch hochflogen, seitlich zu der Gitarre, die er auf der kompletten rechten Seite seines Oberkörpers tätowiert hatte. Schließlich landeten meine Augen auf dem Tattoo auf seiner rechten Brust und ich stockte. Dieses war anders als alle Tattoos. Es bestand aus einem Skorpion, dessen spitzer Schwanz drohend hochstand. Blut tropfte von der Spitze und darunter formte es einen blutenden Buchstaben: »S«

Als ich meine Erkundungstour beendet hatte, sah er

mich mit dunkler werdendem Blick an. Ich beschloss, dass ich ihn nicht danach fragen würde. Ich würde dies hier nicht mit Fragerei kaputt machen. Da er wahrscheinlich auf die Frage gewartet hatte, war er unvorbereitet, als ich wieder begann, ihn zu streicheln. Er riss die Augen auf und ich drückte ihm einen Kuss auf eben dieses Tattoo. Dies war der Moment, wo er mich packte und sich seine Lippen mit meinen vereinten. Wild stieß er mit seiner Zunge zu und ich erwiderte den Kuss mit all meinem Verlangen. Ich spürte die kalte Wand hinter mir, als mich Luce dagegenstieß. Es kümmerte mich nicht. Alles was ich wahrnahm, war Luce, der seine Lippen von meinem Mund zu meinen Brüsten wandern ließ. Er küsste mich dort und ließ sich genug Zeit, um meinen Körper kennenzulernen. Und er lernte schnell.

»Unglaublich, Engelchen. Das ist das Wort in meinem Kopf. Du bist einfach unglaublich.«

Ich war nicht in der Lage zu antworten, denn seine Finger hatten mein Zentrum gefunden. Mit einem unglaublichen Grinsen teilte er meine Lippen und fing an, mich dort zu streicheln. Dann begann er sein Spiel bei meinen Brüsten von vorn.

»Luce«, kam mir über die Lippen. Es hörte sich nicht nach mir an. Überhaupt nicht, doch es fühlte sich auch nicht danach an, in meinem eigenen Körper zu sein. Luce fand einen Rhythmus, der mich immer höher brachte, in meinem Bauch sammelte sich Wärme und als ich über den Abgrund stürzte und fiel, erstickte Luce mein wohliges Stöhnen mit einem unglaublich innigen

Kuss.

Erst als ich mit wackeligen Beinen und an seinen Armen Halt suchend dastand, löste er sich von mir. Ich sah zu ihm auf und das Lächeln, was mich empfing, war einfach unglaublich. Mein Herz machte einen Looping in meiner Brust. Dieser Moment. Ich würde ihn niemals vergessen, egal was noch zwischen uns passierte. Ich sah an seinem Körper hinab und er verstand.

»Dafür müssen wir hier raus, Engelchen. Wenn ich dich richtig nehmen will, müssen wir den Raum wechseln.« So aufgeladen ich eben noch war, umso schneller fühlten sich diese Worte wie eine kalte Dusche an. Gott, wie sehr wünschte ich mir, ihn in mir zu haben. Doch ich war nicht eines dieser Mädchen, die die Tatsache verschwieg, dass sie noch Jungfrau war.

Luce spürte mein Zögern und sah mich verwundert an. »Hör zu, das müssen wir natürlich nicht machen. Gott, ich bin so ein Idiot.«

Ich hörte ihn fluchen. Als er mir den Rücken zuwandte, sah ich den großen Schriftzug auf der kompletten oberen Rückenhälfte. Doch im Moment kümmerte es mich nicht, was dort stand. Ich trat auf ihn zu und berührte ihn an den Schultern. Er bebte, als kochte er innerlich.

»Es tut mir leid. Ich bin zu weit gegangen, Kat. Ich wollte dich so sehr. Aber ich hätte wissen müssen, dass es dir zu schnell geht. Ich bin so ein Arschloch geworden.«

Ich schüttelte den Kopf, bis mir einfiel, dass er mich ja

nicht sehen konnte.

»Das ist es nicht, Luce.«

Ich drückte ihm einen Kuss auf die Schultern und spürte, wie sein Atem wieder schneller ging.

»Ich sollte dir nur vorher etwas sagen.« Ich musste schlucken und er hob den Kopf. »Ich bin noch nie so mit jemandem zusammen gewesen.« So, jetzt war es raus. Wie ein Pflaster, schnell und schmerzlos. Luce fuhr zu mir herum und ich konnte den Blick, mit dem er mich ansah, nicht einordnen.

»Du, du bist noch …?«

»Ja.« Dieses Grau starrte mich an, als hätte ich ihm grad etwas Absurdes erzählt.

»Wie ist das denn möglich?«

»Es ergab sich einfach noch nicht.«

Wild atmend sah er mich an. »Oh Gott, und ich bin zu dir in diese verdammte Dusche gestiegen.« Er wollte sich wieder abwenden, doch ich hielt ihn davon ab, indem ich ihm die Hände an die Wangen legte. Gequält sah er mich an.

»Das war das Heißeste, was ich je erlebt habe. Und ich würde gern mit dir aus dieser Dusche gehen und es beenden.«

»Was?«, fragte er benommen.

»Du hast mich schon verstanden.«

Er konnte es nicht verbergen, die Begierde war bereits wieder in seinen Augen angelangt.

»Nein. Nicht so. Nicht heute.«

»Was?«, fragte nun ich. Er lächelte mich an und legte

die Lippen auf meine. Er küsste mich lange und ausgiebig. Dann gab er mich frei.

»Dein erstes Mal wirst du nicht in einem Hotelzimmer haben. Selbst ich weiß, dass dazu andere Sachen gehören.« Plötzlich schlang er die Arme um mich und hob mich hoch. Ich quietschte erschrocken auf und sah ihm fest in die Augen.

»Es ist mir egal, wo es geschieht.«

»Mir aber nicht. Außerdem ist Geduld eine Tugend, oder etwa nicht?«

Jetzt musste ich lachen. Luce und Tugendhaftigkeit. Das war absurd.

»Lach nur.« Wieder küsste er mich und trug mich aus der Dusche.

Während er mich in ein großes Handtuch wickelte, fragte ich: »Also wir werden jetzt keinen Sex haben, da hab ich dich richtig verstanden?«

»Ja, richtig verstanden.«

»Und was machen wir dann?«

»Wir gehen frühstücken.«

KAPITEL 21

Kat

Wir frühstückten wirklich. Wir hatten uns in diesem kleinen Coffeeshop am Pier an einem Tisch weiter hinten niedergelassen. Luce und ich saßen uns gegenüber und ich versuchte verzweifelt, meine Pancakes zu essen, doch meine Augen fanden immer wieder zu dem schwarzhaarigen Mann vor mir zurück, nur um ihm dabei zuzusehen, wie er seine Rühreier auf die Gabel beförderte und sie dann zum Mund bewegte. Ich sah, wie die Gabel zwischen seinen Lippen verschwand und nach kurzer Zeit wieder daraus hervorkam. Diese Lippen, die meine berührt hatten. An diesen Stellen, die noch immer kribbelten, wenn ich daran zurückdachte. Er hatte mir einen unsagbar schönen Orgasmus geschenkt und war selbst leer ausgegangen. Doch dies war seine Entscheidung gewesen. Wenn es in jenem Moment um mich gegangen wäre, hätte ich es zu Ende gebracht. Sofort, dort in diesem Hotelzimmer.

»Schmecken die Pancakes nicht?«, fragte er plötzlich und ich zuckte zusammen. Auf frischer Tat ertappt. Die grauen Augen sahen mich belustigt an.

»Doch«, gab ich zurück und spießte ein Stück auf meine Gabel. Sie waren lecker. Fluffig und süß, so wie ich es mochte.

Luce lachte. Ich hörte ihn gerne lachen. In den letzten Stunden hatte er mehr gelacht als in der ganzen Zeit, seitdem ich ihn kannte.

»Warum isst du sie dann nicht?«

Ich begann zu grinsen.

»Was denkst du, Engelchen?«

»Ich denke darüber nach, wie jemand sich innerhalb eines Tages von einem richtig miesen Arschloch in jemanden wie dich verwandeln kann.«

Luce' Blick fand meinen und ich sah die Ernsthaftigkeit in seinen Augen.

»Es hört sich vielleicht megakitschig an, aber ich hatte einfach nicht die Kraft, mich noch länger von dir fernzuhalten.«

Ich lachte wirklich. »Du klingst wie Edward aus Twilight.«

»Oh ja.« Er verzog das Gesicht. Doch die Wahrheit war, dass diese Worte tief und direkt in mein Herz trafen. Und das machte mir ein wenig Angst.

»Was ist denn mit der Tatsache, dass du lediglich Beziehungen führst, die mit Sex anfangen und mit Sex aufhören.«

»Ich werde lernen, daran zu arbeiten.« Dieser Satz kam wie aus der Pistole geschossen, doch ich bezweifelte den Wahrheitsgehalt ein wenig.

»Und wie willst du das machen?«

Luce sah mich mit wachsamen Augen an. »Ich gebe zu, ich war ein Mistkerl. Und ja, ich bin kaputt, aus tiefster Seele zerstört, doch vielleicht kann ich versuchen, damit zu leben. Ich darf mich nicht immer in diesen Frauen verstecken.«

Ich hob die Augenbrauen, denn ich hatte die Beschreibung *in diesen Frauen* sehr deutlich wahrgenommen.

»Zwischen uns ist etwas, Kat. Seit dem Tag, als wir uns das erste Mal gesehen haben. Ich werde es versuchen, sofern du mir die Chance dazu gibst.«

Und würde ich ihm diese Chance geben? Mein Herz schrie lauthals JA, JA, JA. Doch mein Kopf fragte sich, wie jemand wie Luce einfach so mit dem aufhörte, was er tat. Konnte er überhaupt ein normaler Mann sein? Eine normale Beziehung führen?

»Du glaubst mir nicht, oder?«, fragte er und ich sah die Verletzlichkeit in seinem Blick. »Das was vorhin in der Dusche geschehen ist, ich werde mich von nun an zurückhalten. Ich brauche das nicht.« Er stockte kurz. »Ich werde es nicht mehr brauchen.«

»Das in der Dusche hat mir gefallen, Luce.«

Er sah mich an und ich bemerkte, wie die Glut in seine Augen zurückkam.

»Warum hast du es nicht beendet?«

»Hör zu, Kat.« Er schluckte und legte die Gabel zur Seite. Seine Hand fand meine und er verschränkte die Finger mit meinen. »Glaube nicht eine Sekunde, dass es mich nicht unbändige Kraft gekostet hat, dich nicht einfach aus dieser verdammten Dusche zu tragen und aufs Bett zu werfen, um dich dort zu nehmen. Doch ich werde es nicht so tun. Ich bin mir nicht mal sicher, ob ich es sein sollte, der dies tut.«

Meine Augen fuhren nach oben und er musste das Entsetzen in meinem Blick gesehen haben, denn er drückte meine Hand.

»Verdammt, ich bin so beschissen im Reden«, fluchte er und fuhr sich mit der anderen Hand durch die schwarzen Haare.

»Ich meinte, dass wir, solltest du es wirklich wollen, uns Zeit nehmen werden. Wir werden das, was wir in der Dusche getan haben, wiederholen. Sehr oft sogar. Doch aufs Ganze werden wir noch nicht gehen. Es ist auch für mich eine Premiere.«

Ich sah ihn an und wusste wirklich nicht, ob es das Richtige war, was ich jetzt tun würde. Doch ich dachte an die Worte meiner Mutter zurück. Mein Herz wollte Luce. Und ich würde nun meinen Kopf abschalten und mein Herz die Entscheidung treffen lassen, auch wenn sie mir irgendwann eben dieses Herz brechen würde. »Wir versuchen es.«

Er hob den Blick und grinste. »Ehrlich?«

Ich nickte und dann lagen seine Lippen schon auf meinen. Ich seufzte, als er mich über den Tisch an sich zog und seine Zunge in meinen Mund eindrang.

»Du musst mir allerdings echt erzählen, warum du noch Jungfrau bist, so wie du küsst, hätte ich nie im Traum daran gedacht.« Ich musste lachen und er sah mir tief in die Augen, bevor er die Lippen wieder auf die meinen drückte.

Als wir bei den Ferienhäusern ankamen, sah ich von Weitem, wie Emma und Danny den SUV mit unseren Reisetaschen beluden. Ich blieb stehen und Luce blickte zu mir. Er hatte meine Hand gehalten, doch nun ließ er sie los, um sie an meine Wange zu legen.

»Was möchtest du?«

Ich sah zu Danny und meiner besten Freundin hinüber und dann wieder zurück in die Sturmaugen.

»Ich möchte es Emma in Ruhe erzählen.«

»Ja.« Er nickte. »Und ich sollte mit Danny reden, bevor er es irgendwie anders aufschnappt und mir den Arsch aufreißt.«

»Warum sollte er?«

Er lachte, doch es war ein kaltes Lachen. »Hör zu, Engelchen, trotz der Entscheidung es zu versuchen, ist es immer noch nur ein Versuch, bitte vergiss das nicht.« Er verzog das Gesicht, als er den Ausdruck in meinen Augen sah.

»Ich meine damit, dass ich jahrelang, fast mein ganzes Leben lang, nur eine Art der Beziehung kannte. Und das ist auch der Grund, warum Danny mir die Ernsthaftigkeit meiner Entscheidung nicht abkaufen wird. Er weiß genau, wie es in mir aussah und wie ich all meine Wut rausgelassen habe.« Er sah mich prüfend an.

»Ich kannte nichts anderes. Konnte nichts anderes, doch bei dir ist es einfach. Ich möchte nur, dass du Geduld hast mit mir, okay?« Er sah mich hoffnungsvoll an.

»Ja, das werde ich.«

»Gut.« Er lachte und zog mich an seine Lippen. Und wieder breitete sich von irgendwo eine Wärme in meinem Körper aus und verbrannte mich von innen.

»Verdammt«, fluchte Luce und löste sich von mir.

»Das wird eine lange Fahrt, Engelchen.« Ich sah an ihm hinab und bemerkte, wie er sich in seiner Hose unauffällig zurechtrückte, was mir ein Lachen entlockte. Er drückte mir einen letzten scheuen Kuss auf die Stirn, dann ließ er mich los und zusammen gingen wir auf unsere besten Freunde zu. Emma riss die Augen auf, als sie mich sah.

Sofort ließ sie die Tasche fallen, die sie gerade in den Kofferraum befördern wollte, und lief mir entgegen. Doch sie hielt nicht vor mir, sondern vor Luce. Mit glühenden blauen Augen baute sie sich vor ihm auf.

»Was zur Hölle hast du mit ihr getrieben, du widerwärtige Kröte«, stieß sie wütend hervor. Mir blieb der Mund offen stehen und ich sah zu Luce, der jedoch nur lachte.

»Eine Kröte?«, fragte er belustigt, doch das machte Emma nur noch wilder.

»Lach nur, du verdammter Mistkerl. Wenn ich höre, dass du ihr auch nur ein Haar gekrümmt hast, dann werde ich dir so was von den Hintern aufreißen.«

»Em«, stieß ich entsetzt hervor.

Emma sah mich wütend an. »Zu dir komme ich noch, Miss ich haue einfach so ab und bleibe die Nacht mit dieser Kröte weg.«

»Alles ist in Ordnung«, versicherte ich ihr.

Nicht ohne Luce noch einen glühenden Blick zuzuwerfen, lief sie zurück zum Wagen und kam mit meinem blauen Parka zurück.

»Hier.« Sie warf ihn mir zu und ich schälte mich widerwillig aus Luce' Lederjacke. Als ich sie ihm reichte, lächelte er mich an. Und mein Herz blieb für einen Moment stehen. Mein Mund wurde trocken, als ich an die letzten Stunden zurückdachte. Ich wusste nicht, auf was ich mich da eingelassen hatte, doch ich fühlte mich zum ersten Mal in meinem Leben lebendig.

»Wir sind spät dran, du kannst dich also nicht mehr umziehen, tut mir leid«, sagte Emma.

Ich nickte. »Schon gut.«

Luce ging an mir vorbei zu Danny hinüber.

Emma sah mich mit hochgezogenen Augenbrauen an. »Ich will jede verdammte Einzelheit, wenn wir wieder zu Hause sind.«

Wir fuhren in der gleichen Sitzkonstellation zurück, wie wir hergefahren waren. Nur mit der einzigen Ausnahme, dass die Blicke, die Luce mir immer wieder zuwarf, nicht von kalter Natur waren. Ich rutschte wie ein aufgeblasener Ballon auf meinem Sitz hin und her, bis Emma mich genervt gegen die Schulter boxte und die Augen verdrehte.

Ich kicherte und hielt mir ruckartig die Hand vor den Mund, doch Emma hatte es gehört und erneut mit den Augen gerollt. Der Rückweg kam mir kürzer vor und schon bald hielt Danny den SUV auf dem Parkplatz unseres Wohnheimes. Ich stieg aus und Emma riss die Tür auf, als hätte sie es nicht mehr abwarten können, aus diesem Auto zu verschwinden.

Danny erschien neben mir und ich lächelte ihn an. Doch er sah nicht sehr begeistert aus.

»Danke, dass du uns mitgenommen hast, Danny«, sagte ich ehrlich.

»Pass auf dich auf, Kat«, hörte ich ihn sagen und sein Blick huschte zu Luce hinüber, der hinter ihm aufgetaucht war.

»Erinnere dich nur an meine Worte in New Haven, okay?« Er sah mich auffordernd an, als wartete er auf meine Bestätigung, dass ich noch wusste, was er mir gesagt hatte. Und ich wusste es noch. Ich wusste, dass er wollte, dass ich mich von Luce fernhielt und ich kannte die Gründe. Doch ich war bereits zu weit über der Grenze, sodass es für mich kein Zurück mehr gab. Entweder würde es funktionieren oder ich würde gebrochen zurückbleiben. Doch dies war meine bewusste Entscheidung und ich würde sie nicht bereuen, auch wenn Luce' und mein Versuch schiefging.

»Ich denke daran. Danke, Danny.« Er nickte nur und schloss mich kurz in die Arme. Dann ließ er mich los und ging zu Emma, um ihr beim Ausladen zu helfen. Ich sah ihm nicht hinterher, denn Luce kam in dem Moment auf mich zu, als Danny sich von mir wegbewegt hatte.

»Hat er dich vor mir gewarnt?«, fragte er mit dunkler Stimme. Seine Hand legte sich auf meinen Oberarm, während er mich fixierte.

»Das hat er bereits getan, als ich dich zum ersten Mal gesehen habe.«

»Schlau von ihm«, sagte er. Er hinderte mich an einer Antwort, indem er die Lippen auf meine drückte. Seine

Hand legte sich auf meine Wange und zog mich näher an sich. »Gott, ich wünschte, ich könnte dich mitnehmen.«

Ich keuchte, als er mich freigab und kurz überlegte ich, mit ihm zu fahren. Doch ich musste mit Emma reden und einen klaren Kopf bekommen, bevor Luce und ich uns das nächste Mal sahen.

»Ich halte mich zurück, keine Sorge.«

Ich hob belustigt die Augenbrauen. »Wirst du das?«

»Ja, aber ich streite nicht ab, dass es mich immense Anstrengung kostet.«

Ich lachte. »Hier.« Ich drückte ihm ein kleines Stück Papier in die Hand. »Wenn du willst, kannst du mir schreiben, wenn du es nicht aushältst.«

Seine Sturmaugen loderten auf. Wieder kam er näher. »Pass auf, was du dir wünschst, Engelchen.« Er drückte mir einen Kuss auf die Wange, dann ließ er von mir ab und begab sich grinsend zur Beifahrertür.

Etwas benommen ging ich zu Emma, um ihr mit den Taschen zu helfen. Dann sahen wir dabei zu, wie der SUV sich immer weiter entfernte.

Unbekannte Nummer

Die erste Nachricht kam, als ich um 22:40 in meinem Bett lag und in meinen Notizen unterging. Ich hatte den ganzen Abend damit verbracht, Emma jede kleine Einzelheit zu erzählen und wir kamen zu dem Schluss, dass Emma mich nicht davon abhalten würde, etwas mit Luce anzufangen, es jedoch immer noch mit

Vorsicht betrachtete. Außerdem hatte sie zugegeben, Angst gehabt zu haben, als ich einfach so aus dem Club gerannt war. Ich musste ihr versprechen, das nie wieder zu machen.

Wir hatten uns umarmt und eine Folge *Greys Anatomy* geschaut. Dann war ich in mein Bett hinübergegangen, um meine Notizen für den nächsten Tag durchzugehen. Doch in dem Moment, als mein Handy auf dem Nachtschrank vibrierte, schlug mein Herz in den Himmel und die Notizen waren vergessen. Mit zugeschnürter Kehle öffnete ich die Nachricht.

Unbekannte Nummer schrieb: *Ich halte es schon jetzt nicht aus, Engelchen.*

Ein Grinsen erschien auf meinem Gesicht und ich speicherte die Nummer als *Sturmauge* in mein Telefonbuch. Ich drückte auf die kleine Fläche und ein Nachrichtenfeld öffnete sich.

Hi, schrieb ich zurück. Zwei Herzschläge später kam eine Antwort.

Nun schrieb Luce als *Sturmauge*: *Hi? Mehr bekomme ich nicht?*

Ich musste auch an dich denken, gab ich in meiner Antwort zu.

Sturmauge: *An was denkst du?*

Die Röte stieg mir sofort in die Wangen und ich rutschte tiefer in meine Kissen.

An die Dusche?

Die zweite Frage kam zwei Sekunden später.

Ich: *Vielleicht ein wenig?*

Sturmauge: *Ein wenig also, hm? Willst du wissen, wie sehr ich daran denke?*

Er gab mir Gelegenheit, ein *Ja* zu antworten.

Sturmauge: *Ich denke daran, wie unglaublich du dich ange-fühlt hast. Wie du gerochen hast, wie weich deine Haut war. Ich denke daran, wie dein Stöhnen in meinem Mund vibriert hat, als du zum Höhepunkt gekommen bist. Ich kann es kaum erwar-ten, diesen Laut wieder aus deinem Mund zu hören. Ich will dich immer wieder so weit bringen, dass du meinen Namen nur noch keuchen kannst.*

Nun waren meine Wangen so erhitzt, dass ich unwill-kürlich die Decke von mir strampelte und gierig nach Sauerstoff schnappte.

Macht dir das Angst, Engelchen?, kam wieder eine Nach-richt von Luce, da ich noch nicht fähig war zu antwor-ten.

Nein, schrieb ich.

Was macht es dann mit dir?, fragte Luce.

Ich fühle mich erhitzt, gab ich zurück und ärgerte mich über die scheue Antwort. Vermutlich konnten die Frauen, mit denen er vorher zusammen war, besseren Dirty Talk, als ich es je können würde. Doch Luce über-raschte mich.

Sturmauge: *Gott, du bist unglaublich heiß, Kat. Ich fühle mich auch erhitzt. Sehr sogar.*

Ich musste lächeln.

Wann sehe ich dich wieder?, schrieb er.

Morgen?, schlug ich vor und wartete auf seine Antwort.

Sturmauge: *Wann ist dein letzter Kurs zu Ende?*

Ich: *Um drei, aber ich arbeite bis sechs im »White Heaven«.*

Sturmauge: *Ich werde um Punkt sechs vor dieser Hölle aus Tüll stehen und dich abholen.*

Okay, ich freue mich. :)

Sturmauge: *Oh ja, die Vorfreude ist ganz die meine. Schlaf gut, Engelchen*

Du auch, Luce

Ich legte grinsend das Telefon zurück auf meinen Nachtschrank und schlief mit klopfendem Herzen ein.

KAPITEL 22

Kat

Es war 17:48, als die Türglocke des »White Heaven« erklang und ich mit angehaltenem Atem aufsah. Doch es war nicht Luce, der das kleine Brautgeschäft gerade betrat.

»Na, hast du gedacht, es ist dein Date?«, nahm mich Emma hoch und ich musste lachen.

»Was machst du denn hier?«

Meine Freundin grinste übers ganze Gesicht und kam auf den Tresen zu, an dem ich saß und lernte.

Ich versuchte es zumindest. Gedanklich war ich bei meinem bevorstehenden Date mit Luce Snow. Dem Mann, mit dem ich dachte, niemals auch nur eine anständige Unterhaltung führen zu können. Ich wurde doch tatsächlich eines Besseren belehrt.

»Ich besuche meine beste Freundin. Mein Auto wurde in eine Werkstatt hier in der Nähe geschleppt. Im Moment doktern sie an meinem Baby herum.«

»Ich hoffe, es ist nichts Schlimmes«, meinte ich und schielte auf die kleine Uhr an der Wand.

17:53.

In meinen Händen kribbelte es. Ich schlug meine Lehrbücher zu und verstaute sie in meinem Rucksack. Dann sah ich an mir hinab. Ich trug nichts Besonderes. Ich war direkt von der Uni ins »White Heaven« gefahren und hatte auch gut zu tun gehabt, was mich von meinen zerfressenden Gedanken abgelenkt hatte.

Doch jetzt strömte alles doppelt so schnell auf mich ein. Ich trug blaue Jeans und ein weißes T-Shirt. Darüber eine schwarze Strickjacke und schwarze Chucks. Nicht gerade glamourös für ein Date.

»Erde an Mason«, rief meine Freundin lachend. »Was geht da oben vor?« Emma lehnte sich über den Tresen und tippte an meine Stirn.

»Ich seh total langweilig aus. Soll ich meine Haare lieber aufmachen?« Ich zog an meinem Pferdeschwanz.

Emma schüttelte den Kopf und kam um den Tresen herum. Sie ergriff meine Hände und sah mir tief in die Augen.

»Du bist perfekt, so wie du bist und wenn diese Kröte das nicht sieht, ist er es sowieso nicht wert.«

Ich nickte und zog sie an mich. »Danke, Emma.«

»Ich bin immer für dich da, das weißt du, oder?«

Die blauen Augen meiner Freundin sahen mich ernst an und ich nickte. Ich wusste, sie machte sich Sorgen.

»Ich rechne heute Abend nicht mehr mit dir, aber du weißt ja, nur geschützter Spaß, ist richtiger Spaß.«

Ich lachte und schlug ihr spielerisch auf die Schulter.

Wieder glitt mein Blick zur Uhr.

17:59

»Ich sollte zumachen.«

»Ja, solltest du.« Emma grinste. »Ich werde gehen. Wenn etwas ist, dann melde dich, okay Katty?«

»Ja, danke.«

»Viel Spaß.«

Grinsend ging sie auf die Tür zu und ich winkte ihr

zum Abschied. Als die Tür hinter ihr zufiel und ich mich in den gläsernen Scheiben selbst spiegelte, wurde ich immer aufgeregter. Ich schnappte mir meinen Rucksack und meine Jacke und löschte das Licht, bevor ich den Laden verließ. Draußen war es dunkel und Kälte fraß sich augenblicklich durch meine Jacke. Ich schloss die Tür ab und wandte mich um … Ich stockte. Luce stand direkt vor mir. Er lehnte an einem alten schwarzen Oldtimer und als ich ihn ansah, stieß er sich vom Auto ab und kam auf mich zu.

Er hatte Wort gehalten. Punkt 18:00.

Während er auf mich zu schlenderte, unterzog ich ihn einer Musterung. Er trug schwarze Jeans, Boots und eine Lederjacke. Die Haare waren wie immer durcheinander und das Grau seiner Augen hatte mich nach dem ersten Kontakt in seinen Bann gezogen. Ein Lächeln lag auf seinen Lippen, das meinen Puls unaufhaltsam in die Höhe schnellen ließ. In meinem Kopf ratterte ich Fragen herunter. Sollte ich ihn umarmen? Küssen? Gar nichts von allem? Sollte ich auf ihn zugehen oder warten? Sollte ich grinsen oder mich lieber zurückhalten?

Luce nahm mir alles ab. Er trat auf mich zu, legte die Hände auf meine Oberarme und zog mich hinauf zu einem Kuss. Ein Stöhnen entfuhr mir, ohne dass ich es aufhalten konnte. Seine Lippen lagen weich auf meinen und seine Zunge leckte genüsslich über meine Unterlippe. Als er sich von mir löste, grinste er.

»Das wollte ich machen, seit ich gestern von dir weggefahren bin«, gab er zu und zog mich noch einmal an seine Lippen. Dann griff er wie selbstverständlich nach meiner Hand und führte mich zu seinem Auto.

»Dieses Auto«, sagte ich mit Bewunderung in der Stimme, als er mir die Tür aufhielt, die genüsslich knarzte, als freute sie sich, dass jemand anderes mitfahren würde.

»Er ist mein wertvollster Besitz. Alles, was ich habe.«

Er sah zu mir hinab und ich las in seinen Augen, dass dieser Camaro nicht nur eine Antiquität war. Für Luce hatte er eine tiefere Bedeutung.

Ich lächelte, als ich mich in die gemütlichen Ledersitze gleiten ließ und Luce die Tür schloss. Mit schnellen Schritten umrundete er das Auto und nahm auf der anderen Seite Platz. Sein Blick glitt an mir hinab und plötzlich hatte ich wieder Panik.

»Ich hätte mich umziehen sollen, aber ich hatte keine Zeit und ich wusste nicht, was wir machen würden, deshalb wuss…«

Er stoppte mich, indem er einen Finger auf meine Lippen legte. Er grinste und fuhr mit der Hand meine Wange hinab, an meiner Halsschlagader vorbei und legte sie auf meine Schulter.

»Du bist perfekt.«

Dann ließ er mich los und startete den donnernden Motor des Camaros. Luce gab Gas und fädelte sich in den abendlichen New Yorker Verkehr ein.

»Hast du Hunger?«, fragte er mich und sah kurz zu mir rüber, bevor er wieder auf die Straße schaute.

Ich blickte ihn an. Sein Profil, die gerade Nase, die vollen Lippen, die Kerbe in seiner rechten Augenbraue. Ich sah den leichten schwarzen Bartschatten, der seine Wangen überzog und die Tätowierung, die ein kleines Stück aus seinem Ausschnitt lugte.

»Kat?«, sagte er und ich zuckte unwillkürlich zusammen. Er lachte.

»Nein, ich meine Ja. Ein wenig Hunger habe ich.« Ich spürte, wie die Hitze in meine Wangen stieg und sah in meinen Schoß.

»Ich hatte überlegt, was du gern tun würdest. Ich bin ehrlich. Ich hatte noch nie ein Date. Daher habe ich Danny gefragt, was man da macht und er …«

»Das hast du getan?« Mein Kopf schnellte hoch und ich lächelte.

»Ja, und ich muss mir deswegen bestimmt bis Ostern dumme Sprüche anhören. Doch er schlug mir das Tick Tock Diner vor. Wäre das was für dich?« Er sah mich an, als er an einer roten Ampel hielt. »Es ist nichts Schickes, aber ich passe nicht in edle Restaurants, deshalb dachte ich, es wäre okay.«

»Es ist perfekt«, sagte ich lächelnd.

Er schien erleichtert und fuhr weiter. »Erzähl mir, wie dein Tag war.«

»Lang und unspektakulär.« Doch ich erzählte ihm alles. Von meinen Kursen, meiner Schicht in Mays Laden, von Emmas Auto, das nun in der Werkstatt war, und er hörte zu.

»Und deiner?«, fragte ich ihn, als wir vor dem Tick

Tock Diner hielten.

»Er wird erst jetzt interessant.« Mein Herz sprang so hoch, dass ich mich wunderte, dass es mir nicht aus dem Mund fiel.

Wir betraten zusammen das Diner und suchten uns einen Platz etwas abseits der kleinen Bar. Ich ließ mich auf die roten Ledersitze gleiten und bedankte mich bei der Kellnerin, die uns zwei Speisekarten auf den Tisch legte und versprach gleich wiederzukommen, um unsere Bestellung aufzunehmen. Ich schälte mich aus meiner Jacke und auch Luce entledigte sich seiner Lederjacke und hängte sie über den Sessel. Er trug nur ein schlichtes schwarzes T-Shirt, sodass ich die geschwungenen Tätowierungen, die sich auf seinem kompletten Arm erstreckten, gut sah.

Man musste sich bestimmt mehrere Stunden Zeit nehmen, um sie alle gründlich anzusehen. Doch ich riss mich von seinen Armen fort, als ich bemerkte, wie mich Luce beobachtete. Im Hintergrund lief *Welcome to New York* von Taylor Swift. Die Karte lag noch immer geschlossen vor ihm. Seine Augen ruhten auf meinem Gesicht und er grinste.

»Was ist?«, fragte ich und spürte, wie schon wieder Hitze in meine Wangen floss.

»Nichts, ich hatte nur darauf gewartet.« Er hob die Hand und strich leicht über meine erhitzte Wange. »Darauf, dass du erhitzt bist«, fügte er hinzu und spielte auf meinen gestrigen Ausflug in den Dirty Talk an.

Ich grinste und öffnete die Speisekarte, doch ich hörte

ihn leise vor sich hin lachen.

Ich entschied mich für einen klassischen Cheeseburger mit Pommes und Cola. Luce zog mit mir mit, daher ging unsere Bestellung bei der Kellnerin schnell. Dabei entging es mir nicht, dass sie Luce eine Minute zu lang ansah. Als wir wieder allein waren, sah ich Luce misstrauisch an, doch er schien den Schmachtversuch der Kellnerin gar nicht mitbekommen zu haben.

»Interessant«, sagte ich und lachte. Luce zog fragend die Augenbrauen in die Höhe.

»Was?«

»Du scheinst keinen Schimmer zu haben, wie du auf andere wirkst, oder?« Ich war nur ehrlich, doch meine Worte ließen Kälte in die grauen Augen fließen.

»Du hast ja keine Ahnung.« Meine Augen fanden seine und ich spürte, wie er mit sich kämpfte, um dem Blickkontakt standzuhalten.

»Wovon habe ich keine Ahnung?«

Ich wollte es einfach wissen. Ich wollte alles von ihm wissen.

Er setzte an, doch er wurde von der schmachtenden Kellnerin unterbrochen, die uns die Cola vor die Nase stellte. Ich nahm einen großen Schluck, während ich ihr hinterher sah. Sie war groß und schlank. Sie trug einen kurzen Jeansrock und ein weißes Shirt, worauf mit geschwungenen Lettern »Tick Tock Diner« stand. Ihre roten gelockten Haare waren alle über ihre rechte Schulter gestylt. Sie war das Gegenteil von mir und passte somit viel besser zu Luce.

»Hör auf.« Ich erschrak bei Luce' strengem Ton und sah von der Kellnerin zurück zu ihm.

»Womit?«, fragte ich ihn.

Er schüttelte nur den Kopf. »Hör auf, dich mit ihr zu vergleichen. Sie ist ein Nichts.«

»Aber, hast du sie gesehen?«

»Nein. Und das muss ich auch nicht, denn ich sehe ja dich.«

Verlegen sah ich auf meine Hände, die ich in meinem Schoß vergraben hatte.

»Ich hatte jahrelang solche Tussis, die sich nur für meinen Körper interessieren. Für meine Hülle. Weil ich das brauchte. Ich brauchte niemanden, der hinter meine Gedanken sehen wollte. Doch nun, seit ich dich kenne, brauche ich wiederum das nicht mehr.« Er zeigte auf die Kellnerin und ich sah ihn zweifelnd an. Es war schwer, ihm das zu glauben.

»Warum ich?«

Er sah mich eine Weile an und suchte wohl nach den richtigen Worten. Dann lächelte er.

»Ich bin ehrlich, Kat. Ich hab keine Ahnung. Ich weiß, ich bin nicht einfach und ich hoffe, dass ich all das hier hinbekomme. Doch ich kann dir nur sagen, dass ich seit dem Tag, als wir uns am Kaffeestand zum ersten Mal gesehen haben, wusste, dass du anders bist. Seither habe ich versucht, gegen diese Anziehung anzukämpfen, doch seit ich dich da in der Menge hab tanzen sehen, in Long Island. So unbeschwert und höllisch sexy, da wusste ich, ich kann nicht mehr leben, ohne es zu versuchen. Ich weiß nicht, warum du es bist, Kat, aber ich möchte es unbedingt mit dir probieren.«

Ich starrte ihn an, unfähig zu antworten. Mein Mund war trocken und ich griff nach der Cola, um wieder zu Stimme zu gelangen.

»Ich will es unbedingt, Luce. Es macht mir Angst, aber ich will das. Ich will dich.«

Seine grauen Augen begannen zu leuchten und er nahm meine Hand und drückte einen Kuss darauf.

Wir mussten nicht lange warten, bis unser Essen kam und somit genossen wir unseren wirklich reichlichen Burger.

Luce fragte mich über mein Leben aus. Hauptfach, zukünftiger Jobwunsch, Emma, meine Tante May. Wisconsin und meinen Dad. Doch er fragte nicht nach meiner Mom oder meinem Grandpa, als wüsste er, wie schwer es mir fiel, darüber zu sprechen. Doch vielleicht war er es, der es wohl am besten verstehen würde.

»Du bist mir noch eine Antwort schuldig.«

Er sah mich fragend an.

»Warum ich keine Ahnung habe?«, half ich ihm und er nickte. Ich wusste, wie schwer es für ihn war, trotzdem begann er zu erzählen.

»Ich war schon immer ein eher ruhiger Typ. Ich hatte meine Freunde, doch nur Danny gehörte zu den besten. Ich war der typische Student. Ich spielte Football, hatte gute Noten, um ein Stipendium zu bekommen. Doch es gab Dinge in meinem Leben, die einfach nicht dazu passten. Mein Dad war Musiker und spielte in einer irischen Band in Chicago. Meine Mutter stammte aus gutem Hause. Es war eine Liebe, die ich, das wusste ich immer, niemals bekommen würde, da sie äußerst selten ist. Sie waren jung. Meine Mutter sollte nach ihrem Studium in der Anwaltskanzlei ihres Vaters anfangen und irgend so einen reichen Anzugschnösel heiraten. Doch sie liebte meinen Dad. Sie widersetzte sich und sie zogen von Chicago nach New York. Sie heirateten, bekamen mich und ein Jahr später Lucy. Doch die Zeiten waren schwer und mein Vater griff zur Flasche, um mit dem Druck umgehen zu können. Dies war der Todesstoß.«

»Was ist passiert?«, flüsterte ich.

Luce verzog gequält das Gesicht. »Er starb, als ich neunzehn war. Ich fand ihn im Wohnzimmer, die Flasche Whiskey immer noch in seiner Hand.«

»Luce«, hauchte ich und er sah mich an. Ich musste ihm nicht sagen, wie sehr es mir leidtat, es schien mir so, als lese er es in meinen Augen. Ich drückte seine Hand, als er weitersprach.

»Der Camaro ist alles, was ich noch von ihm habe. Danach ging es bergab mit mir. Ich werde dir heute nicht mehr erzählen, einfach aus dem Grund, weil ich uns den Abend nicht vermiesen will und noch nicht so weit bin, darüber zu sprechen. All die Dinge, der Knast, der Einbruch. All das ist wie ein Geschwür in meinem Hirn und ich möchte dieses Geschwür einfach nicht alles verpesten lassen, okay?«

Jetzt sah er mich mit stumpfen, traurigen Augen an.

»Lass dir so viel Zeit, wie du brauchst und wenn du es erzählen willst, werde ich dir zuhören.«

Er lächelte. »Ich wusste, du würdest es verstehen.«

»Ich selbst habe auch genug Dinge, über die ich nicht reden will oder kann.«

»Ich weiß, vielleicht ist dies ein Grund, warum wir uns so anziehen.«

Die rothaarige Kellnerin erschien an unserem Tisch, um die Teller abzuräumen. Diesmal ignorierten wir sie beide. Stattdessen zog mich Luce über den Tisch an sein Gesicht, als wir wieder allein waren. Er legte sanft seine Lippen auf meine und begann einen süßen Kuss, der meine Knie weich werden lassen würde, würde ich nicht schon sitzen.

Seine Hand strich über meinen Pferdeschwanz und es war ein knurrendes Geräusch, das aus seiner Kehle kam, als er sich von mir löste.

»Du willst nicht wissen, was in meinem Kopf vorgeht bei diesem Zopf.«

Hitze sammelte sich in meinem Bauch.

»Gott, wenn wir jetzt allein wären, Engelchen.«

»Was wäre dann?«

Die grauen Augen begannen zu glühen. Er betrachtete es als Einladung, denn er nahm meine Hand. »Komm rüber zu mir«, forderte er.

Ich sah ihn misstrauisch an, stand jedoch auf und ging um den Tisch herum. Luce rutschte auf seiner gepolsterten Sitzbank nach hinten und machte mir so Platz, um mich neben ihn zu setzen.

Wir saßen nahe beisammen, die Körper einander zuge-wandt. Luce hatte den Arm auf der Lehne abgelegt und die Hand spielte mit meinem zusammengenommenen Haar. Die andere Hand legte sich in meinen Nacken und zog mich zu einem Kuss heran. Weich und süß lagen seine Lippen auf meinen und in meinem Magen flogen die Schmetterlinge wild durcheinander, als er mit der Zunge um Einlass bat. Während ich ihm diesen gewährte, schob er meine Beine über seinen Schoß, sodass ich ihm noch näher kam. Als wären Luce' Küsse ein Stoppschild für meine Gedanken, war es mir plötz-lich egal, wo wir uns befanden, wer uns zusah. Ich wollte ihm nur so nahe wie möglich sein. Er legte die Hand an meinen Rücken und sie verschwand ein Stück unter meinem T-Shirt. Als er über die erhitzte Haut strich, stöhnte er in meinem Mund. Wild ausatmend löste er sich ein Stück von mir und legte die Stirn an meine.

»Was hältst du davon, noch mit zu mir zu kommen? Danny ist heute nicht zu Hause.«

»Und was möchtest du da mit mir machen?«

Wieder glühten die grauen Augen vor Verlangen auf.

»Keine Sorge, du wirst offiziell noch Jungfrau sein, wenn ich dich morgen früh bei dir zu Hause absetze.« Er sah die Bestürzung in meinem Blick und musste laut lachen. »Ruhig Blut, Engelchen. Ich sagte, dass du noch Jungfrau sein wirst. Das heißt nicht, dass wir keinen Spaß haben werden.«

Mit diesem Satz sah er an mir vorbei und stoppte die Kellnerin, die unauffällig an unserem Tisch vorbeigegangen ist. Mit erhitzten Wangen legte ich das Gesicht an Luce' Schulter.

»Wir möchten dann gern die Rechnung, danke.«

Als die Kellnerin fort war, sah ich Luce in die glühenden Augen.

»Ich kann es kaum erwarten«, flüsterte ich ihm ins Ohr.

Als Luce vor dem Wohnhaus hielt, in dem er mit Danny wohnte, wurde ich nervös. Während der Fahrt vom Tick Tock Diner zu seiner Wohnung hatte Luce mir immer mal wieder glühende Blicke zugeworfen. Die Wahrheit war, ich glühte genauso und konnte kaum einen richtigen Atemzug machen. Die Stimmung in dem Camaro war geladen, gespannt und kurz davor, mit voller Wucht zu explodieren. Als er die Handbremse anzog und mich ansah, stockte mir der Atem. Er war wirklich attraktiv. Das dunkle Licht ließ ihn unheimlich aussehen und doch wusste ich, dass ich keine Angst zu haben brauchte.

»Wollen wir?«, fragte er und ich nickte etwas zu schnell. Luce lachte vor sich hin und stieg aus, um mir die Tür zu öffnen. Er streckte mir seine Hand entgegen und ich ergriff sie, ohne eine Sekunde zu zögern. Nachdem er das Auto abgeschlossen hatte, gingen wir Hand in Hand zu dem Wohnhaus.

Oben angekommen, sah ich mich in der dunklen Wohnung um. Der Wohnung, aus der ich vor einigen Tagen so schnell wie möglich rauswollte. Ich blickte zu Luce auf, der neben mir stand. Ich war aus dieser Wohnung gestürmt, weil er mich wegen einer anderen Tussi hatte sitzen lassen. Ich schüttelte wild den Kopf, um diese Gedanken zu vertreiben. Er wollte sich ändern. Für mich.

»Alles okay?«, fragte Luce und ich erschrak ein wenig. Die Wohnung war so still, dass es komisch war, als er zu sprechen anfing.

»Ja«, flüsterte ich.

»Warum schüttelst du dann den Kopf wie in einer Achterbahn?«

Ich sah ihn wieder an und er zog mich an der Hand hinter sich her. Wir betraten das Wohnzimmer, was mich wunderte. Sagte er nicht, er würde mit mir andere Sachen anstellen, als wieder Folgen von *Daredevil* zu gucken?

Er ließ meine Hand los, um Licht einzuschalten und seine Lederjacke abzustreifen. Achtlos schmiss er sie auf das Sofa. Dann hielt er mir die Hand hin.

Auch ich schälte mich aus meiner Jacke und reichte sie ihm.

»Wo ist Danny denn heute Abend?«, fragte ich, nachdem er kurz aus dem Raum gegangen war und mit zwei Cola wieder zurückkam. Er reichte mir die rote Dose.

»Irgendeine Wohltätigkeitsveranstaltung in New Haven. Er tut das ständig. Glaub mir, sie sind sterbenslangweilig.«

»Woher weißt du das denn?«

Seine Augen fanden meine und er grinste. »Danny

und ich sind früher oft zu solchen Partys gegangen. Aber weniger wegen der Wohltätigkeit.«

»Verstehe«, sagte ich lachend. »Warum warst du dann nicht bei der Strandparty?«

Unwillkürlich schoss die Kälte in seine Augen. Er wandte den Blick ab und ich sah, wie er die Schultern anspannte.

»Luce?«

Er holte tief Luft. »Das ist lange her, Engelchen.«

»Wo warst du stattdessen?«, fragte ich, obwohl ich mir die Antwort schon denken konnte.

»Willst du das wirklich wissen?«, fragte er, nach wie vor von mir abgewandt.

»Ja«, sagte ich.

»In Queens, in einem Motel mit einer Tussi, die ich in einer Bar aufgegabelt hatte.«

Er wandte sich mir wieder zu, seine Augen suchten nach Anzeichen in meinem Gesicht, dass ich gleich das Weite suchte. Doch das würde ich nicht tun. Ich wusste genau, was er getan hatte. Doch ich hatte ihm versprochen, ihm eine Chance zu geben. Er würde sie bekommen.

»Du hast was verpasst«, sagte ich stattdessen und er hob erstaunt die Augenbrauen. »Es war eine schöne Party.«

Er nickte und kam langsam auf mich zu. Immer noch mit fragendem Blick. »Das ist alles?«, fragte er.

»Was meinst du?«

»Alles was du dazu sagst ist, du hast was verpasst?«

»Ja«, sagte ich entschlossen. Mittlerweile stand er vor mir, sodass ich den Kopf in den Nacken legen musste, um ihm ins Gesicht zu sehen.

»Du überraschst mich immer wieder, Engelchen.« Er nahm mir die Cola aus der Hand und stellte sie auf den Tisch. Dann lagen seine Lippen leicht auf meinen. »Was möchtest du machen, Kat? Ein bisschen fernsehen?« Seine Augen glühten, als er dies fragte.

Ich riss die meinen unwillkürlich ein Stück weit auf und starrte wie hypnotisiert auf seine Lippen.

»Ich würde mir gern deine Bücher ansehen«, sagte ich.

»Die stehen in meinem Zimmer.«

»Ja, ich weiß.« Ich stieß mich von ihm ab und verließ das Zimmer. Er folgte mir, als ich den dunklen Raum betrat. Mein Herz schlug so stark in meiner Brust, dass er es sicher hörte. Ich ging auf den Nachtschrank zu und schaltete die kleine Lampe an, die darauf stand.

Dann drehte ich mich zu ihm um. Er lehnte am Türrahmen, immer noch die Augen auf mein Gesicht geheftet. Ich riss mich los und ging wirklich auf das Bücherregal zu. Mein Blick glitt über die Buchrücken und hier und da entdeckte ich einen Klassiker der zeitgenössischen Literatur, der mich in Erstaunen versetzte.

»Überrascht?« Seine Stimme ertönte direkt an meinem Ohr. Ich spürte seinen Körper hinter mir.

»Ich gestehe, ich dachte das Einzige, was du liest, wären Autozeitschriften oder so.«

Sein Lachen glitt mir wie ein Schauer die Wirbelsäule hinab.

»Du enttäuschst mich, Kat.«

»Ich dachte, du wärest ein Arschloch.«

»Bin ich auch, aber eins mit Geschmack an guter Literatur.«

»Das weiß ich jetzt auch.«

Ich vergaß die Gedanken in meinem Kopf, als sich seine Lippen von hinten an meinen Hals legten. Die Hände an meinen Hüften drehte er mich langsam zu sich um. Das Grau schien in Flammen zu stehen, als ich ihm in die Augen sah. Er begann mich zu küssen und seine Finger zogen mir behutsam das Haargummi aus den Haaren.

»So süß ich ihn finde, aber meine Finger brauchen etwas zu tun.« Er sprach leise in mein Ohr, als er die Hände in meinen Haaren vergrub, und zog mich näher an sich. Ich schlang die Arme um seine Mitte und erwiderte den Kuss, so gut ich konnte. Mit allem, was ich zu geben hatte. Als er mich plötzlich hochhob und zum Bett trug, keuchte ich erschrocken auf.

Ich landete auf dem Bett, den Kopf auf seinem Kissen. Luce stand vor mir und sah lächelnd auf mich hinab. Röte stieg mir ins Gesicht.

»Ich würde zu gerne …«, begann er und ich sah ihn fragend an.

Er kam auf mich zu, kniete sich mit dem rechten Knie aufs Bett.

»Lass uns sehen, wie weit dieses Rot geht.« Ich keuchte, als er das zweite Knie aufs Bett platzierte und mich somit zwischen seinen Beinen gefangen hielt.

Und dann legte er sich auf mich, voll bekleidet und voller harter Muskeln. Ich schloss die Augen, entschied aber, dass es zu schade war, ihm nicht dabei zuzusehen. Sein Gewicht drückte mich in die Matratze und seine Lippen fanden meine wieder. Er ließ sich auf die rechte Seite gleiten, um mir Luft zum Atmen zu geben, doch sein linkes Knie schob meine Beine auseinander, um dazwischen Platz zu finden.

Dann küsste er sich von meinen Lippen abwärts. Vom Hals über den Ausschnitt meines T-Shirts, zwischen meinen Brüsten und meinem Bauch hinab. Dann schob er das T-Shirt höher.

Als seine Lippen meine erhitzte Haut berührten, stöhnten wir beide. Er erhob sich und zog mit einer Handbewegung sein schwarzes T-Shirt aus. Mein Blick zuckte von Muskel zu Muskel, von bemalter Haut zu unbemalter, bis er mich ansah und das Grau mich wieder gefangen nahm. Er deutete mir mich aufzu-setzen. Geschickt zog er mir die Strickjacke und das T-Shirt vom Körper und schmiss es zu seinem, das auf dem Boden gelandet war. Das glühende Grau glitt über meine blasse Haut. Ich ließ mich wieder aufs Kissen nieder und er kam mir nach.

»Es wird anders sein als in der Dusche, Engelchen.«

»Ja, wahrscheinlich schöner.«

Überrascht schaute er auf und lächelte. Er sah unglaublich aus, wenn er dieses Lächeln trug. Ich hatte gedacht, ihn niemals so zu sehen. Doch er hatte mich in so vielem überrascht. Mein Gedanke erstarb, als seine

Lippen meinen Busen durch meinen BH küssten. Bevor ich Widerstand leisten konnte, hatte er den Verschluss vorn geöffnet und mich entblößt. Sein Blick hielt mich davon ab, nervös zu sein.

»Du bist wunderschön, Engelchen.«

Er widmete sich meiner nackten Haut, reizte mich, während meine Finger über seinen Rücken fuhren. Wieder begann er einen Kuss und legte dabei die Hand auf meine Brust. Er schob sich etwas mehr auf mich, während er sein Gewicht so platzierte, dass seine Mitte auf die meine drückte.

Er wollte mich. Er wollte mich genauso wie ich ihn. Vielleicht würde ich morgen früh doch nicht als Jungfrau zurück nach Hause fahren.

Als hätte er meine Gedanken gelesen, fanden seine Finger den Knopf meiner Jeans. Die Jeans erlitt das gleiche Schicksal wie meine übrigen Klamotten vorher. Nun lag ich nur noch im Höschen bekleidet auf Luce Snows Bett und wollte nirgendwo anders sein.

Während er mich küsste, strichen seine Finger über meinen Bauch abwärts. Dann verschwanden sie unter dem Bund meines Höschens. Wir stöhnten beide, als seine Finger meine heiße Mitte fanden.

»Erhitzt. Und wie du erhitzt bist, Kat«, stöhnte er an meinem Ohr. »Ich frag mich ...« Sein Blick fand meinen und ein Grinsen verschönerte sein Gesicht. Dann verschwand sein Kopf aus meinem Sichtfeld. Bevor ich begreifen konnte, was er da vorhatte, lag er bereits zwischen meinen Beinen und seine Lippen leckten über die Haut über dem Bund meiner Unterwäsche.

»Luce, das …«

Er sah zu mir hoch. »Noch eine Premiere?«, fragte er und ich nickte mit geröteten Wangen.

»Umso besser.« Grinsend wandte er den Blick ab und küsste mich auf mein Zentrum. Ein Ziehen ging von meiner Mitte aus direkt durch meinen Bauch in mein Herz. Dann hakte er die Finger in mein Höschen und zog es mir aus.

»Wunderschön«, murmelte er und ich vergaß alles um mich herum. Selbst dass ich eigentlich rot werden sollte. Denn als sich sein Mund auf meine Mitte legte, sah ich Sterne.

»Ach du …«, kam es aus mir heraus, als er die Hände um meine Beine legte, sie so festhielt und mich mit seinem Mund verwöhnte.

Der Orgasmus in der Dusche war nichts im Vergleich zu dem, der jetzt über mich hereinbrach. Er stöhnte, als ich über den Punkt hinausschoss und mir wurde kurz schwarz vor Augen. Doch er machte weiter, so lange bis ich nur noch schnaufend dalag, die Augen geschlossen und mit einem Schlagzeug spielenden Herzen in mir. Wenn dies schon wie Schweben war, wie musste es sich anfühlen, mit ihm zu schlafen. Ich war bereit, es rauszufinden. Als ich die Augen wieder öffnete, sah ich wie Luce' Gesicht auf meinen Oberschenkel gebettet war und er mich betrachtete. In seinen Augen las ich nur Begierde.

»Du bist unglaublich heiß und wunderschön, Kat

Mason.«

Ich lächelte, etwas anderes bekam ich nicht zustande. Er kam zu mir hoch und nahm mich in seine Arme. Mein Gesicht lag auf seiner Brust, die sich schnell hob und senkte. Auch er war erregt.

Ich sah auf und sein Blick fand meinen.

»Alles okay bei dir?«, fragte er.

»Ja, danke der Nachfrage.«

»Das war unglaublich, Luce«, fügte ich ernster hinzu.

»Für mich auch, Engelchen.«

Lächelnd sah ich ihn an, dann begann ich meine Position zu ändern, sodass ich auf seiner nackten Brust Küsse verteilen konnte. Meine Lippen strichen über die harte Haut und meine Finger über den leichten Flaum, der über seinem Bauch wuchs und in seiner Jeans verschwand. Doch als meine Hand sich an seinem Gürtel zu schaffen machen wollte, hielt er mich davon ab. Verwirrt sah ich zu ihm auf und war überrascht, als mich ein kalter Blick traf.

»Kat, ich …«

»Was ist?«, fragte ich.

Er legte die Stirn in Falten. »Lass mich dich einfach in den Armen halten.«

»Aber …« Ich sah auf seinen Schritt und die unübersehbare Beule in seiner Hose.

»Ich bin nicht wichtig, Kat.«

Jetzt war es an mir, die Stirn zu runzeln.

»Du bist erregt, ich sehe das doch.«

»Das ist nicht schlimm«, meinte er und seine Hand

legte sich um meinen Oberarm, um mich wieder hoch-
zuschieben. Doch ich löste mich von ihm und öffnete
stattdessen den Gürtel seiner Hose.

»Kat«, stoppte er mich wieder.

»Sag mir einen Grund. In der Dusche habe ich dich
auch berührt.«

Er sah mich gequält an. »Das war was anderes. Da
hatte ich mich nicht unter Kontrolle.«

»Dann hör auf, dich jetzt unter Kontrolle zu haben.«

Überrascht hob er die Augenbrauen und als ich erneut
begann, seine Hose zu öffnen, hielt er mich nicht davon
ab. Ich schob ihm die schwarze Jeans über die Beine
und wieder trug er nichts darunter. Mein Blick fiel auf
seine Mitte und ich schluckte. War er in der Dusche
auch schon so groß gewesen? Wie sollte er in mich rein-
passen?

»Was denkst du, Kat?«

Ich sah hinauf zu Luce, der nur dalag, seine grauen
Augen fest auf mein Gesicht gerichtet.

»Du bist groß.«

Wieder hob er erstaunt die Augenbrauen und ein kleines Lächeln stahl sich auf seine Lippen.

»Mach dir keine Sorgen darüber, Engelchen. Sollte es
so weit kommen, bereiten wir dich dafür vor.«

Ich sah ihn fragend an.

»Ein bisschen mehr von dem eben.«

»Oh«, entfuhr es mir und wieder begann es, auf meiner
Haut zu kribbeln.

Doch er war dran. Ohne weiter darüber nachzudenken, legte ich meine Hand um ihn und begann ihn zu streicheln. Er fühlte sich weich an und etwas rau. Alles in allem fühlte er sich gut an in meiner Hand.

Ich fand einen Rhythmus, der mir angemessen vorkam, bis Luce plötzlich ein tiefes Stöhnen ausstieß. Ich fuhr erschrocken auf und sah, wie er das Gesicht verzerrt und die Augen geschlossen hatte.

»Entschuldige.«

Seine Augen öffneten sich und glühendes Grau traf mich. »Du hast nichts getan. Alles ist gut, Kat, im Gegenteil, bitte du musst jetzt weitermachen, bitte.«

Ich begann zu grinsen und mit neuem Mut, da ich meine Sache gar nicht so schlecht machte, fuhr ich fort.

Ich strich auf und ab, verweilte an der Spitze, um dann wieder hinabzustreichen. Plötzlich legte sich Luce' Hand um meinen Arm.

»Wenn du jetzt weitermachst, werde ich kommen«, stieß er abgehackt aus.

Ich sah ihn an und machte weiter.

Ich streichelte ihn noch ein paar Mal. Ein Mal. Zwei Mal. Dann begann er in meiner Hand zu zucken und Luce stieß einen grollenden Laut aus, während er sich stoßartig ergoss.

»Fuck.« Fasziniert beobachtete ich, was ich hervorgebracht hatte und sah dann dabei zu, wie Luce wild atmend dalag und um Luft rang. Ich hatte meine Sache gut gemacht.

Es dauerte ein paar Sekunden, bis er sich wieder unter Kontrolle hatte. Dann öffneten sich die Sturmaugen und zogen mich wieder in ihren Bann. Er sah an mir hinab und ein Fluch lag auf seinen Lippen.

So schnell, dass ich es nicht kommen gesehen hatte, war er aufgesprungen und aus dem Zimmer gestürmt. Verdutzt sah ich ihm hinterher.

Als er wiederkam, stellte er sich vors Bett und hielt mir ein nasses Handtuch hin.

»Wasch dich«, sagte er und ich nahm ihm das Tuch ab, um mich zu säubern. Dabei sah ich ihn an. Er war ein wirklich riesiger Mann und als er so vor mir stand, kam es mir vor, als wäre er ein Berg.

Als ich sauber war, nahm er mir das Handtuch wieder ab, legte es zur Seite und kam zurück ins Bett. Er kroch unter die Decke und zog mich in seine Arme.

Ich schmiegte meinen Kopf an seine Brust und lächelte. Das fühlte sich gut an.

»Das war der Wahnsinn, Kat.«

»War es das?«, fragte ich und seine Brust vibrierte unter mir, als er lachte.

»Das war unglaublich.«

»Für mich auch. Aber ich bin immer noch Jungfrau.«

Wieder lachte er. »Ja, aber um ein paar Erfahrungen reicher, würde ich sagen.«

»Ja schon, aber …«

Er unterbrach mich, indem er mir tief in die Augen sah.

»Nein, sei nicht so ungeduldig. Wir haben schon mehr gemacht, als ich heute gewollt habe.«

Ich sah ihn verwirrt an. Er hatte mit so vielen Frauen

geschlafen und mit mir machte er so eine große Sache daraus?

»Erzählst du mir den Grund, warum ich dich nicht berühren durfte?«, fragte ich und er legte die Stirn in Falten. »Bitte.«

Ein Seufzen glitt ihm über die Lippen und er schloss die Augen. »Ich habe mit vielen Frauen geschlafen, Kat.«

Mein Herz tat weh, unwillkürlich fühlte ich mich nackt. Doch ich riss mich zusammen, ich wollte es ja so.

»Früher schon, doch seit dem Tod meines Dads und dem Knast wurde es zu einer Art Sucht. Doch es war eher ein Gefühl des Besitzenwollens, als dass ich Freude daran gehabt hätte.«

Er öffnete die Augen und sah mich aufrichtig und ein bisschen traurig an. »Verstehst du ein bisschen?«

»Du wolltest nicht allein sein?«

Er seufzte wieder. »Immer wenn ich eine Frau mitgenommen habe, hatte ich für diese Stunden die Macht, sie zu besitzen. Ich hatte die Kontrolle über das, was passierte. Das hatte ich in der restlichen Zeit meines Lebens nicht.«

»Okay«, ich flüsterte nur noch. »Aber warum ist das jetzt mit mir anders?«

Er schüttelte den Kopf. »Ich weiß es nicht. Vielleicht, weil du unschuldig bist. Bei dir muss ich die Kontrolle abgeben. Du musst die Kontrolle über das haben, was hier passiert. Weil ich nicht zu weit gehen werde. Nur wenn du es möchtest.«

»Aber du wolltest nicht von mir so berührt werden, wie ich es von dir erfahren hab.«

»Doch, Kat. Ich wollte. Es gibt einen großen Unterschied zu dem, was wir getan haben und dem Sex, den ich die ganzen Jahre über hatte.«

»Und welchen?«

»Es ging nicht um mein Vergnügen. Es ging mir nicht darum, zum Orgasmus zu kommen. Falls es mal so weit gekommen ist, dann weil ich es nötig hatte. Ich wollte es jedoch nie wirklich. Ich kannte die Frauen nicht. Ich wusste nicht, wie sie heißen, was sie machten oder von wo sie kamen. Ich wollte sie nur für diese Sache und dann waren sie vergessen. Bei dir ist es anders. Ich möchte jeden Winkel deines Körpers erkunden, ich möchte alles von dir hören, deine Ziele, deine Träume und deine Ängste.«

Er sah mich an und ich begann zu lächeln. Es war zwar irgendwie merkwürdig, das zu sagen, doch es war wieder ein Schritt nach vorn.

»Erklärst du mir deine Tattoos?«, fragte ich, um die Stimmung aufzuhellen.

Ich setzte mich auf, lehnte mich über seinen Körper und griff nach seinem schwarzen T-Shirt. Er schob schmollend die Unterlippe vor, als ich mir sein Shirt überstreifte. Ich ging in den Schneidersitz und auch er richtete sich im Bett auf.

»Welches zuerst?«

Mein Blick glitt über seinen Körper. Ich berührte seinen Arm. Meine Finger streiften die komplett bemalte Haut.

»Ich habe damit angefangen. Mein linker Arm. Die Totenköpfe stehen logischerweise für den Tod. Sie sollen mir sagen, wie schnell das Leben vorbei sein kann. Umrandet habe ich sie mit den Rosen und den Blättern, das bedeutet, dass der Tod manchmal auch etwas Schönes sein kann.« Er drehte seinen Arm, sodass nun die Innenseite vor mir lag. Darauf erstreckte sich ein schwarzer Baum, dessen kahle Äste an seinem Arm hochwuchsen.

»Dies ist für mich so was wie mein Lebensbaum.«

»Er ist wie ausgestorben.«

»So sehe ich mein Inneres, Kat. Ich fühle mich innerlich nicht mehr richtig am Leben. Ich habe versucht da rauszukommen, allerdings fiel mir das ziemlich schwer. Jeden Tag, jede Stunde wurde es schlimmer und ich fühlte mich wie ein Baum, der nicht mehr genügend Nährstoffe bekommt, um zu erblühen. Meine Äste sind verdorrt.«

Ich schluckte den Kloß hinunter, der sich in meiner Kehle gebildet hatte.

Ich strich weiter nach oben, zu dem Songtext.

»Das ist aus *Breaking the Habit* von *Linkin Park*«, erklärte er. Dort stand:

I don't want to be the one
The battles always choose
‚Cause inside I realize
That I'm the one confused

Ich will nicht derjenige sein
Der den Ärger magisch anzieht
Denn tief im Inneren begreife ich
Dass ich der bin, der durcheinander ist

Ich nickte und strich dann über die zwei Schwalben, die seinen Bauch hochflogen.

»Die sind für Lucy. Weil sie mich immer wieder zum Fliegen bringt, auch wenn ich denke, meine Flügel sind gebrochen.«

»Sie ist dir sehr wichtig, oder?«

Seine grauen Augen wurden dunkel und doch sah ich die Liebe zu seiner Schwester darin.

»Ja, sie ist alles für mich.«

»Wen heiratet sie?«

»Jacob Nass, er ist ein erfolgreicher Banker oder so was. Ich kann ihn nicht ausstehen. Früher, nach dem Tod unseres Vaters, haben wir immer gesagt, wir würden niemals ein solches Leben führen, aus dem meine Mom immer ausbrechen wollte.«

»Aber wird Lucy solch ein Leben leben?«

»Er ist reich, aus gutem Hause, hat einen tollen Job und ist fünf Jahre älter als sie. Sie wird dasselbe Leben führen. Aber ich werde mich nicht einmischen. Sie erklärte mir mal, wie sehr sie ihn liebt. Wie soll ich sie dann davon abhalten?«

»Lerne ich sie mal kennen?«

Luce lachte. »Hast du doch schon.«

»Ja, aber ich meine richtig.«

»Klar, sie wird außer sich sein, wenn ich ihr erzähle, dass ich es versuche mit dem ganzen Beziehungskram.«

Meine Augen wurden groß. Beziehung? Waren wir in einer Beziehung? Wenn ich jemanden von ihm erzählen würde, sollte ich ihn als meinen Freund darstellen?

»Sind wir in einer?«, fragte ich.

Er sah mich verdutzt an. »Ich denke schon, nennt man so was nicht so?«

»Doch, aber …«

»Bitte, gib mir die Chance dir zu zeigen, dass ich es schaffe.«

»Ja, Luce, du hast die Chance.«

Er lächelte mich an und ich fuhr fort mit meiner Erkundungstour. Ich zeigte auf die Gitarre auf seiner rechten Seite.

»Für meinen Dad.« Mehr musste er nicht sagen. Es war eine schön gestochene Tätowierung. Der Kopf der Gitarre reichte bis zu seinem Hals hinauf.

Ich sah auf das Tattoo auf seiner Brust, das mit dem Skorpion, und ich spürte seinen Blick auf mir.

»Dies ist ein Bandentattoo aus dem Knast. Ich wurde gezwungen, es mir stechen zu lassen. Es hat keinerlei Bedeutung, nur dass es mich an diese Zeit immer wieder erinnert.«

Ich schluckte und sah auf. Die Qual war in jedem Winkel seiner Augen präsent. Ich drückte ihm einen Kuss auf die Lippen, den er bereitwillig erwiderte.

»Fehlt noch das auf deinem Oberschenkel.«

Er lachte. »Ein Löwenkopf. Als Zeichen von Stärke, willst du es sehen?«

Ich nickte und er schlug die Bettdecke zur Seite. Doch ich sah nicht den Löwenkopf. Wissend grinsend, schnappte Luce mich und drehte mich so, dass ich unter ihm lag und ihm direkt in die Sturmaugen sehen konnte.

Dann legten sich seine Lippen erneut auf meine.

Ich musste eingeschlafen sein, denn als ich die Augen öffnete, war es dunkel im Zimmer und ich lag eingerollt unter Luce' Bettdecke. Ich streckte die Hand aus, um ihn zu berühren, doch ertastete nur eine leere Betthälfte. Leicht benommen durch den kurzen Schlaf, den ich hatte, richtete ich mich auf. Ich sah mich im dunklen Raum um, doch entdeckte Luce nicht. Daher schlug ich die Bettdecke zur Seite und stieg aus dem Bett. Kälte empfing meine nackten Beine, doch ich kümmerte mich nicht darum. Mein Körper fühlte sich anders an. Reifer und empfindlicher. Ich kicherte vor mich hin, ohne dass ich es aufhalten konnte. Was Luce mit mir getan hatte, war mehr als ich mir jemals vorgestellt hatte. Ich zog die Tür auf und betrat den dunklen Flur. Lauschend machte ich ein paar Schritte vorwärts, bevor ich leise Klänge aus dem Wohnzimmer vernahm. Ich ging auf die Tür zu und drückte sie vorsichtig auf, denn sie war nur angelehnt.

Luce saß auf dem Boden, den Blick aus dem Fenster gerichtet und spielte leise auf einer schwarzen Gitarre. Ich trat einen Schritt vorwärts. Ich wollte ihn nicht erschrecken, also ging ich etwas näher.

»Luce?«

Er hob den Kopf ruckartig und sah in meine Richtung. Doch es dauerte einige Sekunden, bis er mich erkannte. Wo auch immer er gerade war, er war unsanft dort herausgerissen worden.

»Du spielst?«, fragte ich und er nickte.

»Ich wollte wissen, wie es sich anfühlt und so kam ich meinem Vater etwas näher.«

Langsam ging ich weiter auf ihn zu und hockte mich zu ihm. Doch er fing mich ab, bevor ich auch nur mit meinen nackten Beinen den kalten Boden berühren konnte. Er zog mich auf seinen Schoß und legte die Gitarre beiseite.

Unsere Gesichter befanden sich auf einer Höhe und ich prägte mir jeden Winkel ein. Zart strich ich über die Kerbe in seiner Augenbraue und über die leicht stoppelige Wange. Ein Sturm tobte in seinen Augen, doch er sah mich trotzdem ruhig an.

»Die Musik hilft mir immer ein wenig, die Gedanken zum Schweigen zu bringen.«

»Verstehe.«

»Du solltest zurück ins Bett gehen«, meinte er.

Doch ich schüttelte den Kopf. »Ich bin nicht müde.«

»Bist du wohl.«

»Kannst du nicht schlafen?«, fragte ich, ohne darauf einzugehen.

»Ich schlafe nicht sehr viel.«

»Danke für dieses tolle erste Date, Luce.«

Jetzt bildete sich ein Lächeln auf seinem Gesicht. »Immer.«

»Und danke, dass du so offen warst.«

Sein Blick hielt meinem stand. »Ja, es war schwer und nicht mal ansatzweise alles. Aber ein Anfang.«

Der Kuss, den er mir gab, war wie ein Versprechen, dass dies kein einmaliger Abend war. Dass dies nur der Anfang von etwas war, was wir beide nicht hatten kommen sehen.

Das Geräusch eines Schlüssels, der im Schloss gedreht wurde, ließ uns auseinanderfahren.

Ich sah Luce fragend an und dieser grinste.

»Danny«, flüsterte er und ich nickte, als mir einfiel, dass Danny ja auch hier wohnte.

Er erhob sich mit mir und ich sah etwas unsicher auf mein Outfit und Luce, der nur mit einer Schlafhose bekleidet war.

Doch es war zu spät, die Tür hatte sich geöffnet und Danny erschien im Zimmer. Er sah fertig aus, als wäre er die Nacht durchgefahren, was vermutlich auch stimmte. Seine braunen Haare waren unter einem Cap verschwunden und seine Augen schauten müde auf uns.

»Hi.«

»Hey Bro.«

Luce ging auf Danny zu und nahm ihm die Tasche ab. Er stellte sie neben das Sofa und holte dann eine Tüte daraus hervor. Derweil sah mich Danny unentwegt an. Ich wusste nicht, was er über diese Sache dachte. Doch ich hoffte, dass er es verstehen würde.

»Ich wusste es doch. Hier …«

Luce hielt mir eine Tupperdose hin und ich ging näher auf die beiden Jungs zu, um zu sehen, was sich darin befand.

»Das sind die besten Cookies auf der Welt. Dannys Mom ist Meisterin darin.«

Ich nahm mir einen Cookie und lächelte Danny an.

Er lächelte zaghaft zurück.

»Ich soll dich schön grüßen.« Jetzt sah er Luce an und dieser versteifte sich sofort. »Sie vermisst dich.«

Er nickte und griff dann nach meiner Hand. »Wir sollten wieder ins Bett gehen. Wir reden morgen früh, Dan.«

»Ja, gute Nacht euch beiden.«

Ich lächelte Danny wieder an. »Danke für den Cookie.«

Dann ließ ich mich von Luce in sein Zimmer und in sein Bett führen.

KAPITEL 23
Kat

»Los, raus mit der Sprache!« Emmas Stimme ließ mich von meinem Milchschaum auf meinem Cappuccino aufsehen.

»Es war schön.«

»Nur schön?«

»Mehr als das. Es war unbeschreiblich.«

»Seid ihr jetzt ein Paar?«, fragte nun auch Bene, der mit uns am Tisch saß und ebenfalls die Augen aufgerissen hatte.

»Nein«, murmelte ich und nahm einen Schluck von meinem lauwarmen Kaffee.

Luce hatte mich heute Morgen, wie er es versprochen hatte, wohlbehütet und voller Unschuld, im Wohnheim abgesetzt und war dann gefahren. Ohne ein Wort, wie es nun weiterging. Wann würden wir uns wiedersehen? Würden wir das überhaupt? Waren wir ein Paar? Mein Kopf tat schon weh vor lauter Denken.

»Doch, Katty.«

Ich sah Emma an und schüttelte den Kopf. »Mit so jemandem wie Luce ist man nicht einfach so ein Pärchen.«

»Ich hab bemerkt, wie er dich angesehen hat. Er steht auf dich.«

Ich dachte daran zurück, wie Luce mir diese Zuneigung gezeigt hatte. Ich hatte gestern Abend keinen Zweifel daran gehabt. Doch nun hatten wir Abstand zwischen uns gebracht und mein Kopf machte sich viel zu viele Gedanken.

»Hat er sich denn heute schon gemeldet?«, fragte Bene und mein Blick fiel auf mein Handy, doch es zeigte keine neuen Nachrichten an.

»Nein.« Ich hasste die winzig kleine Nuance Traurigkeit in meiner Stimme.

»Das kommt noch. Es ist doch erst ein paar Stunden her«, tröstete mich meine Freundin.

»Das Dating-Gesetz sagt, meldet sich der Kerl nicht innerhalb der nächsten zwölf Stunden, war es für ihn nicht so gut wie behauptet.«

Emmas Faust flog mit solch einer Wucht auf Benes Oberarm, dass ich vor Schreck unwillkürlich zusammenzuckte.

»Sag das noch mal und ich zerschneide alle deine Bandshirts.«

Mit aufgerissenen Augen rieb sich Bene den Oberarm, dann sah er mich mitfühlend an.

»Das war nicht so gemeint, Schätzchen. Wer hört schon auf solch einen Mist.«

Ich lächelte gequält. Wenn ich auf solche selbstauferlegten Gesetze hören würde, hatte ich noch genau vier Stunden Zeit, um nicht aus dem Dating-Gesetz zu fallen.

»Vielleicht sollte ich ihm schreiben?«

Jetzt sahen mich zwei Augenpaare misstrauisch an.

»Nein. Das hast du nicht nötig. Er ist am Zug.«

»Ich finde dieses am Zug sein albern. Vielleicht ist er

auch unsicher und wartet, dass ich etwas unternehme.«

»Nein, Katty, wehe du schreibst ihm. Ich mein das ernst. Ich nehme dir sonst das Telefon weg.«

Ich bezweifelte nicht, dass Emma das wirklich tun würde.

Also beschlossen wir, das Thema zu wechseln, um mich davon abzulenken, doch es gelang mir nur schwer. Wenn es jetzt schon so nervenaufreibend war, etwas mit Luce anzufangen, wie wäre es erst, wenn es noch tiefer und intensiver werden würde.

Ich raufte mir die Haare, verbannte das Handy jedoch wie von Emma befohlen tief in meiner Handtasche.

Es war schon ziemlich spät, als ich schließlich nach einer viel zu langen Schicht im »White Heaven« meine Wohnheimtür aufstieß. Meine Füße schmerzten und ich freute mich einfach nur auf mein Bett. Ich streifte meine Stiefel ab und ließ mich im Schneidersitz darauf nieder. Emma würde heute nicht mehr nach Hause kommen. Bene und sie hatten die Chance, einer richtigen Nachtschicht in einem Krankenhaus beizuwohnen. Sie wäre vor morgen früh nicht wieder da.

Kaum wurde es ruhig um mich, schwirrten meine Gedanken zurück zu Luce. Zwölf Stunden waren lange verstrichen. Bedeutete es nun das, was Bene gemeint hatte? Seufzend und ohne eine Hoffnung, dass sich auf meinem Handy etwas getan hatte, griff ich nach meiner Tasche und kramte es daraus hervor.

Sturmauge (1)

Mein Herz schlug in diesem Moment wie eine Rakete in den Himmel, als ich die schwarze Eins auf meinem Telefon sah. Die Nachricht war noch nicht sehr alt, doch er hatte mir geschrieben. Mit zittrigen Finger öffnete ich sie.

Ist das ein Wettbewerb, wer es als Erstes nicht mehr aushält?

Ich merkte erst, dass ich die Luft angehalten hatte, als meine Brust zu schmerzen begann. Ich lächelte ein so breites Grinsen, dass es mir selbst albern vorkam.

Du hast verloren, schrieb ich zurück.

Nur weil du dich nicht getraut hast.

Die Antwort kam so schnell, dass ich vor Freude fast gequietscht hätte.

Laut Benes Dating-Gesetz muss sich der Mann innerhalb von zwölf Stunden gemeldet haben.

Sonst passiert was? Er wird vom lieben Gott dahingerafft?

Ich musste lachen.

So schlimm nicht, nein. Aber es sagt der Frau, dass der Mann es nicht für gut befunden hat, was zwischen ihnen passiert ist.

Denkst du das auch?

Sollte ich?

Dein Freund Bene ist nicht sehr schlau, wenn er auf so etwas hört.

Es störte mich etwas, dass er auf meine Frage nicht geantwortet hatte. Fand er wirklich nicht so gut, was zwischen uns geschehen war? Hatte er, jetzt da er etwas Abstand zwischen die Dinge gebracht hatte, es sich anders überlegt?

Es gibt viele, die daran glauben …

Ich schickte die Nachricht gerade ab, als es an meiner Tür klopfte. Verdutzt sah ich auf und legte das Telefon zur Seite.

Als ich nur auf Socken über den Holzboden ging, überschlugen sich meine Gedanken. Mit steifen Fingern öffnete ich die Tür und wurde von einem umwerfenden Grinsen begrüßt.

»Was tust du hier?«, fragte ich automatisch, saugte jedoch so schnell wie möglich so viel Luce in mich auf, wie ich konnte.

Seine Haare standen wieder wild von seinem Kopf ab. Die Kratzer auf seiner Wange waren schon etwas verheilt und sahen nicht mehr allzu schlimm aus. Doch das Lächeln auf seinen Lippen brachte mich um.

»Dich von dieser gequirlten Scheiße abbringen, die du da schreibst.«

Ich sah ihn verdutzt an, doch da trat er einen Schritt vor und legte seine Lippen auf meine. Dies war der Moment, wo ich alles um mich herum vergaß. Ich vergaß sogar die aufreibenden Stunden, die hinter mir lagen, die ich damit verbracht hatte zu überlegen, ob er sich wohl melden würde oder nicht. Dies hier sagte mehr als jede Nachricht.

Er schob mich nach hinten und schloss die Tür hinter sich. Dann ließ er von mir ab und holte sein Handy aus seiner Hosentasche. Er öffnete meine Nachricht und verzog das Gesicht.

»Ich glaube nicht an solch einen Scheiß und du …«, er

wies mit dem Zeigefinger direkt auf meine Stirn, »... ab heute auch nicht mehr.«

Ich senkte den Blick. »Ich war verunsichert.«

»Ich auch. Noch schlimmer, ich habe ne Scheißangst, dass ich es nicht hinbekomme. Trotzdem bin ich hier. Zwar nicht in den angegebenen zwölf Stunden, doch ich bin hier.«

Ich lächelte ganz leicht und sah in die Sturmaugen, die wirklich etwas Angst ausdrückten.

»Das ist das, was zählt.«

Er nickte und legte die Hände auf meine Schultern. »Wie war dein Tag?«

»In Ordnung und deiner?«

Er zuckte nur mit den Schultern.

»Was hast du gemacht?«

Wieder nur ein Zucken.

»Nicht viel. Zeug halt.«

Ich nickte. Er wollte nicht reden. Stattdessen trat ich einen Schritt auf ihn zu und grinste.

»Und was sind deine Pläne für heute Abend?«

Das Grau seiner Augen begann zu glühen. »Das kommt drauf an.«

Ich sah ihn fragend an. »Auf was?«

»Wo ist Emma und wann kommt sie wieder?«

»Sie wird erst morgen früh wieder hier sein.«

Das Grinsen auf seinem Gesicht ließ mich schwerer atmen.

»Musik in meinen Ohren«, brachte er hervor und schob mich gleichzeitig nach hinten.

Meine Beine stießen an die Bettkante und ich wollte mich niedersetzen, doch er hielt mich davon ab. Ich sah zu ihm auf. Wenn wir direkt voreinander standen, wurde mir seine Größe am meisten bewusst.

Luce' graue Augen lagen auf meinem Gesicht, während seine Hände von meinen Hüften hinaufstrichen. Seine Finger glitten unter mein Longsleeve und zogen es mir mit einer schnellen Bewegung über den Kopf.

Nun glitt sein Blick über die weiße Haut, die er befreit hatte. Kälte streifte mich, erregte mich jedoch umso mehr. Seine Finger fuhren leicht über meine Oberarme, hinunter über den Bauch und hielten dann am Knopf meiner Jeans.

Auch diese zog er mir aus, sodass ich nur in Unterwäsche vor ihm stand, während er noch vollständig bekleidet war. Gott, ich wünschte mir, die bemalte Haut zu sehen und sie zu berühren.

Ein Lächeln erschien auf seinem Gesicht, als er auch meinen BH auszog.

»Du bist wunderschön, Engelchen«, murmelte er leise und hielt mich von einer Antwort ab, indem er begann mich zu küssen. Seine Arme griffen um mich und als wäre ich leicht wie eine Feder, hob er mich hoch, sodass sich unsere Gesichter auf gleicher Höhe befanden. Er küsste mich wieder und legte sich mit mir in mein Bett, sodass er über mir schwebte. Noch einmal drückte er einen Kuss auf meine Lippen, bevor er erneut aufstand. Verdutzt sah ich ihm hinterher, doch er verharrte vor dem Bett und blickte auf mich herab. Eigentlich sollte ich mich unwohl fühlen, wenn jemand alles von mir anstarrte und ich keine Chance hatte, etwas zu verstecken. Doch es war Luce und in seinen Augen las ich nur Begierde.

Dann zog er sich das T-Shirt über den Kopf und mit einer weiteren schnellen Handbewegung die Stiefel und die Hose aus.

Diesmal trug er eine knappe, enge Boxershorts, die jedoch wenig der Fantasie überließ. Meine Kehle wurde trocken und ich versuchte, die Aufregung runterzuschlucken.

»Du trägst ja Unterwäsche«, sagte ich lachend und auch er grinste.

»Nur zu deinem Besten. Eigentlich hasse ich diese Dinger.«

»Und warum tust du es dann?«

Er senkte den Blick. »Du sollst dich nicht bedrängt fühlen, Kat.«

»Vielleicht möchte ich das aber.«

Er hob den Kopf und lächelte mich an. Mein Blick fuhr an seinem Körper hinab, über die bemalten Arme, über seine muskulöse Brust.

»Ist es unmännlich, wenn ich sagen würde, dass ich dich auch schön finde?«

Die Sturmaugen loderten auf, doch er begann laut zu lachen.

»Ein wenig schon, Engelchen, aber ich höre es trotzdem gerne, dass dich mein Körper anmacht.«

»Ich bin nicht gut im Dirty Talk«, gab ich zu und sein

Grinsen verschwand. Stattdessen kam er zurück zu mir aufs Bett und legte sich neben mich. Sein Gesicht schwebte über meinem, sein Bein schob sich zwischen meine, sodass ich sein Gewicht auf mir spürte.

»Du bist heiß, so wie du bist. Und deine mangelhafte dirty Aussprache macht dich umso schmutziger.«

Ich wurde rot und er sah erfreut aus.

»Diese Farbe ist wie eine Belohnung für mich.« Er fing an, meinen Körper zu küssen. Er begann an meiner Schulter, hinunter zu meinem Bauch und dann wieder hoch, damit er sich um meine Brüste kümmern konnte. Ich genoss jede Sekunde davon.

Doch ich wollte ihn auch berühren, seit dem letzten Mal, als Luce in meiner Hand zum Höhepunkt gekommen war, konnte ich an nichts anderes mehr denken. Ich wollte es noch einmal sehen. Die Kontrolle, die in seinem Gesicht stets präsent war, hatte er in diesem Moment verloren. Ich wollte das wieder schaffen. Daher legte ich ihm die Hand auf den Kopf und er sah zu mir auf. Fragend schauten die grauen Augen mich an, doch ich grinste nur und wand mich unter ihm hervor. Er rutschte zur Seite und Besorgnis flutete seine Iriden. Ich schüttelte frustriert den Kopf.

»Alles ist gut, Luce. Ich möchte dich nur berühren.«

Das ließ ihn für eine Sekunde schweigen und er sah mich etwas verwirrt an. »Warum?«

»Ist das wirklich dein Ernst?«

Zu meinem Entsetzen nickte er. Ohne darauf einzugehen, schob ich mich über ihn und schwang die Beine über seine Mitte, sodass ich auf ihm zu sitzen kam. Mit angespannter Miene sah mir Luce ins Gesicht. Seine Brust hob und senkte sich in schnellem Rhythmus.

Um diesen harten Gesichtsausdruck verschwinden zu lassen, beugte ich mich vor und legte die Lippen auf seine.

Erst spürte ich seine Anspannung in jeder Bewegung, doch je länger wir uns küssten, umso ruhiger wurde er. Meine Zunge schob sich vor, um mit seiner zu tanzen und ihm entfuhr ein leises Stöhnen, als ich an seiner Unterlippe saugte. Doch da ich ja ein anderes Ziel hatte, wanderte ich mit meinen Lippen tiefer. Langsam glitt ich an seinem Hals hinab, verteilte Küsse auf seinem Schlüsselbein, über seine Brust hinweg und ließ dann meine Zunge um seinen Bauchnabel kreisen. Als ich am Bund seiner Boxershorts ankam und meine Finger begannen, diese herunterzuziehen, griffen zwei Hände fest um meine Handgelenke. Verwundert sah ich auf und erschrak bei dem Gesichtsausdruck, den Luce nun trug.

»Nein.«

Dies war das Einzige, was er sagte. Wir starrten uns an. Unfähig etwas zu sagen, saß ich da. Diese Stimme war unglaublich kühl und hart, sodass sich meine Härchen auf dem Arm aufstellten.

»Luce«, begann ich und das ließ ihn aus seiner Starre erwachen. Er schob mich etwas unsanft von sich herunter und stand auf. Ohne ein Wort zu sagen, begann er sich anzuziehen. Verunsichert und erschrocken zog ich mir meine Decke um den Körper, um meine Blöße, die mir nun sehr bewusst wurde, zu bedecken.

Als er in seine Stiefel stieg, traf mich sein Blick und es war wie am ersten Tag am Kaffeestand. Wie eine Fremde sah er mich an. Angewidert und voller Abscheu lagen die Sturmaugen auf meinem Gesicht.

»Luce, ich wollte dich nicht …«

Er sah weg, einfach so. Dann drehte er sich um und verließ das Zimmer.

KAPITEL 24

Luce

Ich bekam keine Luft, als ich endlich den Parkplatz des Unigeländes erreichte und hinter das Steuer meines Wagens glitt. Ich ließ die Tür offen, um frische Luft hereinzulassen. Meine Stirn sank auf das Lenkrad des Camaros. Weit hinten in meinem Kopf erschienen die großen grünen Augen, die mich erschrocken ansahen. Ich wusste, dass ich nicht hätte so gehen dürfen, doch über das schöne Gesicht von Kat schoben sich Bilder, die ich gehofft hatte, niemals wieder sehen zu müssen. Das Gefühl, das mich überkommen hatte, als Kat sich auf mich gesetzt hatte, war damit vergleichbar, in einem Käfig eingepfercht zu werden. Es ging mir nicht darum, dass sie mich mit dem Mund verwöhnen wollte, ich hatte in meinem Leben schon viele Blowjobs bekommen, doch immer, jedes einzelne Mal, hatte ich noch die Kontrolle besessen. Entweder saß ich oder ich stand. Die Frauen knieten vor mir. Seit dem grauen Tag vor so vielen Monaten hatte niemals wieder eine Frau auf mir gesessen. Mein Herz schlug so heftig in meiner Brust, dass es in meinen Ohren widerhallte. Wieder sah ich die Gestalt, die damals in meine Gefängniszelle gekommen war. Zu real wurde das Bild in meinem Kopf sichtbar und viel zu echt waren die Gefühle, die es in mir hervorbrachte. Übelkeit stieg in mir auf und ich schaffte es gerade noch aus dem Auto, bevor ich mich auf dem Unigelände erbrach. Ich war verkorkst, bis tief ins Mark.

Diese Sache zwischen Kat und mir war so falsch, wie es nur ging. Ich musste zurück, um mich zu entschuldigen. Aber wie sollte ich das erklären? Ich war nicht bereit, über die Dinge zu sprechen, die mir im Gefängnis angetan wurden. Ich würde höchstwahrscheinlich niemals bereit dafür sein. Doch ich sollte ihr sagen, dass es nicht an ihr liegt. Dass ich das verdammte Problem bin. Stattdessen setzte ich mich zurück ins Auto, schloss die Tür und zog mein Handy aus der Jacke.

Nach dem zweiten Klingeln meldete sich Dannys verschlafende Stimme. »Hey Bro«, kam es aus dem Handy und ich schloss die Augen. »Luce?«, fragte er nach, als ich nicht antwortete.

»Ich glaub, ich hab es so richtig verkackt.«

Einen Moment wurde es ruhig am anderen Ende der Leitung, dann seufzte Danny. »Hast du Lust auf ein Bier?«

»Ja, ich komme nach Hause.«

»Ich stelle das Bier kalt.«

Wir legten auf und ich startete den röhrenden Motor des Camaros. Dann ließ ich die NYU hinter mir und somit auch Kat.

Wie in einer anderen Welt sah ich zu, wie Barney Stinson, Ted Mosby einer Frau vorstellte und sich dann verzog. Beinahe in Trance starrte ich auf unseren Flatscreen, ohne wirklich genau hinzusehen. Mein Bier hatte ich in zwei großen Zügen runtergekippt und nun würgte ich die leere Flasche in meiner Faust. Ich spürte erst, wie fest ich zudrückte, als Danny versuchte, sie mir aus der Hand zu nehmen. Er ersetzte die leere Flasche gegen eine volle. Auch dieser Inhalt blieb nicht lange in der Flasche. Ich fühlte mich so beschissen wie schon lange nicht mehr. Immer wieder vermischten sich die Bilder meiner Vergangenheit mit dem Ausdruck auf dem schönen Gesicht von Kat.

»Was ist passiert, Luce? Rede mit mir!«

Dannys Stimme ließ mich zusammenfahren. Mein Blick glitt zur Seite und ich las Besorgnis in den Augen meines besten Freundes. Er wusste so viel von mir. Er kannte jede hässliche Narbe und doch saß er immer wieder hier mit mir und hörte sich alles an. Ließ mich nie im Stich, obwohl ich die meiste Zeit einfach nur hässlich zu ihm war.

»Tut mir leid, ich bin ein richtig mieser Freund«, sagte ich zu ihm und er hob verdutzt die Augenbrauen.

»Warum sagst du so was?«

»Weil ich ein Arschloch bin. Ich bin immer hässlich zu den Leuten, die ich mag. Wie kannst du immer noch mein Freund sein?« Ich meinte es ernst. Ich ertrug meine Anwesenheit kaum selbst, wie zur Hölle machte er es dann?

»Ich liebe dich wie einen Bruder, Luce. Nein, du bist mein Bruder. Durch dick und dünn, für immer, weißt du doch.«

Ich lachte kalt auf. Damals nach der Schule hatten wir uns geschworen, dass wir immer Freunde bleiben würden, egal was mit uns geschah. Ich hatte es ab da so richtig verbockt.

»Was ist passiert heute?«

»Sie hat sich auf mich gesetzt.« Kaum hatte ich diese Worte ausgesprochen, hatte ich das Gefühl, das Bier in meinem Bauch würde auf geradem Weg wieder hinauswollen.

»Aber es ist doch Kat.«

»Hab ich auch gedacht.« Ich senkte den Kopf in meine Hände und raufte mir die Haare. »Erst war es okay. Ich dachte, es geht. Mit ihr. Doch dann wollte sie …«, ich brach ab und ich musste es auch nicht aussprechen. Danny wusste genau, was ich meinte.

»Es ist vorbei. Niemals wieder wird dir das geschehen, Luce. Dieser Kerl hat seine gerechte Strafe dafür bekommen.«

Ich schloss die Augen.

»Ich wünschte, ich hätte ihn umgebracht damals. Ich wollte es ihm heimzahlen. Wollte ihn zwischen meinen Fingern zerdrücken, sodass er niemals wieder das Tageslicht sehen wird. Doch ich war so schwach.«

»Wenn du das damals getan hättest, wärest du noch immer im Knast und das für eine wirklich lange Zeit.«

»Manchmal denke ich, dass ich das hätte in Kauf nehmen müssen.«

»Sag so etwas nicht, Luce.«

Mein Blick hob sich und ich sah in die geweiteten Augen von Danny. »Ich habe gedacht, ich könnte neu anfangen. Ich mag sie wirklich. Doch er hat mir alles kaputt gemacht.«

Ich sah, dass Danny keine Worte dafür fand. Daher wandte ich mich ab und stand auf. In meinem Kopf begann es sich leicht zu drehen. Wie viele Bier hatte ich getrunken?

»Soll ich Lucy anrufen?«

Ich sah zurück zu Danny, schüttelte den Kopf und verlor dabei fast das Gleichgewicht.

»Nein, auf keinen Fall. Sie ist endlich glücklich. Ich will nicht immer dafür verantwortlich sein, dass sie aus ihrem neuen Leben gerissen wird.«

Danny nickte.

»Danke, Bro. Für alles.« Ich meinte es ernst. Ohne auf eine Antwort zu warten, schwankte ich in Richtung meines Zimmers und ließ mich angezogen wie ich war auf mein Bett fallen. Die Decke drehte sich über mir und ich schloss die Augen. In meiner Hose vibrierte es. Die ganzen Stunden, in denen ich mit Danny getrunken hatte, hatte ich mein Handy vibrieren gespürt. Doch ich war ein Feigling. Ich wusste so oder so nicht, was ich sagen sollte. Trotzdem zog ich das Handy aus meiner Hose und drückte auf den Home-Button, um zu sehen, wer geschrieben hatte.

5 Anrufe in Abwesenheit von Kat

4 Nachrichten, ebenfalls von ihr. Ich öffnete das Chat-Fenster.

22:34: *Luce? Was ist passiert?*

22:59: *Ich wollte nichts falsch machen, es tut mir leid.*

Ich stöhnte, da sie sich die Schuld für alles gab.

23:40: *Ich finde, dass ich eine Antwort verdient habe.*

Hatte sie auch. Mein Blick fiel auf die letzte Nachricht und ein Kloß bildete sich in meiner Kehle.

0:20: *Das ist echt das Letzte, Luce. Ich hab dir eine Chance gegeben und du hast sie mit Füßen getreten. Ist dann eben so. Leb wohl.*

Ohne dass ich es aufhalten konnte, rollte mir eine Träne über die Wange. Ich ließ das Handy neben mir aufs Bett gleiten und versank in meinem Selbstmitleid.

KAPITEL 25
Kat

Als irgendwann die Haustür aufgeschlossen wurde, lag ich noch immer regungslos im Bett und starrte die Decke an. Ich hatte nicht eine Sekunde geschlafen. Immer wenn ich die Augen schloss, sah ich Luce' kalten Gesichtsausdruck vor mir. Die Schärfe und das Angewidertsein in den grauen Augen.

Emma erschien in meinem Blickfeld und sah mich besorgt an. Ihr Mund bewegte sich, doch die Worte kamen nicht bei mir an.

Wie in Trance lag ich da und zerbrach mir den Kopf, was zum Donner da falsch gelaufen war. Hatte er es sich mittendrin anders überlegt? Hatte ich etwas gesagt, was ihn verletzte? Ich war sogar so weit, dass ich glaubte, es lag an meinem Aussehen. Das war der Punkt gewesen, an dem ich Luce eine letzte Nachricht geschrieben hatte. Er hatte seine Chance bekommen und es hatte definitiv nicht geklappt. Wenn man eine Frau so abrupt von sich schob und sie mit solch einer Abscheu ansah, konnte es nur vorbei sein.

Plötzlich schüttelte mich Emma an den Schultern und ich wurde unsanft in die Realität befördert. Sie sagte etwas, wandte sich dann ab und tippte auf ihrem Handy rum. Mühsam setzte ich mich in meinem Bett auf und versuchte, die Trance abzuschütteln. Als Emma sich ihr Telefon ans Ohr hielt, legte sich meine Stirn in Falten.

»Ich will es wissen, verdammt noch mal«, schrie Emma

ins Telefon und das ließ jede Benommenheit von mir abfallen. Ich kam so schnell auf die Beine, dass mir schwindelig wurde. Kurz blieb ich stehen und sammelte mich. Unterdessen lief Emma angespannt im Raum auf und ab.

»Gib ihn mir, Danny, sonst gibt es Tote.«

Das war mein Stichwort. Ich riss Emma das Telefon aus der Hand und hielt es mir selbst ans Ohr.

»Danny?«, rief ich und auf der anderen Seite der Leitung gluckste es erschrocken auf.

»Kat?«

»Was ist passiert?«, fragte ich ihn, bekam jedoch nur ein Schweigen als Antwort, was mich nur noch wütender machte.

»Es ist alles nicht so einfach, Kat. Er ist nicht einfach.«

»Ach, was du nicht sagst«, spie ich etwas zu scharf heraus.

»Kat«, begann er, doch ich unterbrach ihn.

»Ist er da?« Das Schweigen war Antwort genug für mich. »Gib ihn mir.«

»Das geht nicht, er schläft.«

»Dann weck ihn, verdammt noch mal.« Ich spürte, wie Emma mich besorgt ansah und merkte dann erst, dass mir Tränen die Wangen hinabliefen. Wütend wischte ich sie weg.

»Das geht nicht. Er hat sich gestern ziemlich unter den Tisch getrunken. Ich werde ihn nicht aufwecken können, es tut mir leid.«

Ein Schluchzen entfuhr mir, ohne dass ich es aufhalten konnte.

»Kat ...«

»Hat er irgendwas gesagt?«

»Es ist kompliziert, Kat. Ich kann dir den Grund für die Sache gestern nicht sagen, das kann nur er selbst. Wenn du ihn wirklich magst, gibst du ihm noch eine Chance. Du musst wissen, dass es nichts mit dir zu tun hat.«

»Hat es nicht? Kam mir gestern nicht so vor.«

»Er trägt Dunkelheit in sich. Was du vielleicht gestern in ihm gesehen hast, das war sie. Sie ist immer da. Egal wie oft er dich anlächelt oder Witze reißt. Sie ist immer da und sie wird niemals gehen, Kat. Das musst du unbedingt wissen. Jetzt ist es noch nicht zu spät. Du kannst dich davor schützen.«

»Kann ich nicht«, sagte ich kalt und es stimmte. Ich war schon so tief drin, dass ich komplett verletzlich dastand. Luce hatte mich gestern tief getroffen, das wusste ich.

»Er mag dich wirklich, Kat.«

Ich starrte Emma an, unfähig auf Dannys Worte zu antworten, denn ich konnte sie nicht glauben. Wie versteinert gab ich Emma das Telefon wieder und ließ mich dann auf mein Bett sinken.

Emma sagte noch etwas zu Danny, bevor sie das Gespräch beendete. Dann setzte sie sich neben mich aufs Bett und legte einen Arm um mich.

»Hat er Schluss gemacht?«, fragte sie.

Ich schüttelte den Kopf.

»Hast du Schluss gemacht?«

»Nein. Viel schlimmer. Er ist weg und hat alles in Trümmern zurückgelassen.«

Mehrere Wochen vergingen ohne ein Wort, eine Nachricht, einen Anruf von Luce. Es war, als hätten wir uns nie kennengelernt. Ich erwischte mich viel zu oft, wie ich nachts wach lag und auf mein Handy starrte. Ich wollte mit ihm reden. Ich wollte den Grund erfahren, wieso er mich einfach so zurückgelassen hatte. Ich war verletzt, doch mehr wegen der Tatsache, dass er es nicht mal für nötig befand, sich mit mir zu unterhalten.

»Miss Mason?«, rief Professor Heath und ich sah erschrocken auf. »Wissen Sie, wo sich Mister Snow aufhält?«

Erst jetzt sah ich, dass Miss Brown, die Unileitung, neben meinem Professor stand und mich ebenfalls neugierig musterte. Kurz streifte mein Blick den leeren Stuhl neben mir. Ich hatte Luce seit dem Tag vor gut drei Wochen nicht mehr gesehen. Nicht an der Uni und schon gar nicht in diesem Kurs.

»Wollten Sie ihm nicht unter die Arme greifen?«, fragte nun der Professor und ich zuckte unwillkürlich zusammen.

»Ja, aber …«

»Wenn er sich nicht bald bei uns meldet, wird er von der Uni verwiesen, Miss Mason. Ist Ihnen das klar? Wenn Sie wissen, wo er ist, dann sagen Sie es mir bitte«, bat Miss Brown.

Ich schüttelte den Kopf. »Ich habe es versucht. Aber

ich habe Luce schon wochenlang nicht mehr gesehen.«

Dies war die kalte Wahrheit. Immer noch fraß sich jedes Mal die Zurückweisung wie Säure durch meinen Körper.

»Gut, sollten Sie ihn sehen, dann sagen Sie ihm, dass ich ihm noch eine Woche gebe, sich bei mir zu melden. Ansonsten ist er nicht mehr Teil dieser Uni.«

Ich nickte mechanisch und beobachtete, wie sich die rothaarige Unileitung bei der Klasse verabschiedete und ging.

Die Worte von Miss Brown beschäftigten mich den ganzen Tag über. Wieso ließ er sich nicht blicken? Wusste er denn nicht, dass er sich damit seine Zukunft verbaute? Was war mit seinen Bewährungsauflagen? War die Uni nicht Teil davon?

»Schätzchen?« May riss mich aus meinen Gedanken und ich sah auf. Sie steckte gerade ein frisch eingetroffenes cremefarbenes Brautkleid für die nächste Anprobe auf die passende Größe der Kundin ab.

Ich saß unterdessen über der Buchhaltung. Allerdings hatte ich noch nicht eine Zahl aufgeschrieben, seit ich heute angefangen hatte, im »White Heaven« zu arbeiten.

»Erzählst du mir, was dich nun schon wochenlang beschäftigt?«, fragte May und kam auf den Tresen zu. Sie schob mir eine Tasse Kakao hin, die bereits kalt war, da ich sie nicht angerührt hatte. Ich nahm trotzdem einen Schluck und sah sie dann gequält an.

»Es ist nichts.«

May schnaubte verdächtig. »Du kannst mich nicht anschwindeln, Kleines.«

Ich schloss für einen Moment die Augen und versuchte mich zu sammeln. »Erinnerst du dich an Luce?«

May lächelte. »Den süßen Kerl mit den grauen Augen?«, fragte sie und ich musste den Kloß hinunterschlucken, der mir in der Kehle saß.

»Genau der. Wir haben uns getroffen. So richtig, verstehst du?«

»Er war dein Freund?«, fragte May und ich nickte.

»Wir wollten es versuchen.«

»Warum versuchen?«

»Er ist nicht so einfach. Etwas ist geschehen in seiner Vergangenheit, was ihn kaputtgemacht hat. Vor ein paar Wochen hat er mich zurückgestoßen und sich seither nicht mehr gemeldet.«

Mays Augen weiteten sich. »Hast du versucht, ihn zu erreichen?«

»Ja, ganz oft, doch ich komme nicht zu ihm durch. Er möchte das nicht.«

»Das tut mir leid, Schatz.« May kam um den Tresen herum und wollte mich in den Arm nehmen, doch ich hielt sie davon ab. Immer wenn mich jemand in den Arm nehmen wollte, begannen diese beschissenen Tränen wieder zu laufen.

»Das ist es aber gar nicht, was mich heute beschäftigt.«

»Was dann?«

»Luce hat in der Vergangenheit Mist gebaut und

war deshalb nur auf Bewährung auf der Uni. Er sollte sich Hilfe holen und den Stoff nacharbeiten. Doch ich habe heute erfahren, dass er nun seit Wochen nicht da war und wenn er nicht bis nächste Woche an der Uni erscheint, wird er wieder fliegen.«

»Oh.«

Ich sah meine Tante an. »Was soll ich tun? Soll ich irgendwie versuchen, es ihm zu sagen?«

»Ich dachte, du hast schon versucht, ihn zu kontaktieren?«

»Ich könnte ihm schreiben. Vielleicht liest er meine Nachrichten ja.«

»Es ist nicht deine Schuld, wenn er von der Uni fliegt, Schätzchen. Er muss mit den Konsequenzen leben, wenn er die Bedingungen kannte und sie missachtete.«

»Ja, ich weiß.«

May tätschelte meine Schulter. »Außerdem geschieht es ihm recht. Nach dem, was er mit dir gemacht hat, ist das Fliegen von der Uni noch zu harmlos.«

Ich sah May an und verdrehte die Augen. Doch ich wusste, sie hatte recht. Trotzdem nagte mein Gewissen an mir. Wenn ich dadurch verhindern konnte, dass er von der Uni flog, dann musste ich es ihm wenigstens sagen.

Ich beendete meine Schicht im »White Heaven« gegen sieben. Während ich die Straße entlangging und mir die Winterjacke etwas enger um den Körper zog, rief ich Emma an.

»Kannst du Danny für mich anrufen?«, fragte ich ohne

eine Begrüßung, als diese ans Telefon ging.

»Warum zur Hölle sollte ich das tun? Diese beiden Mistkerle sind Geschichte für uns.«

»Nein, nur einer von ihnen ist Geschichte. Danny hat dir rein gar nichts getan.«

Ich mochte es gar nicht, dass Emma den Kontakt zu Danny abgebrochen hatte seit der Sache zwischen Luce und mir.

»Doch, er existiert als bester Freund der Kröte.«

»Bitte, Emma«, flehte ich und sie stöhnte.

»Und warum?«

»Ich muss wissen, ob er zu Hause ist und ob Luce auch da ist.«

»Warum willst du das wissen? Du willst nicht mit der Kröte reden.«

»Nein, das will ich ja auch nicht.« In Wahrheit konnte ich ihn wahrscheinlich nicht mal ansehen. »Ich muss wissen, ob Danny allein ist. Ich muss ihm etwas erzählen.«

»Geht das nicht am Telefon?«

»Nein, Emma.« Kurz hörte ich meine Freundin fluchen.

»Na gut, ich ruf ihn an und schreib dir dann ne Nachricht. Aber ich will alle Einzelheiten, wenn du zu Hause bist.«

»Geht klar.«

Als ich auflegte, wuchs das ungute Gefühl in meinem Bauch und ich beschloss, mir etwas zu essen zu kaufen, während ich auf Emmas Nachricht wartete. Ich biss gerade in meinen Burger, den ich mir im TGI Fridays geholt hatte, da vibrierte das Handy in meiner Jacke.

Die Kröte ist seit drei Wochen untergetaucht. Danny erwartet ihn nicht so bald wieder.

Ich ließ meinen Burger sinken, um ihr zurückzuschreiben.

Danke, du hast was gut bei mir :)

Ich denke jetzt schon nach, wie du das wiedergutmachen kannst, beste Freundin

Ich steckte das Handy fort, aß meinen Burger auf und fand mich dann auf dem Rücksitz eines Taxis wieder, auf dem Weg zu Luce' und Dannys Wohnung.

Diese Idee war so bescheuert, dass es schon wehtat. Doch ich konnte nicht anders. Dies war der letzte Nagel zu Luce Snows Sarg. Danach würde ich diesen Namen nicht mal mehr denken.

Das mulmige Gefühl in meinem Bauch wurde mit jeder Stufe, die ich zu der Wohnung hochstieg, stärker.

Als ich Dannys besorgtes Gesicht im Türrahmen erblickte, wurde mir schlecht und ich hoffte, dass ich den Burger wenigstens so lange drin behalten konnte, bis ich wieder im Wohnheim war.

»Hi«, begrüßte ich ihn und er zog mich ohne ein Wort in seine Arme.

Es war so vertraut, dass ich mich augenblicklich ein wenig besser fühlte. Ich hatte ihn wirklich vermisst und hasste Luce noch mehr, weil er einen Keil zwischen Danny und mich getrieben hatte.

Wir gingen ins Wohnzimmer und immer noch ohne

ein Wort zu sagen, holte er zwei Dosen Cola, von denen er mir eine schweigend reichte.

Ich schälte mich aus meiner Jacke und vermied den Blick auf die Stelle, an der Luce und ich gesessen hatten, während er Gitarre gespielt hatte. Leider gelang mir dies nur bedingt. Es war wie ein Gefühl des Fallens. An diesem Tag hätte ich mir niemals vorstellen können, dass am nächsten schon wieder alles vorbei war.

Ich wandte den Blick ab und sah stattdessen wieder zu Danny, der immer noch unbeholfen dastand.

»Hast du deine Stimme verloren?«, fragte ich und lächelte.

Er schüttelte den Kopf und setzte sich mir gegenüber in einen Sessel.

»Warum bist du hier, Kat?«

Seine Stimme schien brüchig. Ich fand sowieso, er sah nicht gut aus. Er hatte tiefe Augenringe und seine braunen Augen strahlten Traurigkeit aus.

»Keine Sorge, ich will dich nicht wegen ihm ausquetschen oder so. Ich war heute in meinem Geschichtskurs. Die Unileitung gibt ihm noch eine Woche, um sich an der Uni zu melden, ansonsten ist er raus.«

Danny nickte. »Ich dachte mir so was schon.«

»Warum?«

Danny nahm einen Schluck von seiner Cola und raufte sich dann die Haare. »Die Uni ist Teil von Luce' Bewährungsauflagen«, er stockte und sah mich an. Unwillkürlich musste ich bei Luce' Namen zusammengezuckt sein. Besorgt musterte er mich.

»Ich konnte es nicht für mich behalten, weißt du. Egal, was zwischen ihm und mir war. Er sollte sich die Zukunft nicht verbauen deswegen.«

»Das tut er auch ohne dich, Kat.«

Ich legte die Stirn in Falten. »Wo ist er?«

Danny zuckte mit den Achseln. »Keine Ahnung. Er ist fort seit dem Tag, als er von dir nach Hause gekommen ist. Als ich morgens nach ihm sehen wollte, war er weg.«

»Wo kann er denn hin? Ist er bei seiner Familie?«

»Nein. Es gibt keine wirkliche Familie in Luce' Leben, Kat. Es gibt nur noch seine Schwester und zu der wird er nicht gehen, da er nicht will, dass sie sich sorgt. Sie hat sich ein neues Leben aufgebaut. Luce will das nicht kaputt machen.«

Ich nickte. »Was ist mit seiner Mutter?«

»Was hat dir Luce über seine Eltern erzählt?«, fragte er dagegen.

»Nur dass sein Vater gestorben ist, als er neunzehn war.«

»Ja, und seine Mutter ist mit ihm gestorben. Zumindest seelisch, verstehst du. An dem Tag, als Luce' Vater gestorben ist und Luce dann ins Gefängnis musste, erlitt sie einen Nervenzusammenbruch. Seitdem lebt sie wie auf einem anderen Planeten.«

»Oh Gott.«

»Es ist hart. Es hat halt seine Gründe, warum er so ist, wie er ist.«

Ich nickte mechanisch und hasste mich dafür, dass mich diese Information so tief traf. Mitleid für den

Mann, der mich einfach so weggestoßen hatte, war das Letzte, was ich fühlen wollte.

Mehr sagte Danny nicht zu dem Thema. Ich hatte gesagt, was ich sagen wollte und somit war mein Gewissen von seiner Last befreit. Danny und ich unterhielten uns lange. Er erzählte mir, dass er bald seinen Abschluss hatte und dann in der Firma anfangen würde, als Aufnahmeleiter zu arbeiten. Er sprach von seiner Familie und den vielen Veranstaltungen, die er in New Haven besucht hatte.

Wir redeten nicht über Emma, doch als ich sie einmal zufällig erwähnte, sah ich den kleinen Schatten, der sich über sein Gesicht legte.

Es war kurz vor neun, als ich endlich aufbrechen wollte. Ich war müde vom Tag und diese Wohnung weckte Erinnerungen in mir, die ich einfach nicht mehr durchleben wollte.

»Ruf mich an, wenn mal wieder was mit Emmas Auto nicht stimmt. Ich werde mich darum kümmern, es ist günstiger, wenn ich das tue, als wenn ihr es in eine Werkstatt gebt.«

Ich nickte und verkniff mir, ihm zu sagen, dass Emmas Familie ihr ganz schnell ein neues Auto kaufen würde, wenn sie nicht so hartnäckig an ihrem giftgrünen VW hinge.

»Das werde ich.«

An der Haustür zog mich Danny zum Abschied noch mal in seine Arme. »Es war schön, dich wiederzusehen.«

»Fand ich auch.«

Ein Klicken ließ uns plötzlich innehalten und als mein Blick zur Seite fuhr, erstarrte ich unmittelbar.

Ich hätte ihn fast nicht erkannt. Doch das leuchtende Grau seiner Augen war einfach unverkennbar. Mein Herz tat augenblicklich so weh, dass ich mit der Hand leicht über mein Brustbein rieb. Danny und ich fuhren auseinander und starrten die Person an, die in der Haustür stand und uns ebenfalls anstierte.

»Luce?«, fragte Danny, doch dessen Augen lagen nur auf mir und ich konnte Wut darin lesen. Seine Haare waren länger als beim letzten Mal, als ich ihn gesehen hatte und er trug jetzt fast schon einen Vollbart, was bedeutete, dass er sich seither nicht mehr rasiert hatte. Er hatte schwarze Klamotten an, doch ich erschrak vor allem über die eingefallenen Augen und das große Veilchen am rechten Auge. Dies war definitiv neu und stammte nicht mehr von unserer Auseinandersetzung.

Ich war wie in Trance. Ich hatte ihn so gerne sehen wollen, doch jetzt, da ich ihn sah, bekam ich Angst. Was war mit ihm bloß geschehen?

»Luce?«, fragte nun auch ich. Es fiel mir schwer, seinen Namen auszusprechen.

»Ich wollte nicht stören.« Die Stimme, die zu uns sprach, war nicht die des Mannes, den ich vor ein paar Wochen kennengelernt hatte. Sie war kalt und wütend, voller Abscheu.

»Was meinst du?«

Luce' Blick zuckte zu Danny. »Was ist mit der Vereinbarung, keiner fickt die gleiche Frau, Bruder?«

Ich keuchte erschrocken auf.

Luce schaute wieder zu mir zurück. »Obwohl, ich habe sie ja nicht gefickt. Gratulation Bro, du bist also der Glückliche, der ihre Unschuld geschenkt bekommen hat.«

Entsetzt starrte ich erst zu Danny, dann wieder zurück auf den Mann, den ich nicht mehr erkannte.

»Das glaubst du allen Ernstes?«

»Ja«, spie er heraus. »Glaube ich.«

»Ich bin deinetwegen hergekommen. Weil ich mich sorge und weil ich nicht will, dass du von der Uni fliegst.«

»Wie nett.«

Fassungslos starrte ich Luce an.

Mit einem Blick, der Bände sprach, schob er sich an mir vorbei in die Wohnung. Ich sah ihm nach und ohne es steuern zu können, folgte ich ihm.

»Kat«, hörte ich Danny mir hinterherrufen, doch ich kümmerte mich nicht darum. Solch eine Anschuldigung konnte ich nicht auf mir sitzen lassen.

Luce ging geradewegs in sein Zimmer und schlug die Tür hinter sich zu, doch ich hielt sie im Flug davon ab und folgte ihm. Erst dann schloss ich die Tür hinter uns.

Wie erstarrt stand ich mit dem Rücken an der geschlossenen Tür. Luce schien nicht bemerkt zu haben, dass ich ihm gefolgt war, denn er stand unschlüssig im Zimmer. Trotz der Tatsache, dass er mir den Rücken zuwandte, sah ich, wie heftig er Luft holte.

Mit einer raschen Handbewegung zog er sich das schwarze T-Shirt vom Leib und ich holte erstickt Luft.

Gerade so presste ich mir die Hand vor den Mund, um nicht noch andere Geräusche zu machen. Sein kompletter Rücken war voller in allen Farben schillernder Blutergüsse. Sie zogen sich mal groß, mal klein, weitflächig über seine Haut. Was zur Hölle war passiert? Als er sich auch die Hose ausziehen wollte, machte ich ein Geräusch und er fuhr erschrocken herum.

»Was willst du hier drin?«, fuhr er mich an und das Grau schien stumpf und leblos. Mein Atem ging schneller und mein Herz schlug so heftig in meiner Brust, dass es mir Angst machte.

»Luce, was ist passiert?« Wie erstarrt sah ich auf seine Brust, genau die gleichen Blutergüsse wie auch auf seinem Rücken.

Er wandte sich ab und griff nach seinem Shirt. Ohne ein Wort zog er es sich wieder an.

»Geh«, sagte er.

»Nein«, hielt ich dagegen.

Er wurde wütend. »Kat, geh einfach.«

»Wir müssen endlich darüber reden.«

»Worüber?«

Ich riss die Augen auf. »Ist das dein Ernst?«

»Ja, was willst du noch von mir?«

»Ich will endlich einen Grund.«

»Für was denn?«

»Für alles. Dafür, warum du mich hast einfach sitzen lassen, warum du ohne ein Wort gegangen bist, dafür, warum du einfach weg warst, ohne jemandem Bescheid zu sagen, dafür, warum du drei Wochen spurlos verschwunden warst und jetzt total ramponiert wieder da bist. Warum du dich innerhalb einer Sekunde in einen Mistkerl verwandelt hast!«

Ich war laut. Vielleicht habe ich auch geschrien. Doch all die Wut und die Zurückweisung kamen aus mir heraus und ich konnte es nicht aufhalten.

Luce stand da. Die grauen Augen ruhten stumpf und leblos auf meinem Gesicht. Ich wartete. Zwei Atemzüge, drei, vier, fünf. Dann schloss ich für einen kurzen Moment die Augen, drehte mich um und begann die Tür zu öffnen.

Ich spürte ihn plötzlich hinter mir. Seine Hand legte sich auf die Tür, drückte den Spalt wieder zu, den ich bereits geöffnet hatte. Mein Herz schnellte in die Höhe, als er noch einen Schritt näher kam, sich von hinten an mich presste.

Sein Geruch stieg mir so heftig in die Nase, dass mir schwindelig wurde. Ich konnte fühlen, wie seine Brust sich heftig auf und ab bewegte beim Atmen.

»Willst du die Wahrheit?« Seine Stimme schien mir immer noch so fremd, dass es mich unwillkürlich traurig machte.

»Ja«, flüsterte ich fast lautlos, mehr brachte ich nicht zustande.

Seine Lippen schwebten neben meinem Ohr, sodass ich jedes seiner Worte deutlich hören konnte.

»Ich bin nicht der, den du glaubst, kennengelernt zu haben. Ich bin nicht richtig und werde es auch niemals sein. An dem Abend habe ich Abscheu empfunden, für das, was wir getan haben, für das, was du tun wolltest.«

Ich hielt die Luft an, die Worte schnitten Stück für Stück in mein Herz.

»Warum?«

»Ich kann nicht anders. Dies ist mein Schicksal.«

»Aber ...«

»Hör zu, ich sage dir, wie es ist.«

Wieder kam er ein Stück näher, sodass ich an die Tür gepresst dastand.

»Ich habe die Gefühle gehasst, die in mir aufgestiegen sind, als du dich auf mich gesetzt hast. Ich habe mich auf dem Parkplatz der Uni übergeben, weil ich nur Abscheu empfunden habe. Ich werde das niemals können und doch ...« Er stockte.

»Was?«

»Ich würde dich am liebsten noch fester gegen diese Tür drücken, deine Hose runterziehen und dich von hinten so hart ficken, dass du mich Tage später noch immer in dir spürst.«

Mein Herz blieb stehen. Seine Worte ließen mir die Tränen in die Augen steigen. Wie konnte er so was sagen?

Von hinten drückte er seinen Unterleib fest gegen meinen Po und ich spürte seine Erregung deutlich.

»Sag mir, Engelchen ...« Zum ersten Mal sprach er dieses Kosewort abscheulich aus. Voller Dreck. »Was denkst du jetzt über mich? Sorgst du dich noch immer um meine Zukunft?«

Ein letzter Atemzug in mein Ohr und er gab mich

frei. Erschöpft, als wäre ich meilenweit gelaufen, ließ ich mich gegen die Tür sinken.

»Ich tue es nach wie vor. Ich hasse mich dafür, doch du bist mir immer noch nicht egal.«

Ich verließ das Apartment, ohne mich noch mal umzudrehen. Ich rief mir ein Taxi und als ich mich auf die Rückbank sinken ließ, brach ich in Tränen aus.

KAPITEL 26
Kat

»Ich werde dich vermissen.« Emma zog mich in eine feste Umarmung und ich schloss für einen Moment die Augen. Genoss die Nähe meiner besten Freundin. Als sie mich losließ, sah ich die Traurigkeit in ihren Augen.

Seit dem Tag, als ich auf dem Rücksitz des gelben Taxis in einen Heulkrampf ausgebrochen war, hatte ich nicht eine Träne mehr an den Mann mit den grauen Augen verschwendet. Ich war ins Wohnheim gefahren, wo Emma mich in die Arme genommen hatte, nachdem sie mir ins Gesicht gesehen hatte. An diesem Tag hatte ich ihr versprochen, all das hinter mir zu lassen. Und das hatte ich getan. Ich lebte mein Leben, ging in meine Kurse, arbeitete bei May und nun würde ich ins Flugzeug nach Wisconsin steigen, um mit meinem Vater seinen Geburtstag und Weihnachten zu feiern.

Ich sah meine Freundin an. Leider konnte Emma, wie sie es eigentlich vorgehabt hatte, nicht mitkommen. Ihre Familie hatte für die Semesterferien und Weihnachten einen Winterurlaub in Aspen geplant. Emma hasste es zwar wie die Pest, doch drücken konnte sie sich davor nicht.

»Ich mag es gar nicht, dich allein reisen zu lassen.«

Ich lächelte mein bestes einstudiertes Lächeln, denn leider war diese Geschichte nicht spurlos an mir vorübergegangen.

»Ich komme schon klar und wir telefonieren ganz oft

293

über Facetime.«

»Ja schon …«, wollte Emma protestieren, doch ich unterbrach ihren besorgten Einwand.

»Mir geht es gut. Ich werde Zeit mit meinem Dad und meiner Grandma verbringen, werde so viel essen wie das ganze Jahr nicht und ich werde mein übliches Weihnachtsbaum-Essen hinter mich bringen.«

»Was ist mit der Schlafsocke?«

Ich dachte an Peter, den Mann, den ich ohne ein klärendes Wort verlassen hatte, um nach New York zu gehen.

»Vielleicht sehe ich ihn nicht mal und falls ja, komme ich auch damit klar. Ich denke sogar, dass dies mein kleinstes Problem sein wird.«

Letzter Aufruf für Flug 767 nach Wisconsin. Sie werden gebe-ten, zum Gate 4 zu kommen.

»Ich muss los, Em«, sagte ich und Emma zog mich noch mal kurz an sich.

»Ich hab dich lieb, Katty. Grüß deinen Dad von mir und ruf an, wenn du da bist, okay?«

Ich nickte. »Grüß deine Familie von mir.«

»Werde ich.«

Ich lächelte und wandte mich dann ab. Ich ging auf mein Gate zu und winkte Emma ein letztes Mal, bevor ich in den Tunnel trat, der mich zum Flugzeug führte.

Ich verbrachte den fast achtstündigen Flug größten-teils mit Schlafen. Was gut war, so hatten meine dunk-len Gedanken keine Chance, sich auf mich zu stürzen.

Es war zwar die Wahrheit, dass es mir besser ging als noch vor vier Wochen, doch noch immer schmerzten die letzten Worte, die ich mit Sturmauge gewechselt hatte.

Er hatte sich nicht mehr gemeldet. Ich hatte ihn auch nicht gesehen. Wahrscheinlich war er nicht mal mehr an der Uni, weil er von ihr geflogen war. Doch all dies war jetzt egal. Er war ein Kapitel und ich schaffte es, dies als eine Erfahrung zu betrachten. Es war besser als alles andere.

Als wir zum Landeanflug ansetzten, wuchs meine Aufregung. Es war unglaublich lang her, dass ich meinen Vater gesehen hatte, und ich freute mich auf ihn, auf mein altes Bett und auf meinen Schäferhund Billy.

Ich musste nicht lange suchen, als ich mit meinem großen hellblauen Rollkoffer die Ankunftshalle erreichte.

Der braune Haarschopf meines Vaters ragte aus der Menge, in den Händen hielt er einen großen Luftballon, auf dem »Endlich bist du zu Hause« stand. Ich lachte laut und fiel ihm um den Hals. Sofort spürte ich, wie das Loch in meinem Herzen, das seit dem Tag, als ich nach New York umgezogen war, immer präsent war, sich schloss. Ich war unglaublich glücklich, ihn zu sehen.

Mein Dad drückte mich an sich, so stark, dass ich den Boden unter meinen Füßen kurz verlor.

Er sah noch aus wie immer. Mein Dad war ein attraktiver Mann, trotzdem hatte er nie wieder geheiratet. Die warmen braunen Augen strahlten mich an und ich genoss es so sehr, wieder bei ihm zu sein.

»Ich habe dich vermisst, Schätzchen.«

»Und ich dich erst.«

Ein Bellen ertönte hinter ihm und jetzt erst entdeckte ich Billy. Ich grinste meinen Dad an und ließ ihn los, um mich auf mein Baby zu stürzen, das ich fast genauso vermisst hatte.

Als wir schließlich in dem alten Jeep meines Vater saßen und die Straßen entlangfuhren, die damals meine Heimat waren, begannen die typischen Fragen.

»Wie geht es dir?«, fragte mein Dad und ich erschauderte, weil schon die erste Frage schwer zu beantworten war.

Er sah mich an, während er an einer roten Ampel hielt.

»Gut«, sagte ich und lächelte.

»Das Lächeln musst du aber noch perfektionieren.«

Ich verdrehte die Augen. »Lass mich raten, May hat dir sowieso schon alles erzählt.«

»Sie ist meine Schwester, Schätzchen. Sie hatte gar keine Wahl.«

»Mir geht es trotzdem gut, Dad.«

Er sah mich skeptisch von der Seite an. »Wenn ich nicht wüsste, dass du mit allem klarkommen würdest, wäre ich schon in einen Flieger gestiegen und hätte ihm ein Veilchen der besonderen Art verpasst.«

»Hör auf, Dad. Es ist vorbei, bevor es überhaupt richtig angefangen hat. Von daher geht es mir gut. Lass es uns vergessen und uns auf deinen Geburtstag freuen.«

Jetzt war er es, der seine Augen verdrehte. Ich wusste,

er hasste es, über seinen Geburtstag zu sprechen.

»Hast du schon alle Einladungen verschickt?«, fragte ich.

Er schüttelte den Kopf. »Den Teufel werde ich tun.«

»Hat es Granny wenigstens getan?«

Ein Grunzen war seine Antwort und ich lachte.

»Sehr gut.«

Die übliche Mason-Geburtstagsparty würde am Sonntag steigen, das hieß in vier Tagen. Ich musste mein Geschenk noch abholen und ein paar Besorgungen machen, bevor es so weit war.

»Kommt Frau Direktorin auch?«

Ich grinste, doch mein Dad sah mich nur an, als wäre mir plötzlich eine Clownsnase gewachsen.

Die Antwort wurde ihm erspart, da wir auf unser Grundstück fuhren und ich augenblicklich von meiner alten Heimat abgelenkt wurde. Alles war wie immer. Das große, ländliche Haus, die Ställe, in denen meine geliebten Pferde warteten, die große Eiche vor dem Haus, auf die ich mit Peter immer geklettert war.

»Ich war lange nicht da«, stellte ich fest, als mein Dad den Motor ausschaltete.

Er nickte. »Du bist immer willkommen. Doch ich weiß, dass du jetzt ein neues Zuhause gefunden hast und das freut mich sehr. Das glaubst du mir doch, oder Schätzchen?«

»Ja, danke.«

Wir stiegen aus und es war, als wäre ich nie weg gewesen. Doch das schöne Gefühl des Nachhausekommens wurde durch den Druck auf meiner Brust getrübt. Alles würde mich an die Zeit nach dem Tod meiner Ma und meines Grandpa erinnern.

»Ich weiß, dass es schwer ist, aber ich bin froh, dass du hier bist«, sagte mein Dad hinter mir und ich drehte mich zu ihm um und drückte ihn kurz.

»Ich gehe hoch in mein Zimmer und mache mich ein bisschen frisch. Wollen wir danach zu Granny rüber?«

Mein Vater nickte und nachdem er mir den Koffer nach oben getragen hatte, ließ er mich allein in meinem alten Zimmer. Es hatte sich nichts verändert. Immer noch stand das große Himmelbett genau in der Mitte des Raumes. Rechts ging eine Tür ab, die in ein angrenzendes Badezimmer führte. Daneben standen mein Kleiderschrank und ein Schreibtisch, an dem ich immer für die Schule gelernt hatte. Die andere Seite war zugepflastert mit Regalen voller Bücher. Mein Herz machte einen Sprung. Sie waren meine Schätze und ich hasste es, sie hiergelassen zu haben.

Ich lächelte und ließ mich auf mein Bett fallen. Dann schloss ich die Augen, wurde jedoch schnell wieder davon abgehalten, mich zu entspannen. Aus meinem Rucksack hörte ich es vibrieren. Ich zog mein Handy hervor und sah Emmas Gesicht auf dem Bildschirm. Es war eine Einladung zu Facetime. Ich nahm an und hielt mir mein Handy vor die Nase.

Emma erschien in ihrer vollen Pracht auf meinem Display. Ihre Haare hatte sie auf ihrem Kopf zu einem unordentlichen Dutt hochgesteckt. Sie trug ein blaues

Pyjama-Shirt und lächelte nicht. Sie sah ernst aus.

»Was ist los?«, fragte ich ohne Begrüßung.

»Du wirst es nicht glauben.«

»Was denn, um Gottes willen?«

Emma verzog das Gesicht, als hätte sie Schmerzen.

»Da.« Plötzlich veränderte sich das Bild und Emma wechselte die Kameraansicht, sodass ich jetzt ihr Bett im Wohnheim sah. Darauf lagen eine rote Rose und ein Comic. Thor, soweit ich erkennen konnte.

»Siehst du das?«, fragte Emma und ich wusste im ersten Moment nicht, was ich antworten sollte. Da ich nichts äußerte, wechselte die Ansicht wieder und Emmas entsetztes Gesicht blickte mir entgegen.

»Von wem ist das?«

»Danny.«

Mein Mund blieb offen stehen und Emma schnaubte.

»So hab ich auch geguckt. Es lag vor unserer Tür. Mit nem Zettel, dass er es schade fände, wenn er und ich Krieg spielen, nur weil du und die Kröte nicht mehr miteinander sprechen.«

»Warum ein Comic?«

»Weil er darauf steht, schätze ich. Und dann Thor, was soll das sein? Eine Anspielung auf seinen Hammer, den er in der Hose versteckt, oder was?«

Ich lachte laut auf. »Nie und nimmer, das ist nicht Danny. Vielleicht ist es sein Lieblingscomic.«

»Kaaaatty«, schrie Emma aufgebracht. »Was soll ich denn jetzt machen?«

»Ich find es irgendwie süß.«

Emma schaute mich an und ich sah selbst durchs Telefon, wie sich etwas in ihren Augen veränderte.

»Und du auch, stimmt's?«

Sie schlug die Hand vor das Gesicht. »Ein Nerd. Ein Nerd, der Comics mit großen Hämmern liest, der T-Shirts mit Spinnenköpfen trägt und der einfach nur süß ist.«

»Du magst ihn.«

»Ein wenig«, murmelte sie unter ihrer Hand hindurch.

»Ruf ihn an und unternehmt was.«

Die Hand verschwand aus ihrem Gesicht und sie riss ihre Augen auf.

»Er ruft gerade an«, schrie sie und ich lachte mich kaputt.

»Gut, wir legen auf und du verabredest dich mit ihm.«

»Aber du und die Kröte.«

»Was soll mit uns sein? Das hat nichts mit dir und Danny zu tun.« Ich sah die Zweifel in ihrem Blick und lächelte. »Ruf mich morgen an, ich will alle Einzelheiten.«

»Ich hab dich lieb, Katty.«

»Ich dich auch.«

Dann wurde das Display schwarz und die Verbindung getrennt.

Ich grinste. Es wäre toll, wenn Emma und Danny sich verstehen würden. Danny würde ihr guttun. Es klopfte an der Tür und ich rief »Herein«.

»War das Emma?«, fragte mein Vater neugierig.

Ich nickte. »Sie hat heute ein Date mit einem richtigen

Nerd.«

Er zog die Augenbrauen erstaunt nach oben. »Nicht dein Ernst!«

Ich nickte freudig.

»Da bin ich aber gespannt.«

»Und ich erst.«

Meine Großmutter Lisa wohnte im Haus gegenüber und mein Vater und ich verbrachten den Abend bei ihr, bis ich so müde war, dass ich kaum mehr die Augen offen halten konnte.

Doch als ich später in meinem Himmelbett lag und an die vom Mondlicht erhellte Decke starrte, konnte ich nicht schlafen.

Seit dem Tag vor vier Wochen kamen die Empfindungen über die Abweisung stets zurück, wenn ich ruhig in meinem Bett lag. Wie durch eine löchrige Wand drang all das, was ich tagsüber von mir wegsperrte, hindurch. Es fühlte sich wie ein Druck an, der mich kaum atmen ließ. Ich gab es ungern zu, doch ich hatte in der kurzen Zeit mit Luce bereits so viele Gefühle für ihn entwickelt, dass die Abscheu und die Wut, die er mir zuletzt entgegengebracht hatte, so sehr schmerzten, dass meine Brust brannte. Ich fragte mich, wie lange ich brauchen würde, um darüber hinwegzukommen. Mit einer einzelnen Träne, die meine rechte Wange hinablief, schlief ich schließlich ein.

KAPITEL 27
Kat

Die Tage in Wisconsin flogen dahin, sodass der Sonntag schnell da war. Der Party-Sonntag. Die ersten Partygäste waren schon eingetroffen. Wir hatten unser Haus in voller Pracht mit Luftschlangen, Ballons und Bannern, auf denen »Du bist alt und wundervoll« stand, geschmückt. Leichte Bässe drangen aus ein paar Lautsprechern, die mein Cousin mitgebracht hatte und ein riesiges Buffet war im Wohnzimmer hergerichtet worden. Das meiste hatte meine Großmutter Lisa gebacken und gekocht. Ich stand vor der zweistöckigen Schokoladentorte, auf der ganz dick und fett mein Name stand. Das wusste nur noch keiner.

»Rienchen, geh weg von der Torte.« Lächelnd drehte ich mich zu meiner Granny um und hob die Hände. »Ich hab gar nichts gemacht«, beschwichtigte ich lachend.

Lisa sah mich skeptisch an. Sie trug ein blaues, langes Kleid und ihre ergrauten Haare hatte sie zu einem Zopf geflochten. Sie sah wie eine ältere Version von mir aus. Denn auch ich trug ein blassblaues Kleid und die blonden Haare hatte ich zu einer Hochsteckfrisur arrangiert.

»Du siehst hübsch aus, Kleine«, sagte meine Großmutter und schloss mich kurz in die Arme.

»Danke.«

Sie griff hinter mich und nahm sich ein Glas Sekt von einem der großen Tische, auf denen wir Getränke aller Art anboten.

»Wolltest du nicht Emma mitbringen?«

Ich nickte. »Sie wollte auch gern mitkommen, aber ihre Eltern haben einen Skiurlaub geplant, den sie nicht ausfallen lassen kann.«

»Schade. Wie sieht es mit einem Jungen aus, Kleine?«
Ich schüttelte den Kopf. »Nein.«

Meine Großmutter sah mich wieder skeptisch an. »Ich kenne dich besser als du dich selbst, Rina, ich seh es in deinen Augen.«

»Schätzchen«, rettete mich mein Dad und ich wand mich unter dem neugierigen Blick meiner Granny.

»Ja«, sagte ich, doch da hatte er mich schon an den Schultern gepackt und mit sich gerissen.

Er zog mich aus dem Wohnzimmer, vorbei an einem knutschenden Pärchen. Ich sah mich verdutzt um, war es dafür nicht noch zu früh? Schließlich blieben wir in der Küche stehen.

Mein Dad hatte sich in Schale geworfen. Er trug einen schwarzen Anzug mit einer hellblauen Krawatte um den Hals. Die braunen Haare waren etwas verwuschelt und machten ihn ziemlich attraktiv, was ich misstrauisch beäugte. In seinen braunen Augen las ich Panik.

»Was ist?«

»Sie ist da.«

Verdutzt sah ich ihn an. »Wer ist da?«

»Sarah.«

Ich zog die Augenbrauen hinauf, um ihm zu signalisieren, dass ich nicht hellsehen konnte.

»Die Direktorin an deiner alten Schule.«

Ich begann zu grinsen. »Das ist doch schön.«

Er hob die Hände an meine Schultern. »Was zur Hölle soll ich sagen?«

»Ähm. Hallo als Anfang wäre sicherlich gut.«

»Nimm mich nicht hoch, Katharina.« Ich zuckte bei dem Namen zusammen, doch zum Glück merkte es mein Dad nicht. »Ich meine es ernst. Geh hin, begrüße sie und dann entwickelt sich von selbst ein Gespräch.«

Wie gut, dass ich diese klugen Tipps immer an andere vergebe, aber nie auf die Idee komme, sie mal selbst zu befolgen.

»Aber das geht doch nicht.« Mein Dad schnaubte. »Bestimmt war das Lisa, die sie eingeladen hat.«

Ich sah zu meiner Großmutter rüber, die triumphierend lächelte.

»Probier es doch wenigstens«, versuchte ich meinen Vater zu ermutigen, doch immer noch glänzte Panik in seinen Augen.

Zum Glück wurde ihm die Entscheidung abgenommen. Lachend erschien eine Frau in der Küchentür. Sie trug einen schwarzen Rock und eine rote Bluse. Sie hatte braune Haare, die fast schon rötlich wirkten, und große braune Augen.

»Hallo Mr. Mason«, sagte sie lächelnd und ich musste grinsen. Mein Dad stand jedoch nur da und sein Gesicht sah aus wie eingefroren, als hätte man ihn aus dem Madame Tussauds geklaut.

Unauffällig, ich versuchte es zumindest, stieß ich ihn mit dem Ellbogen an. Wie ein Vogel, der hochgescheucht wurde, erschrak er und räusperte sich.

»Guten Abend. Wie nett, dass Sie gekommen sind.«

Gut, Dad, lobte ich ihn anerkennend in Gedanken.

»Danke für die Einladung.« Mein Vater grinste und die Frau sah schließlich zu mir. Ich trat vor und hielt ihr die Hand hin.

»Ich bin Kat.«

»Oh, natürlich«, stotterte mein Vater und trat ebenfalls vor. »Miss Porter, das ist meine Tochter Katharina.« Ich sah ihn warnend an. »Ähm, Kat«, korrigierte er schnell.

Die rothaarige Frau lächelte mich an. »Freut mich sehr, nenn mich doch Sarah. Sie auch bitte«, sagte sie an meinen Vater gewandt. Sie trat einen Schritt auf ihn zu und drückte ihm einen Kuss auf die Wange.

»Meinen herzlichen Glückwunsch, Mr. Mason.«

»Vielen Dank, aber sagen Sie Scott.«

Als ich sah, wie mein Vater leicht errötete, beschloss ich, dass er es nun allein schaffen würde. Außerdem vibrierte mein Handy in der eingenähten Tasche in meinem Kleid.

Auf dem Weg zurück ins Wohnzimmer zog ich es heraus und sah fünf ungelesene Nachrichten, alle von Emma. Ich überflog sie, wurde jedoch von einem Tippen auf der Schulter jäh unterbrochen, bevor ich alles lesen konnte.

Ich drehte mich um und erstarrte. Er hatte sich nicht verändert. Der Mann vor mir war zwar älter geworden, doch es waren immer noch dieselben Gesichtszüge, die mich früher immer beruhigt hatten.

Unwillkürlich griff ich nach dem Sektglas neben mir und kippte es in einem Zug hinunter.

»Musst du dir wirklich erst Mut antrinken, um mit mir zu reden?«, fragte der Mann vor mir. Er trug einen braunen Anzug und die braunen Haare hatte er zu kleinen Spitzen hochgestylt.

Der Sekt brodelte in meinem Bauch und ich griff nach einem neuen Glas.

»Sieht so aus«, antwortete ich, als mein Ex Peter auf mich zukam und mich zur Begrüßung an sich zog. Er war nur ein paar Zentimeter größer als ich, sodass ich über seine Schulter meine Großmutter sah, die wieder mal grinste. Verdammt, Granny.

»Du siehst gut aus, Katharina.«

Ich lächelte gequält, als er mich schließlich wieder losließ. Der Geruch seines Rasierwassers brannte mir in der Nase.

»Was treibst du so? Wie ist New York?«

Ich nahm noch einen großen Schluck aus dem Sektglas und merkte bereits, wie dieser mir in den Kopf stieg. Ich war schon immer anfällig auf Sekt und Wein.

»Es ist wirklich toll. Und du?« Small Talk. Ja, das bekam ich hin.

»Ich bin ebenfalls weggezogen. Nach Milwaukee, ich habe dort eine Filiale meines Vaters übernommen.«

Peters Vater betrieb Reisebüros.

»Klingt spannend«, log ich.

Dann entstand Stille, die ich mit Trinken und Peter mit Starren füllte.

Wieder spürte ich es in meinem Kleid vibrieren. Ich wollte das Handy herausziehen, doch ich verlor das Gleichgewicht und trat hastig einen Schritt nach vorn. Ich hätte doch was essen sollen. Mein Blick fiel auf die Torte neben mir.

»Hast du wieder einen Freund, nachdem du mich abserviert hast?«, fragte Peter, als ich endlich mein Handy aus der Tasche zog und draufsah.

Emma: *Er wird bald da sein. Katty, antworte. Luce wird bald bei dir sein.*

Wie erstarrt lag mein Blick auf Luce' Namen.

Was? Aber ... ich scrollte hoch, um die früheren Nachrichten zu lesen, doch Peter räusperte sich vor mir.

Ich sah auf, doch ich erblickte keine stumpfen braunen Augen. Stürmische graue Augen trafen mich von der Wohnzimmertür aus. Sie brannten sich wie Eis in mein Bewusstsein. In meine Seele. Ich war betrunken, das musste es sein.

Doch die Gestalt an der Tür bewegte sich auf mich zu. Unwillkürlich trat ich einen Schritt zurück. Es passierte so schnell, dass ich es nicht hatte kommen sehen. Ich sah Luce Snow auf mich zukommen, mein von Sekt beduseltes Gehirn drehte sich und ich verlor das Gleichgewicht. Ich ruderte mit den Armen, versuchte mich zu halten.

»Katharina.«

»Engelchen.«

Beide Männer traten vor, um mich aufzufangen, doch es war zu spät. Mit der Seite zuerst flog ich auf den Tisch voller Essen und mit dem Gesicht direkt in die Schokoladentorte. Obwohl der Mann meiner Vergangenheit und der aus der Gegenwart auf mich niedersahen, war der erste Gedanke, der mir in diesem Moment durch den Kopf schoss, dass mich Granny umbringen würde.

»Katharina, so ist also dein richtiger Name, Engelchen.« Diese Stimme, diese dunkle Stimme, die eindeutig Luce gehörte, drang zu mir durch. Zwei Hände wurden mir hingehalten, doch ich lehnte beide ab.

»Rina«, ertönte es schrill unweit von mir, als meine Granny neben Luce und Peter auftauchte. In ihrem Blick lagen Überraschung und Ärger.

»Es tut mir leid«, stammelte ich und kam mühsam auf die Knie und von da aus wieder auf die Beine. Meine Zunge leckte ein Stück Schokoladentorte von meinen Lippen. Ich fühlte mich, als wäre ich in einen Pool voller Pudding gefallen. Überall in meinen Haaren klebte Schokoladenguss.

»Was ist passiert?«, fragte Lisa, doch als ich antworten wollte, wurde ich unterbrochen.

»Sie ist betrunken.«

Mein Blick zuckte zu Luce. Er stand einfach da. Arrogant, als würde er hierher gehören. Er hatte den Bart nicht mehr so lang wie bei unserem letzten Zusammentreffen und auch die Veilchen waren verheilt. Seine Haare waren ein gutes Stück länger, womit er wieder mal attraktiver aussah, als ihm guttat. Er trug einen schwarzen Wollpullover und ganz schlichte Blue Jeans. So casual hatte ich ihn noch nie gesehen.

»Und was genau interessiert dich daran?«, zischte ich etwas zu laut. Luce hob verwundert die Augenbrauen. Ich hatte nicht vergessen, was er zu mir gesagt hatte. Dass er mich aus seinem Leben geschmissen hatte wie Dutzende seiner One-Night-Stands zuvor. Warum in aller Welt war er hierhergekommen? Den ganzen Weg von New York nach Wisconsin. Und woher wusste er, wo ich wohnte. In meinem Kopf pochte es und ich fühlte mich wie der letzte Idiot. Alle Gäste starrten mich an und mein Cousin in der Ecke lachte sich halb kaputt.

Luce antwortete nicht, stattdessen sah er mich eindringlich an.

»Katharina, geht es dir gut?« Peter, den ich komplett vergessen hatte, packte mich an meinem rechten Oberarm und zog mich vom kaputten Tisch fort. Ich versuchte, mich von ihm loszureißen, doch sein Griff blieb standhaft.

»Würdest du mich bitte loslassen?«

»Ich möchte nur sichergehen, dass du dir den Kopf nicht angeschlagen hast.«

Ich lachte auf. »An was? An einer Schicht besonders hartem Schokoladenüberzug?«

Ich hörte Luce hinter mir kichern und Peters Blick fiel auf den Mann, der mein Herz höherschlagen ließ. Obwohl ich ihn eigentlich aus tiefster Seele hassen müsste.

»Und wer bist du?«, fragte Peter Luce und dieser starrte ihn an.

»Ich bin der Typ, der dir eine reinhaut, wenn du nicht

die Finger von ihr nimmst.«

Vor Schreck gluckste ich auf.

»Luce«, stieß ich hervor und er grinste mich an.

Peter sah auf die Hand, die um meinen Oberarm lag.

»Ich mein es ernst, Schmalzlocke«, fügte er hinzu. Ich sah zu meinem Exfreund.

»Wer ist das, Katharina?«

»So heiße ich nicht mehr«, sagte ich, anstatt zu antworten.

»Wer ist er?«, fragte er noch deutlicher.

Luce' Finger legten sich um die Hand auf meinem Oberarm.

Peters Hand löste sich von meiner Haut.

»Das geht dich einen feuchten Kehricht an.«

Als ich frei war, sah ich in Luce' Augen wie die Härte wich und Verletzlichkeit sie ersetzte.

»Können wir reden, Engelchen?«

»Nenn mich nicht so«, flüsterte ich leise, denn ein Kloß bildete sich in meinem Hals. Ich verstand die Welt nicht mehr.

»Nein, kann sie nicht. Sie muss unter die Dusche und sich umziehen. Meine Herren, in der Zeit können Sie gern beim Aufräumen helfen.«

Meine Granny zeigte auf den zusammengefallenen Tisch und auf die Torte, die komplett zerstört auf dem Boden lag.

Luce nickte, sah mir allerdings noch immer eindringlich in die Augen. Doch ich ließ mich ohne ein Wort von meiner Großmutter wegziehen.

Während heißes Wasser über meinen Körper lief und ich allmählich einen ruhigeren Puls bekam, schlug mein Herz trotzdem noch viel zu stark in meiner Brust.

»Süße?«, fragte meine Großmutter leise und ich öffnete die Augen. Ich stellte die Dusche aus und nahm das Handtuch entgegen, was mir Lisa durch den Duschvorhang hinhielt.

Ich wickelte mich in den weichen Stoff und trat aus der Dusche. Mein Blick fiel auf meine Großmutter, in ihren Augen standen Besorgnis und Neugier.

»Wer ist er?«, fragte sie.

Ich seufzte. »Ich hab ihn vor ein paar Wochen kennengelernt.«

»Er schien mir ziemlich …« Lisa überlegte kurz. »Nett.«

»Das ist das Wort, was Luce nicht beschreibt, Granny.«

»Er hat es also vergeigt.«

»In großem Maß.«

»Warum ist er dann hier?«

Ich sah sie an, während ich mir die Haare mit einem Handtuch zu einem Turban wickelte. »Ich habe keine Ahnung.« Das war sogar die Wahrheit.

»Er will es wiedergutmachen.«

Wild schüttelte ich den Kopf, sodass mir das Handtuch fast aus den Haaren rutschte. »Will er nicht. Höchstwahrscheinlich will er noch mal nachtreten.«

Große grüne Augen, die meinen so ähnlich waren, sahen mich an.

»Hör es dir an, Süße.«

»Was bringt mir das?«

»Tu es, wenn du es nicht machst, bereust du es irgendwann vielleicht. Immerhin ist er extra hierhergeflogen.«

Sie hatte recht. Doch ich hatte Angst, mit Luce allein zu sein. Ich wusste, wie leicht ich mich beeinflussen ließ. Wie schnell ich vergaß, wie abrupt seine Stimmung umgeschlagen war.

Mit einem Kuss auf die Stirn ließ mich Lisa mit meinen Gedanken allein. Ich ließ mir Zeit beim Abtrocknen, Umziehen und neu Schminken und Frisieren. Schließlich entschied ich mich für ein dunkelrotes Kleid. Die Haare trug ich offen und leicht gewellt. Dann holte ich mein Handy hervor und rief Emma an. Sie hob nach dem ersten Klingeln ab.

»Endlich, Katty, es tut mir so leid.«

»Was ist passiert?«

»Ich bin vorhin bei Danny angekommen. Wir wollten eine Pizza essen und den neuen Marvel ansehen. Hast du den schon gesehen, Katty? Er war wirklich nicht schlecht, nicht so, wie ich dachte zumindest.«

»Emma«, warnte ich sie, denn sie schweifte schon wieder ab.

»Sorry. Ich war also da und irgendwann zwischen dem letzten Stück Pizza und einer Portion Ben & Jerry's erzählt mir der Idiot, dass Luce im Flieger zu dir sitzt.«

»Warum? Und woher weiß er, wo ich bin?«

»Ähm …«, glukste sie. »Könnte sein, dass jemand Danny erzählt hat, wo du bist.«

»Emma.«

»Es tut mir leid, ich wusste nicht, dass Luce vorhat, zu dir zu kommen.«

»Du weißt also auch nicht, was er will?«

»Ist er schon da?«

»Ja«, sagte ich leise und sie fluchte.

»Schick ihn zum Teufel.«

»Granny sagt, ich soll mir anhören, was er möchte.«

»Du weißt, ich liebe deine Granny, aber willst du wirklich hören, was er zu sagen hat?«

Ich nickte.

»Verdiene ich nicht eine Antwort?«

»Ja.«

»Ruf mich nachher an. Egal wie spät, okay?«

»Ja, werde ich.«

»Es tut mir leid, Kat.«

»Du kannst nichts dafür. Danke fürs Bescheid sagen.«

Als ich auflegte und mich erhob, waren meine Beine wie aus Gummi. Trotzdem streckte ich den Rücken, ging die Stufen hinunter und sah, wie Luce gerade ein paar leere Gläser mit Sekt füllte. Als er mich entdeckte, stockte er in der Bewegung und ließ die Flasche sinken.

»Engelc…« Ich hob die Hand. »Kat, können wir jetzt reden?«

Ich nickte und machte eine Kopfbewegung Richtung Haustür.

Er kam auf mich zu. Ich drehte mich um, nahm meinen Mantel und verließ unser Haus. Die gaffenden und lauschenden Familienmitglieder blieben zurück und ich erschauderte, als kalte Luft meine nackten Beine streifte.

»Ist es nicht zu kalt?«, fragte Luce.

Ich nickte. Deswegen führte ich ihn hinter das Haus in einen von den Pferdeställen. Es war still, man hörte nur das leise Schnauben der Pferde. Ich ging zielstrebig zu einer Pferdebox ganz hinten im Stall, die schon mein Leben lang leer stand. Ich hatte dort immer einen Rückzugsort gefunden. Hatte mir ein Plätzchen zum Sitzen gebaut und all meine Bücher da verschlungen. Dort war ich zum ersten Mal zusammengebrochen nach dem Tod meiner Mutter. Ich öffnete das Holzgitter und ließ Luce vorgehen. Es war schön warm im Stall, also zog ich meinen Mantel wieder aus und legte ihn über das Gitter.

Und nun, ja nun standen wir da und starrten uns an.

»Es ist schön hier«, sagte Luce und beim Klang seiner Stimme erschauderte ich.

Ich ging an ihm vorbei und setzte mich auf die kleine Mauer aus Stroh.

»Ich habe das hier zusammen mit Peter gebaut damals.«

Sein Blick verdunkelte sich. »Peter?« Wie er den Namen aussprach, hörte es sich tödlich an. »Dieser Kerl von vorhin?«

Ich nickte, denn ich wusste nicht, was ich dazu noch sagen sollte.

»Ist er dein Ex?«

»Ja, ist er.«

»Er passt überhaupt nicht zu dir.«

Mein Blick glitt nach oben. »Was willst du hier, Luce?«

Sein Ausdruck verfinsterte sich noch ein Stück mehr und ich las Qual in dem Grau seiner Augen.

»Es tut mir leid, dass du wegen mir in die Torte gefallen bist.«

»Das war nicht wegen dir.«

Trotz des Versuches ernst zu bleiben, musste ich ein Grinsen unterdrücken.

»Engelchen, ich …«

Ich unterbrach ihn. »Hör zu, ich bin nicht dein Engelchen, ich war es nie und werde es niemals sein.«

Er kam auf mich zu, doch irgendwas in meinem Gesicht ließ ihn innehalten und tief die Luft einziehen.

»Ich bin hergekommen, weil ich mich entschuldigen wollte.«

Meine Augenbrauen hoben sich. »Es ist vier Wochen her, Luce. Jetzt kommst du auf den Gedanken, dass eine Entschuldigung angebracht ist?«

»Nein, das wusste ich schon an dem Abend, als ich aus dem Wohnheim abgehauen bin.«

»Und warum entschuldigst du dich jetzt erst? Nachdem du mir solche Worte an den Kopf geworfen hast? Nur weil du mir nicht egal warst?«

»Warst?« Seine Stimme war heiser, er senkte den Blick, sodass ich seine Augen nicht mehr sehen konnte. »Bin ich dir jetzt egal?«

Immer noch sah er zu Boden und ich überlegte lange, bevor ich antwortete. »Nein.«

Sein Kopf ruckte nach oben und mir war, als sähe ich

Hoffnung in seinen Augen.

»Ich weiß, wenn ich dein Vertrauen wiedererlangen möchte, muss ich dir erzählen, warum ich so ausgerastet bin.«

Ich unterbrach ihn. »Erzähl mir erst, warum du hergekommen bist. Warum hast du deine Meinung geändert?«

»Ich habe dich vermisst. Ich habe den Gedanken, die Vorstellung vermisst, mit dir zusammen zu sein.«

Mein Puls schnellte in die Höhe, doch ich blieb skeptisch.

»Und wie lange bleibt dieses Gefühl in der Regel? Lasse ich mich wieder auf dich ein, mal abgesehen davon, ob ich dir verzeihe, muss ich Angst haben, am nächsten Morgen wieder aus deinem Leben geschmissen zu werden? Muss ich Angst haben, dass du plötzlich wieder denkst, du wärest nicht gut genug oder beschuldigst du mich wieder, mit Danny geschlafen zu haben?«

Er hob die Hand und raufte sich die schwarzen Haare.

»Ich bin kaputt, das sagte ich schon mal, aber ich habe Gefühle für dich, Kat. Ich hatte niemals solche Gefühle, für kein Mädchen vorher. Ich möchte dich nicht verlieren. Ich habe so viel verloren und trotzdem schmerzte von dir getrennt zu sein mehr als alles zusammen.«

Ich starrte den Mann vor mir an und befürchtete, gleich aus einem Wunschtraum aufzuwachen. Doch ich war wach. Ich war zwar beschwipst, doch ich war noch so klar im Kopf, dass ich diese Worte als ehrlich empfand.

»Du hast Gefühle für mich?«

»Ja«, sagte er und stopfte verlegen die Hände in seine Blue Jeans.

»Was ist mit dir?«, fragte er vorsichtig und ich lachte. Verunsichert sah er mich an.

»Oh ja, Luce. Du hast mir das Herz gebrochen mit deinem Verhalten. Ein Herz bricht nur, wenn es vorher Gefühle entwickelt hat.«

Jetzt erschien ein Lächeln auf seinem Gesicht und einfach so begann mein Herz zu heilen. Er kam auf mich zu, jetzt sicherer. Er nahm neben mir Platz und wandte sich mir zu.

Verlegen streifte ich eine blonde Strähne hinter das Ohr.

»Ich möchte dir trotz allem erzählen, warum ich bin, wie ich bin.«

Ich sah ihn an und öffnete den Mund für einen Protest.

»Es wird Zeit, dass ich jemandem davon erzähle. Vielleicht erzähle ich nicht alles. Aber es soll ein Anfang sein, verstehst du?«

Ich nickte.

»Du musst wissen, dass ich früher mal ein ganz normaler Student war. Ich war nicht mal schlecht in dem, was ich tat. Ich wollte mein Studium mit Auszeichnung bestehen und bei einem Verlag einen Job finden.«

»Was ist passiert?«

»Meine Schwester Lucy ist nach dem Tod unserer Eltern … also meine Mom ist nicht tot, aber für uns ist es, als wäre sie es …«

Er schluckte und ohne darüber nachzudenken, ergriff ich seine Hände. Sie waren eiskalt und ich hoffte, ihm so Wärme zu spenden. Sein Blick lag auf unseren ineinander verflochtenen Fingern.

»Lucy geriet in Schwierigkeiten, sie rutschte in eine Szene ab, in der ein Mädchen niemals sein sollte. Sie nahm Drogen, trank Alkohol und machte Schulden bei Leuten, bei denen man keine Schulden haben sollte. Ich tat alles, um sie da rauszuholen, weißt du, doch sie blieb hartnäckig, sie fühlte sich wohl dort. Ich hielt dies für Bullshit.«

Als Luce mich ansah, brach mir der Ausdruck in seinen Augen das Herz.

»Als sie eines Abends wieder mal nicht nach Hause kam, begann ich sie zu suchen. Ich fand sie irgendwo in einem der Wohnhäuser, wo diese beschissenen Dealer ihre Partys feierten. Ich suchte alle Räume ab und entdeckte sie in einem Schlafzimmer. Fast leblos, halb nackt auf einem Bett. Man hatte ihr K.-o.-Tropfen in die Getränke gemischt.«

Ich schluckte. Deshalb war er damals so ausgerastet.

»Dieser Kerl war gerade dabei, ihr das Höschen auszuziehen. Ich sah rot, schlug den Typ halb tot und brachte Lucy nach Hause. An diesem Tag beschloss ich, sie endgültig da rauszuholen. Ich brauchte Geld, um die Schulden abzubezahlen, die meine Schwester bei diesen Kerlen hatte.«

»Der Raubüberfall.«

»Es schien mir die beste Lösung. Es war nicht so, dass

mir nicht klar war, was mir bevorstand, wenn ich aufflog. Ich wusste, ich würde alles verlieren. In den Knast gehen, von der Uni verwiesen werden, mein Zuhause verlieren. Doch es war für Lucy und ich würde für sie durchs Feuer gehen.«

Er atmete scharf aus, als hätte er die ganze Zeit die Luft angehalten. Doch er war noch nicht fertig.

»Der Grund, warum ich ausgerastet bin bei dir im Wohnheim. Es ist etwas passiert im Knast. Etwas, was mich große Anstrengung kostet, nur allein daran zu denken. Es würde mir unendlich schwerfallen, es zu erzählen. Vielleicht kann ich das niemals, Kat.« Er sah mich flehend an. »Doch ich hoffe, was ich erzählt hab reicht, um zu verstehen, warum ich so bin, wie ich bin. Diese Sache, die im Knast geschehen ist, lässt mich oft rot sehen und ich ertrage es nicht, jemanden so auf mir zu spüren. Ich dachte, dass es bei dir vielleicht anders ist, dass es keine Rolle spielt. Doch ich empfinde Ekel vor mir selbst.«

»Luce«, flüsterte ich, Tränen brannten mir in den Augen.

»Ich möchte, dass du nichts sagst. Nur eins, sag mir, ob du mir noch eine Chance gibst. Sag mir, dass du es schaffst, mit mir zu leben, mit all meinen Fehlern.«

Ich nickte, unfähig etwas zu sagen.

»Du wirst niemals oben sein beim Sex, Engelchen«, sagte er, als müsste er mir das noch mal bewusst machen.

»Das ist mir gleich.«

Misstrauisch beäugte er mich. Doch es war mir egal,

alles war egal. Ich verstand nun ein wenig mehr, warum Luce so war, wie er war.

Mein Herz stolperte in meiner Brust und ohne darüber nachzudenken, presste ich die Lippen auf seine. Kurz schien er angespannt, doch lockerten sich seine Muskeln schnell und seine Lippen bewegten sich auf meinen. Er legte die Hand an meine Wange und zog mich näher. Als ich meine Lippen ein wenig öffnete, drang er mit der Zunge ein und tanzte mit meiner.

Er stöhnte in meinem Mund und ich rutschte näher. Mit einer kurzen Handbewegung hatte er mich seitlich auf seinen Schoß gehoben und nun schlang ich voller Hingabe die Arme um seinen Hals.

Seine Hände griffen in mein Haar und ich positionierte mich so auf seinem Schoß, dass ich ihn zwischen meinen Beinen spürte. Mir war bewusst, dass ich ein Kleid trug, doch es war mir egal. Ich wollte Luce so nah wie möglich sein. Plötzlich erschrak ich, rappelte mich etwas unbeholfen von seinem Schoß hinunter und starrte ihn an.

Seine dunklen Augen trafen mich.

»Es tut mir leid.«

Er sah mich fragend an. Erregung glänzte in seinem Blick.

»Was?«

»Ich habe mich auf dich gesetzt, eben hast du es mir noch gesagt und nun mach ich es schon wieder kaputt.«

Luce entspannte sich sichtlich und lachte leise. Widerwillig ließ ich zu, wie er mich wieder auf seinen Schoß zog.

»So ist es okay. Ich brauche immer die Möglichkeit der Kontrolle, verstehst du.«

»Ja, aber …«

»Es geht mir darum, wenn ich liege und du auf mir sitzt. Das kann ich nicht.«

»Aber so ist es okay?«, fragte ich zur Sicherheit noch mal nach.

Er antwortete damit, dass er mich küsste.

»Ich möchte niemals damit aufhören.«

Mit einem Gefühl als würde ich schweben, ließ ich zu, dass er mich näher an sich zog und seine Finger über meinen Körper strichen. Mir wurde heiß.

»Fass mich an, Luce«, flüsterte ich ihm ins Ohr und ich war selbst überrascht von meinen Worten.

Die grauen Augen entflammten und seine Finger fanden den Reißverschluss meines Kleides auf dem Rücken. Doch er zog ihn nicht hinunter, stattdessen wanderten die Finger weiter runter und verschwanden schließlich unter meinem Kleid. Ich schnappte nach Luft, als er über den Rand meines Höschens strich.

»Fass mich an, Luce«, wiederholte ich noch einmal und zusammen mit einem erneuten Kuss schob er mein Höschen beiseite und berührte mich dort, wo es nur für ihn pochte.

»Gott, Engelchen«, stöhnte er an meinen Lippen.

»Mach weiter«, forderte ich und er grinste.

Doch ein lautes Krachen ließ uns innehalten.

»Katharina«, hörte ich Peters Stimme und obwohl ich

vor Schreck fast von Luce' Schoß gefallen wäre, schafften wir es nicht rechtzeitig auseinander. Plötzlich stand Peter im Eingang der Box und sah mit riesigen Augen auf uns hinab. Ich rappelte mich umständlich auf. Röte stieg mir ins Gesicht.

»Ich glaube, ich sollte mich jetzt vorstellen«, sagte Luce plötzlich. Er ging auf Peter zu und hielt ihm die Hand hin. »Ich bin Luce Snow. Kats Freund.«

Tausende Gefühle brachen auf mich herein. Scham, Aufregung, Unsicherheit. Doch all das war in dem Moment vergessen, als Luce diese Worte aussprach. Denn nun spürte ich nur noch Glück.

KAPITEL 28
Kat

Ich: *Sieht aus, als würde Luce hier ein wenig Urlaub machen.*

Ich schickte die Nachricht gerade ab, als Luce neben mir erschien. Wir waren wieder zurück ins Wohnhaus gegangen. Peter hatten wir nicht wirklich etwas erklärt, denn in erster Linie ging es uns etwas an und Peter war nicht mehr Teil meines Lebens.

Emma: *Was soll das heißen?*

Ich: *Dass Luce und ich nun zusammen sind.*

Emma: *WAAAAAAAAAAASSS??????? Ich weiß nicht, ob ich das gut oder schlecht finden soll.*

Ich: *Gut, definitiv gut. Es fühlt sich an wie Schweben.*

Luce nahm meine Hand in seine und ich wunderte mich, dass es sich so normal anfühlte.

Emma: *Bist du glücklich, Katty? Du weißt, ich reiße ihm gern den Arsch auf, wenn du es nicht kannst.*

Ich: *Ich bin mehr als glücklich, Em. :)*

Emma: *Dann bin ich es auch, bleibt nur eine Sache zu wissen.*

Ich: *Die da wäre?*

Emma: *Was sagt Scotti Scott dazu?*

Ich schaute auf und sah, dass mein Dad zusammen mit Sarah, der Direktorin auf dem Sofa saß und ein Stück Kuchen aß. Wohlgemerkt, kein Stück Schokoladentorte, die Einzige, die davon was abbekommen hatte, war ich.

»Wie lange bleibst du?«, fragte ich Luce. Immer noch spürte ich es in meinen Ohren rauschen. Dieser Mann ließ alle Gefühle in mir durcheinandertoben wie in einem Tornado.

Er zuckte mit den Schultern. »Ich hatte damit gerechnet, dass du mich zum Teufel jagst, daher habe ich keine Ahnung, wo hier das nächste Hotel ist. Es sind Semesterferien und ich habe nichts weiter vor. Das heißt, wenn du mich hier haben möchtest.«

»Machst du Witze? Klar.« Er grinste bei meinem kleinen Schrei. »Dann wirst du nun meinen Dad kennenlernen.«

»Was glaubst du, warum ich mich so angezogen hab?« Er zeigte auf die normale Jeans, die nicht ein Loch aufwies. Dann sah ich auf den Pullover, der jedes seiner Tattoos verbarg und musste lachen.

Ich: *Das finde ich jetzt raus.*

Ich zog Luce zur Couch und mein Dad sah in dem Moment auf, als Luce meine Hand losließ.

»Daddy, darf ich dir Luce vorstellen?«

Härte erschien in den Augen meines Vaters und er vergaß für einen Moment, dass Sarah neben ihm saß. Er stand auf und stellte sich vor Luce. Mein Vater war groß, doch Luce überragte ihn immer noch um einen halben Kopf.

»Luce?«, fragte mein Dad mit Misstrauen in der Stimme. »Woher kennst du ihn?«

»Aus New York.«

»Du bist dieser Idiot, der ihr das Herz gebrochen hat?«

Die braunen Augen meines Vaters sprühten Funken und ich sah, wie Luce zusammenzuckte.

»Hör auf, Dad.«

Mein Vater blickte zu mir und er musste etwas in meinen Augen gesehen haben, denn er ließ seufzend die Luft aus seinen Lungen weichen.

»Wir machen das Gästezimmer für ihn fertig.«

Ich grinste und umarmte ihn. »Danke.«

»Vielen Dank, Mr. Mason und alles Gute zum Geburtstag«, sagte Luce, doch mein Vater sah ihn nur starr an.

»Ich habe Sie im Auge.«

Ich lachte, doch mein Vater meinte es ernst. Deshalb liebte ich ihn auch so sehr.

Luce wurde am Ende des Flures im Gästezimmer einquartiert. Wir hatten noch weitergefeiert, doch es gab nicht mal mehr eine Sekunde, wo wir ungestört waren. Und nun waren wir durch einen langen Flur getrennt.

Ich lag in meinem Bett und lauschte meinem eigenen Atem. So viel war passiert und ich hatte Luce tatsächlich noch eine Chance gegeben. Ich hoffe, ich würde diese Entscheidung nicht bereuen. Die Stunden zogen sich und ich wollte keinen Schlaf finden. Ich lag nur da und starrte an die Decke, bis … Ich stockte … ich ein Geräusch vor meinem Zimmer wahrnahm. Ich setzte mich auf und sah, wie sich die Tür öffnete und ein mitternachtsschwarzer Haarschopf erschien. Die grauen Augen fanden mich und weiteten sich ein wenig, als sie mich entdeckten.

»Engelchen?«

Ich lächelte.

»Ich kann nicht schlafen, dein Dad schnarcht in seinem Zimmer. Glaubst du, ich kann für ein paar Augenblicke zu dir kommen?«

Ich nickte. »Sehr gerne.«

Die Tür öffnete sich weiter und Luce erschien in voller Größe bei mir im Zimmer. Ich musterte ihn. Er trug nur eine blaue Boxershorts und ein weißes Shirt, unter dem man seine geschwungenen Tattoos sehen konnte.

»Ich hätte andere Klamotten mitnehmen müssen. Allerdings hätte ich nicht gedacht, jemals mit deinem Vater unter einem Dach zu schlafen.«

»Alles ist in Ordnung. Er ist nur besorgt. Er ist der beste Dad, den es gibt.«

Er lächelte und kam auf mich zu.

»Und was trägt unsere blonde Schönheit?« Ich merkte, wie die Röte mir ins Gesicht stieg, strampelte jedoch die Decke so sexy wie es ging vom Körper. Zu Luce' Überraschung trug ich keinen Pyjama mit Füßchen, sondern ein rosa T-Shirt und eine knappe schwarze Hose. Ich sah, wie er schluckte.

»Ich und meine große Klappe.«

Er stand etwas unschlüssig vor meinem Bett und die grauen Augen wanderten ungeniert über meinen Körper.

»Möchtest du nicht ins Bett kommen?«

»Ja, ich möchte. Unglaublich gern sogar.«

»Aber?«

»Ich weiß nicht, ob mein Hirn so gut funktioniert.«

Ich musste lachen, griff nach seinem Arm und zog ihn auf die Matratze. Er legte sich neben mich und zerrte die Decke über uns beide. Dann streiften seine Finger meinen nackten Arm und er schob seinen unter mich. Mit klopfendem Herzen schmiegte ich mich an ihn. Er wandte den Kopf zur Seite und als ich ihn ansah, legten sich seine Lippen wie von selbst auf meine. Als gehörten sie einfach dorthin.

Es war ein langsamer Kuss, so als bräuchte er eine Bestätigung, dass ich wirklich da war. Mich störte es nicht. Ich ließ zu, dass er sich leicht über mich beugte und seine Zunge in meinen Mund eindrang.

»Ich bin froh, dass du mir noch eine Chance gegeben hast, Engelchen.« Er hörte sich leicht heiser an, als hielte er sich extrem zurück. Doch ich hatte einfach keine Lust mehr mich zurückzuhalten.

»Eine dritte wird es nicht geben. Nur dass du das weißt, Luce.«

Ich meinte das ernst und er wusste es. Er sah mir direkt durch die grünen Augen in mein Herz. Dann küsste er mich wieder. Diesmal jedoch nicht mehr so langsam. Wir beschleunigten unser Tempo. Plötzlich war Luce über mir und ich schlang die Arme um seinen Hals, zog ihn näher. Immer noch mit den Lippen auf den meinen, spürte ich seine Hand abwärts wandern. Sein Oberschenkel drückte meine Beine auseinander und ich öffnete mich ihm. Als seine Finger unter meine Schlafhose wanderten und das fanden, was sich nach seinen

Berührungen sehnte, schloss ich die Augen.

Luce begann mich zu streicheln, während seine Zunge mit meiner tanzte. Meine Finger krochen unter sein weißes Shirt, strichen über die harten Muskeln. Dann riss ich plötzlich die Augen auf, als Luce eine Stelle traf, die mich Sterne sehen ließ. Ein schelmisches Grinsen erschien auf seinem Gesicht. Er trieb mich höher und plötzlich war er mit einem Finger in mir. Es fühlte sich ungewohnt an, doch nicht unangenehm. Er streichelte mich weiter, bis ich anfing zu keuchen. Und dann, als dieses Gefühl ins Unermessliche gestiegen war, brach es aus mir heraus. Ein Stöhnen entfuhr mir tief aus meiner Kehle, doch Luce erstickte es mit einem Kuss. Er streichelte mich so lange weiter, bis ich nur noch erschöpft in seinen Armen lag. Dann drückte mir einen letzten Kuss auf die Lippen und schmiegte sich an mich. Fest ineinander verschlungen schliefen wir endlich ein.

KAPITEL 29

Kat

Die Tage flogen nur so dahin. Es war erst ein ungewohntes Gefühl, Luce jede Sekunde um mich zu haben, doch je länger wir zusammen waren, je mehr Zeit wir miteinander verbrachten, umso schöner, umso einfacher wurde es. Es schien mir, als wären wir nicht erst vor ein paar Tagen zu einem Paar geworden. Es war, als würden wir uns schon Ewigkeiten kennen.

An meinem letzten Morgen in Wisconsin überraschte mich Luce mit einem dampfenden Kaffee. Ich kam mit einem Handtuch um den Körper und einem weiteren um meine blonden Haare geschlungen aus dem Bad, das an mein Zimmer angrenzte.

Er saß auf meinem Bett, doch als ich den Raum betrat, stand er auf und kam auf mich zu. Ich erkannte das leichte Funkeln in seinen Augen, was mir verriet, dass er mich begehrte.

»Guten Morgen, mein Engelchen, du siehst zum Anbeißen aus.«

Verlegen senkte ich den Blick, doch er legte die Finger an mein Kinn und drückte seine Lippen auf meine.

»Ich habe den für dich.« Er hob den Kaffee in die Höhe und ich grinste.

»Danke«, sagte ich, nahm ihn jedoch noch nicht entgegen. Stattdessen zog ich Luce an den schwarzen Haaren hinunter zu mir.

»Guten Morgen«, hauchte ich an seinen Lippen und

ein undefinierbarer Laut, der sich wie eine Art Stöhnen und Knurren anhörte, verließ seinen Mund. Meine Zunge fand den Weg durch seine Lippen und strich liebevoll über seine. Seine Hand legte sich um mich, zog mich an sich heran.

»Du bist so sexy, Kat.« Jetzt hatte er das Tempo an sich gerissen. Er vertiefte den Kuss, saugte an meinen Lippen und als mich seine Hand unter dem Handtuch berührte, lächelte ich.

Ich spürte einen Luftzug und wie das Frottee an meinem Körper hinabglitt. Doch anstatt weiterzumachen, hörte ich einen Fluch und dann war Luce fort. Ich sah hinab und begann unwillkürlich zu lachen.

»Verdammt.«

Der für mich bestimmte Kaffee befand sich nicht mehr in meinem Becher, sondern bildete eine Pfütze auf meinem Zimmerboden. Luce befand sich schon auf den Knien, um mit dem Handtuch jeglichen Schaden so schnell wie möglich zu beseitigen.

»Es tut mir leid, Kat. Wirklich, ich weiß nicht …«

In meinem Körper machte sich ein Gefühl breit, was ich immer in seiner Gegenwart spürte. Es erfüllte jeden Winkel meines Seins und ließ mich vor Freude nicht mehr richtig atmen.

Mit klopfendem Herzen sah ich auf den Mann zu meinen Füßen und dachte zum ersten Mal, dass ich ihn liebte. So richtig und so sehr wie noch niemanden auf dieser Welt. Ich begann zu grinsen.

»Warum lachst du denn, Engelchen?«

Ich schüttelte nur den Kopf und lächelte. Es war noch nicht die Zeit, ihm meine Gefühle zu offenbaren.

»Ach nichts, ich sollte mir was anziehen.«

Er nickte, doch seine Augen wanderten, ohne einen Versuch es zu kaschieren, noch einmal gründlich meinen nackten Körper entlang.

»Ich habe noch etwas vor mit dir heute.«

Grinsend wandte ich mich ab und freute mich auf jede Sekunde, die kommen würde.

Luce war nach dem kleinen Kaffeeunfall am Morgen mit den Worten, er würde mich später abholen, verschwunden. Ich wusste nicht, wohin er wollte, nur dass er eine Überraschung für mich hatte.

»Du siehst glücklich aus, Kleines.« Mein Dad stand am Herd und briet ein paar Eier in der Pfanne.

»Das bin ich.«

»Ich halte immer noch nicht so viel von ihm, Schatz, und der Gedanke, dass du morgen Abend mit ihm zurück nach New York fliegst, verdreht mir meine Eingeweide.« Ich wollte etwas sagen, doch er stoppte mich. Mit dem Pfannenwender in der Hand drehte er sich zu mir um und lächelte. »Doch solange dein Gesicht voller Glück strahlt, solange jedes Mal ein großes Lächeln auf deinen Lippen erscheint und solange ich den Klang deines Lachens höre, statt deine Tränen zu sehen, würde ich mir nichts anderes für dich wünschen.«

Wortlos und berührt stand ich auf und nahm meinen Dad fest in die Arme. Ich würde ihn vermissen, doch ich wusste, er hatte Grandma und Miss Direktorin würde sich auch um meinen Vater kümmern, wenn ich nicht da war.

»Das bedeutet mir alles, Dad. Ich hab dich lieb.«

»Ich dich auch, mein Schatz und jetzt komm, unsere Eier sind fertig.«

KAPITEL 30

Kat

In fünf Minuten draußen, zieh dir was Warmes an, schrieb Sturmauge schließlich am frühen Abend. Mit klopfendem Herzen verabschiedete ich mich von meinem Vater und kam dick eingepackt aus dem Haus.

Kurz war ich mir nicht sicher, was ich dort sah, doch als Luce von der Harley Breakout hinunterstieg, seinen Helm abnahm und auf mich zukam, wusste ich, was ich sah.

Er war komplett in Leder gekleidet und sah damit unglaublich attraktiv aus.

»Lust auf eine Spritztour?«, fragte er und hielt mir einen zweiten, etwas kleineren Helm hin. Breit grinsend griff ich danach und fiel Luce dann um den Hals. Er zog mich lachend an sich und ich verlor kurz den Halt unter den Füßen, als er mich zu einem Kuss in die Lüfte hob.

Es war ein unglaubliches Gefühl, über den Highway zu fliegen. Denn so fühlte es sich an. Wie fliegen. Fest an Luce' Rücken geschmiegt, flog die Welt nur so an uns vorbei. Oft vergaß ich, wie schön meine Heimat war, doch in solchen Momenten wurde es mir sehr stark bewusst. Wir fuhren etwas mehr als eine Stunde und erreichten unser Ziel, als die Dämmerung über uns hereinbrach. Wir waren am Lake Michigan, das war mir bereits klar, doch wir befanden uns auf der gegenüberliegenden Seite. Die Gebäude und Hochhäuser der Stadt glitzerten uns von dort entgegen. Doch hier, wo

Luce und ich jetzt standen, war Stille. Es gab nur uns und das Wasser.

Er nahm meine Hand und führte mich an einer Reihe von kleinen Häusern vorbei, bis er schließlich vor einer Art Blockhütte hielt.

»Mylady, unser Schlafgemach für heute Nacht.«

»Wie?«, fragte ich ihn mit großen Augen.

»Ein Mann braucht immer ein paar Geheimnisse, sonst wäre das Leben doch langweilig.«

Ich konnte ihm nicht widersprechen.

Es war eine voll möblierte, kleine Blockhütte mit direktem Blick auf den Lake Michigan.

»Es ist unglaublich, danke.« Wir standen auf der kleinen Terrasse mit dem großen weißen Sofa und den beheizten Säulen, die sie gemütlich warm hielten.

»Ich würde alles tun, um dieses Lächeln in deinem Gesicht zu sehen, Engelchen.«

Und was tat ich? Ich grinste besagtes Lächeln und ein peinliches Quietschen verließ meine Kehle.

Während Luce sich um die Pizza kümmerte, die er für unser Candle-Light-Dinner besorgt hatte, machte ich für ihn eine Flasche Bier auf und holte mir eine Dose Cola aus dem Kühlschrank. Als ich mit beidem an ihm vorbei zurück auf die Terrasse wollte, hielt er mich auf.

»Leg das Bier zurück, Engelchen.«

Verwirrt sah ich in die grauen Augen, doch er blickte mich ernst an.

»Warum?«

»Kein Alkohol für uns heute Nacht.«

Er nahm mir das Bier aus der Hand und holte sich ebenfalls eine Cola aus dem Kühlschrank. Diese drückte er mir in die Hand und küsste mich. Dann wandte er sich wieder dem Ofen zu.

»Ich platze gleich.« Ich lachte und auch Luce rieb sich genüsslich den Bauch.

»Das ist schön.«

Mein Blick lag auf seinem Gesicht. Er sah glücklich aus. Da war zwar immer noch dieser leichte Schatten in seinen Augen, doch er schien mir wie ein anderer Mann. Luce lachte unbeschwert, erzählte mir Kleinigkeiten aus seiner Kindheit mit Lucy und Danny. Er strich so oft wie möglich über meine Haut. Mal den Arm, dann das Knie. Und er hielt meine Hand, wie ein Ertrinkender seinen letzten Halt. Und immer wieder hatte ich das Gefühl, dass ich das für ihn war. Sein letzter Halt, seine letzte Chance auf etwas, was er niemals geglaubt hatte zu bekommen. Und ich würde alles tun, um ihm diesen Halt niemals wieder wegzunehmen.

»Warum schaust du mich so an, Engelchen?«

Das Grau seiner Augen hielt mich gefangen.

»Bist du glücklich, Luce?«

Er überlegte nicht lange und nickte. »Ich weiß nicht mehr wirklich, wie es sich anfühlt, doch ja, ich bin noch nie glücklicher gewesen in meinem Leben.«

Ich grinste so breit, dass meine Wangen wehtaten.

»Freut dich das etwa?« Er lachte, ein unbeschwertes Lachen, und wieder spürte ich dieses Flattern in meiner

Brust.

»Ich liebe dich, Luce.«

Ich stockte sofort und bereute, meiner Zunge freien Lauf gelassen zu haben. Es war zu früh. Wieso machte ich es mit solchen Worten kaputt? Wie erstarrt sah ich den Mann vor mir an. Sein Blick lag ruhig auf meinem Gesicht.

»Es tu…«

Er stoppte mich in meiner Entschuldigung, indem er mich auf die Beine zog und ich mich auf seinem Schoß wiederfand.

»Diese Worte habe ich noch nie zu jemandem gesagt, Engelchen.«

»Ich weiß, ich auch nicht. Ich wollte die Stimmung nicht kaputt machen. Es ist so schön mit dir, es kam einfach raus.«

»Kat, hör mal zu.« Er nahm mein Gesicht in seine Hände. »All das hier, ich kenne so etwas nicht. Noch nie wollte ich so viel Zeit mit einem Mädchen verbringen, nie wollte ich mit ihr wegfahren, noch nie war ich so verrückt nach ihr, wie ich es nach dir bin. All das hier bedeutet mir alles, du bedeutest mir einfach alles und wenn es das ist, was man Liebe nennt, dann ja, Katharina. Dann liebe ich dich auch. Dann liebe ich zum ersten Mal und mit vollem Herzen, obwohl ich dachte, dass dieses Herz nur noch Hass empfinden kann. Du hast alles besser gemacht, du hast mich gerettet, obwohl ich nicht gerettet werden wollte. Du darfst mich nie wieder verlassen, ich würde daran zerbrechen, Engelchen, mehr noch als ich an dem anderen Scheiß zerbrochen bin. Denn du bist jetzt meine Welt.«

Ich starrte Luce an und schluckte den Kloß runter, der mir in der Kehle festsaß. »Das war eine viel schönere Liebeserklärung als meine und das von so einem Chauvi wie dir.« Er berührte mich tief und es war das erste Mal, dass es sich normal anfühlte, dass mich jemand bei meinem richtigen Vornamen nannte.

Seine Brust vibrierte, als er lachte. »Sagt man das heutzutage noch?«

»Oh ja, das ist der Name, den May dir gegeben hat.«

»Sehr nett.«

Ich sagte nichts mehr, stattdessen verlor ich mich in dem Grau seiner Augen. Dann hob er mich hoch und stand mit mir auf. Er begann mich zu küssen, als wir die Treppen hinaufstiegen und das Schlafzimmer betraten. Weich und süchtig machend lagen seine Lippen auf meinen und es fühlte sich vertrauter an als jeder Kuss zuvor. Vor dem Bett ließ er mich runter und wir standen uns gegenüber. Es war dunkel im Zimmer, nur die glitzernden Häuser erhellten den Raum. Als lese er meine Gedanken, wandte er sich ab und schaltete eine kleine Tischlampe an. Ich schaute mich um, es war wunderschön hier. Das große Bett stand unter dem Fenster, sodass man morgens direkt auf den See blicken konnte.

Ich spürte, wie Luce wieder auf mich zukam. Er legte die Hände auf meine Schultern, ließ sie jedoch gleich darauf meine Oberarme niederfahren. Eine Gänsehaut bildete sich dort, wo seine Finger meine Haut streiften.

Ich legte den Kopf in den Nacken und seine Lippen fanden meine. Erst küssten wir uns nur. Wir standen einfach da und ließen unsere Lippen das tun, was sie so sehr begehrten. Meine Finger machten sich auf den Weg unter Luce' schwarzes Longsleeve. Seine Haut war warm und fühlte sich weich an.

»Zieh es aus, Luce.«

Er hob den Blick und die Sturmaugen glühten. »Wir müssen das nicht tun, Engelchen.«

»Müssen nicht, nein. Doch wir werden es tun, weil wir es so sehr wollen. Diese Nacht ist wunderschön, also lass sie uns genauso beenden.«

Ich bekam keine Antwort. Obwohl doch, die Antwort war die fließende Bewegung, als Luce sein Shirt über den Kopf zog und es einfach fallen ließ. Mein Blick zuckte von Muskel zu Muskel, von Hautstelle zu Hautstelle. Ich trat zu ihm heran und meine Finger berührten die zwei Spatzen, die seinen Bauch hochflogen. Die beiden Spatzen, die für seine Schwester standen.

»Nun ist es nicht nur sie, die mich zum Fliegen bringt, Kat.«

Seine Stimme war dunkel und ließ einen leichten Schauer über mich rieseln.

Ich lächelte und spürte seine Finger am Bund meines Pullovers. Ich half ihm, indem ich die Arme hob, damit er ihn mir über den Kopf ziehen konnte. Nun lag er dort, wo auch Luce' Shirt zum Liegen gekommen war. Luce' Blick glitt hinab und er öffnete den Verschluss meines BHs.

Als auch dieser weg war, zog ein leichtes Frösteln über meinen Körper. Doch Luce trat auf mich zu und legte seine Hände einfach so auf meine Brüste.

»Sagte ich schon, wie sehr ich diese beiden liebe?«

Ich lachte. »Nein, heute noch nicht.«

»Oh, ich werde ein Lied für sie schreiben, wenn wir wieder zu Hause sind.«

Das Lächeln erstarb in meinem Gesicht, als er sich schließlich hinunterbeugte und mit den Lippen über meine aufgerichteten Nippel strich. Ich schloss die Augen und ließ die Finger in seinen Haaren verschwinden. Doch plötzlich schlang er die Arme um mich, hob mich hoch und mit einem eleganten Wurf landete ich auf dem weichen Bettlaken.

Ich sah zu dem Mann hinauf, den ich liebte und wartete. Ich fühlte mich begehrt und geliebt. Er zog mir mit flinken Fingern die Hose mitsamt Schuhen und Socken aus und tat bei sich dann genau dasselbe.

»Wieder eine Boxershorts?«, fragte ich, als er schließlich nur noch mit besagtem schwarzem Kleidungsstück vor dem Bett stand.

»Ich dachte mir, umso mehr Stoff zwischen ihm und dir sind, umso besser.«

Wieder musste ich lachen. »Das war unnötig, Luce.«

Er hob die Augenbrauen. »Ach ja?«, fragte er und ich nickte.

Grinsend kniete er sich dann auf die Matratze. »Nun, Engelchen, das kann ich nur so wiedergeben.«

Mit diesen Worten zog er mir das Höschen aus und

wie von selbst ließ ich Luce an meine Mitte.

Seine Lippen fanden wieder meine und seine Hände schienen überall zu sein. Er wusste, wie er mich zu dem Punkt brachte, an dem ich kaum atmen konnte und es sich anfühlte, als zerspringe mein Herz in tausend Stücke. Seine Finger brachten mich bis an den Punkt und noch viel weiter, doch diesmal war dort nicht Schluss. Während mein Kopf immer noch irgendwo zwischen Wonne und Verlangen war, merkte ich nicht, wie er sich schließlich die Boxershorts über die Beine streifte und ein reißendes Geräusch zu hören war. Erst als ich ihn zwischen meinen Beinen spürte, sah ich auf und hielt die Luft an.

Auch Luce hatte die Augen geschlossen, als hielte er sich zurück.

»Tu es, Luce.«

Jetzt sahen mich die Sturmaugen wieder an. Klammerten sich an meine wie ein Anker, den er brauchte.

»Ich habe so lange auf diesen Moment gewartet, Engelchen. Ich will dir nicht wehtun. Du sollst es nicht bereuen, es mit mir zu tun.«

Wild schüttelte ich den Kopf und zwang ihn mich anzusehen. »Ich liebe dich, Luce. Mit wem soll es sonst geschehen? Ich habe keine Angst.«

Ein Lächeln umspielte seine Lippen. Dann legte er selbige an meine. »Ich liebe dich auch, Engelchen.«

Mit diesen Worten schob er sich in mich. Ich hielt die Luft an, spürte einen Druck und einen kurzen, brennenden Schmerz, doch es war nicht so schlimm, wie ich es mir vorgestellt hatte.

Luce schob sich weiter in mich hinein, hielt dann jedoch inne, um mir die Zeit zu geben, mich an ihn zu gewöhnen. Ich schloss die Augen, strich über seinen Rücken hinab zu seinem Hintern. Dann schlang ich fest entschlossen die Beine um seine Mitte.

Dies war die Aufforderung, die er gebraucht hatte. Seine Hüfte zog sich zurück, nur um kurz darauf wieder in mich hineinzustoßen. Wir machten langsam, doch bei jedem Stoß verschwand der Schmerz ein wenig mehr und wurde von Begierde abgelöst. Er fand einen Rhythmus, der uns beide aufstöhnen ließ und er wurde immer schneller. Seine Lippen fanden meine und unsere Zungen tanzten miteinander.

Langsam baute sich ein Druck in mir auf, meine Brust zog sich zusammen und ich erwischte mich, wie ich Luce vor Verlangen in die Unterlippe biss.

Er lachte. »Du bist ja ein bissiges Engelchen.«

Ich konnte nicht antworten, stattdessen rief ich Luce' Namen, als mein Höhepunkt mich überrollte.

Irgendwo weit entfernt spürte ich nach ein paar weiteren Stößen auch Luce meinen Namen stöhnend auf mir zusammenbrechen.

Dann lagen wir da. Herz an Herz. Ich war noch nie so glücklich wie in diesem Moment. Konnte es schöner sein?

KAPITEL 31
Kat

Ein greller Sonnenstrahl weckte mich und ich wand mich unter der seidig weichen Bettdecke. Ich spürte Luce' Arme um mich und grinste wie eine Verrückte. Ich schloss die Augen und untersuchte meinen Körper. Es fühlte sich nicht anders an. Nur schöner. Glücklich zog ich Luce' Arme stärker um mich.

»War es so, wie du es dir vorgestellt hast, Engelchen?«

»Mehr als das.«

Ich spürte ihn an meiner Wange lächeln. »Für mich auch.«

Und ich glaubte ihm. Ich glaubte ihm, dass dies anders war als alles, was er vorher erlebt hatte.

Ich musste wieder eingeschlafen sein, denn ein vibrierendes Geräusch weckte mich. Suchend sah ich mich im Zimmer um und stellte fest, dass es aus Luce' Hose kam. Etwas ungeschickt wand ich mich aus seinen Armen. Grummelnd wendete er sich von mir ab, schlief jedoch weiter. Nackt wie ich war, lief ich zu Luce' Hose und holte sein Handy heraus.

Dannys Gesicht lachte mich an und ich hob ab, ohne mir was dabei zu denken.

»Hi …«

»Endlich, Luce, warum gehst du nicht ran? Hier ist dieses Mädchen.« Mein Herz blieb stehen und ich hielt die Luft an. »Luce, hörst du mich? Du musst wiederkommen, ich weiß nicht, was ich machen soll. Sie sagt, du hättest sie gezwungen, mit dir zu schlafen … Luce? … Sie behauptet, sie wäre schwanger, was soll ich tun?«

Dies war der Moment, wo mir das Handy aus den Fingern rutschte. Wie in Trance merkte ich, wie Luce hinter mir erschien. Er sagte meinen Namen, doch seine Worte erreichten mich nicht. Die Worte von Danny dagegen zuckten durch meinen Kopf wie Blitze. So schnell ging es also. So schnell war das Glück vergänglich.

Fortsetzung folgt …